西安曲江文化产业资助项目

□文史资料委员会

新区管理委员会 编

西安秦腔剧本精编

尚友社卷

57

西安出版社

图书在版编目(CIP)数据

　　西安秦腔剧本精编.尚友社卷:全4册/西安市政协
文史资料委员会,西安曲江新区管理委员会编.—西安:
西安出版社,2011.10
　　ISBN 978-7-80712-839-7

　　Ⅰ.①西… Ⅱ.①西… ②西… Ⅲ.①秦腔—剧本—
作品集—中国 Ⅳ.①I236.41

　　中国版本图书馆CIP数据核字(2011)第217420号

西安秦腔剧本精编�57　　尚友社卷

编　委　会	西安市政协文史资料委员会 西安曲江新区管理委员会
出　　　版	西安出版社 (西安市长安北路56号)
电　　　话	(029)85253740　邮政编码　710061
网　　　址	http://www.xacbs.com
发　　　行	西安曲江出版传媒股份有限公司 (西安市雁塔南路300-9号曲江文化大厦C座)
电　　　话	(029)85458069　邮政编码　710061
网　　　址	http://www.xaqjpm.com
印　　　刷	西安新华印务有限公司
开　　　本	710mm×1092mm　　1/16
印　　　张	326
字　　　数	4210千
版　　　次	2011年12月第1版 2011年12月第1次印刷
书　　　号	ISBN 978-7-80712-839-7
全套定价	1740.00元(共12册)

读者购书、书店添货或发现印刷装订问题,请与本公司营销部联系。
电话:(029)85458066　85458068(传真)

序

西安市政协主席　程群力

　　戏剧是人类精神文化形态之一,在世界戏剧史上,中国戏剧具有辉煌的地位。周、秦、汉、唐以来,历经千百年的发展积淀,中国戏剧形成了属于华夏文明自有的、独特的艺术体系。这个体系如同一个庞大的家族,遍布全国各地。在这个大家族中,秦腔以其丰厚的文化滋养、突出的历史贡献、沉雄质朴的艺术魅力而备受尊崇。

　　关于秦腔的起源和形成问题,历来争论甚多,有秦汉说、唐代说、明代说,甚至还有更早的西周说、春秋战国说等。但相对多数的看法,趋向于秦腔形成于明代中后期,即明代说。明代说认为,社会发展的基本规律表明,一切文化意识形态的发展变化,都由当时的生产力发展状况和水平来决定。明代中期正是我国资本主义萌芽期,商品经济的产生、发展,为当时文化的发展、变革、传播、繁荣提供了较丰实的经济基础。明代说也提供了必要的实物例证和文献记载。现在能见到的最早的陕西凤翔流传下来的明代正德九年的两幅《回荆州》戏曲木板画;现存文字记载中最早能见到"秦腔"字样的明代万历年间《钵中莲》传奇抄本中标出的[西秦腔二犯]曲调名,就是

明代说有力的支撑。明代说的另一个支撑是比较能经得起专家、学者和秦腔爱好者以"体系"的视角作"系统论"式的考查和诘问。作为地方戏，秦腔和其他兄弟剧种一样，既有中国戏曲的共性，又有其独具的个性。共性的一面，都是以表演艺术为中心，融文学、音乐、表演、美术等各种艺术形式于一体的高度综合艺术，具有成熟的、完备的写意性、虚拟性、程式性和以"唱、做、念、打，手、眼、身、法、步""四功五法"为基本技艺手段，以生、旦、净、丑的行当角色作舞台人物，以歌舞扮演故事等这些经典的中国戏曲美学特征。个性的一面，秦腔与许多地方剧种相比，在"出身"上有着更多的原创性特征，体现在其声腔、音乐、文学、表演等基本要素与我国源远流长的原创性大文化之间，存在着直接的一脉相承的亲缘关系。这是因为，我国古代许多原创性文化，特别是诞生于周秦汉唐时期的《诗经》、秦汉乐舞、汉乐府、俳优和百戏、唐梨园法曲、歌舞戏、唐参军戏等等，都直接发生在以古长安（今西安）、咸阳为中心的关中地区，从而使这一地区成为当时全国文化最发达、成就最高的地区。根之茂者其实遂，膏之沃者其光晔。由于有这些原创性文化的滋养，更由于板腔体音乐在民间音乐和说唱文学的基础上日益成熟而引发的变革，最终造就了秦腔这个大的地方剧种，在西至陇东与银南、东至豫西与晋南、南至川北与鄂北、北至陕北与蒙南这片广袤的古秦地生根、发芽、成长，并影响到之后其他众多地方戏和京剧的产生与发展。

秦腔一经形成，就显现出卓尔不凡的气质和强大的生命力。一是秦腔长期从民间音乐和说唱艺术中吸取营养,活跃于人民群众之中,有广泛的群众基础;二是秦腔首创了板腔体音乐结构,奠定了中国梆子戏的发展基础。从而在声腔艺术的创造方面,在剧本创作、表演艺术等多方面,凸显出不可取代的许多特点,有力地推动了戏曲艺术特别是梆子腔艺术的大发展,具有划时代的意义。

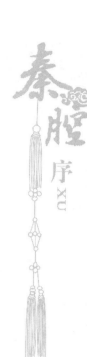

由于秦腔是诞生最早、历史最悠久的梆子腔戏曲,更由于它当时作为新的艺术形式,内容上贴近生活、通俗易懂,表现形式上好听好看、生动感人、极易流传,所到之处,除了在陕西境内形成中路、东路、西路、南路、北路五路秦腔外,还渐次流传到晋、豫、川、鲁、冀、鄂、苏、皖、浙、滇、黔、桂、粤、赣、湘、闽、蒙、新、藏等全国许多地方,并与当地民间曲调融合,对当地新生剧种的催生、成长、成熟、完善做出了重大贡献。因之它也赢得了"梆子腔鼻祖"的地位和称誉。

近百年来,秦腔表演艺术,其行当角色之全、演出剧目之多、表现手段之丰富、唱腔艺术之精湛、四功五法之规范、演出综合性与整体性之完善,都备受文艺界和城乡观众的推崇。在陕西乃至西北广大地区,秦腔与老百姓的精神生活息息相关。人们津津乐道秦腔的魅力,对心目中的秦腔演员如数家珍,特别是一提起西安城里有易俗社、三意社、尚友社以及五一剧团,更带有几分神往。相当多的人,不仅会谈到演员,还会谈起许多脍炙人口的剧目《三滴血》《柜中缘》《看女》《三回头》《软玉屏》《翰墨缘》《夺锦楼》《庚娘传》《新华梦》《伉俪会师》《双锦衣》《盗虎符》《貂蝉》《还我河山》《西安事变》等等,更会谈论在这些琳琅满目的剧目后面，站着的一群让人们肃然起敬的剧作家：康海、王九思、李十三、李桐轩、孙仁玉、范紫东、高培支、李仪祉、吕南仲、李约祉、王伯明、封至模、马健翎、李逸僧、李干丞、淡栖山、王淡如、冯杰三、樊仰山、姜炳泰、谢迈千、袁多寿、袁允中、鱼闻诗、杨克忍等等，还有由于种种原因没有留下名姓的剧作家，以及后来四个社团中加入编剧队伍的一批新知识分子，他们用心血熬成了一个个可供世代传唱的剧本。正是有了他们幕后的辛勤劳作，才有了台前精彩的表演。西安市的四大秦腔社团易俗社、三意社、尚友社、五一剧团，前三个都跨越了两个时代、两种社会制度，其中长者年已百岁。百年以来，四个社团总计演出的剧目逾千部之多。这些剧目，有些来自明清以来的秦腔老传统、老经典；有些来自各社团根据本单位的演员和资源条件，根据时势和观众的审美需求而开展的新创作、改编或移植、整理。这些众多的秦腔剧本满足着一代又一代观众的精神需求，也在很大程度上支撑着古城西安的文化舞台。西安秦腔事业的发展，为西安、为秦腔积累了一大笔可贵的精神财富。保护、传承、弘扬这笔财富，增强古城西安的文化软实力，扩大其国内国际影响力，实在是我们应尽的历史责任、文化责任和社会责任。

从 2008 年下半年起，西安市政协与西安曲江新区管委会合作，着手策划、组织、实施《西安秦腔剧本精编》工作。这是一项大型的剧本编辑工程，收录了西安市易俗社、三意社、尚友社、五一剧团四大著名秦腔社团上自清末、下至二十一世纪初百年来曾经上演于舞台的保存剧本，共计 679 本，2600 余万字；另有 22 个内部资料本，约 65 万字。参与编辑本书的专家、学者、工作人员，面对四个社团档案室中尘封了百年的千余本三千万字的剧本稿样，其中不少含混不清、章节凌乱、缺张少页、错误多出及其他众多问题，本着抢救、保护、弘扬国家非物质文化遗产的责任感，按照"精审精编"的工作要求，专心致志地投入工作。通过收集筛选、初审初校、集中审校、勘疏补正、规划编辑、三审三校等几个工作程序，对上述文本问题和学术问题，逐一研讨、逐一明晰、逐一完善。历经三年，终于编辑了这套纵跨百年、横揽西安四大秦腔社团舞台演出本的《西安秦腔剧本精编》，了却了广大剧作家、表演艺术家和人民群众的一大心愿，对西安的秦腔文化是一个重要的回眸与总结，对未来秦腔的振兴与发展做了一件坚实的基础性工作，对此我们感到欣慰。

编辑这套剧本集，工程浩繁，工作难度大，加之时间紧，错漏不足在所难免，诚望各方面人士，特别是专家、学者、业内人士提出批评指导意见，以便修订完善。

目录

西安秦腔剧本精编

演出单位

西安尚友社

荆 钗 记

西安尚友社保存本

剧情简介

　　南宋初年,温州钱流形将女玉莲许与贫穷子弟王十朋为妻,王婚后上京应试,得中状元。宰相欲招之为婿,王婉拒,宰相怒而不予重用。温州富豪孙有乾,欲娶玉莲,设计逼玉莲改嫁了。玉莲愤而投江被救,探访王郎音讯。三年后王擢升,一番波折之后,同玉莲相遇团圆。

场 目

秦腔
荆钗记
JINGCHAIJI

人 物 表

王十朋	温州秀才,后中状元,历任潮州金判,吉安太守
钱玉莲	钱流形之女,王十朋之妻
钱流形	温州贡生,钱玉莲之父
钱孙氏	钱流形续弦之妻
周必大	探花,温州推官,后调江西吉安任参军
王仕弘	温州秀才,后中榜眼,官饶州金判
钱载和	福建安抚使,后升两湖节度使
钱夫人	钱载和之妻
王　母	王十朋之母
万俟卨	丞相
堂候官	相府的堂候官
李　成	钱家仆
书　童	王十朋书童
许文通	钱流形之友
梅　香	钱府丫环
住　持	
家　院	
四歌女	
差　役	(八人)

《西安秦腔剧本精编》

QINQIANGJUBENJINGBIAN

第一场　受　钗

〔某年冬月十三日。

〔温州双门巷钱贡生家。

〔钱流形着员外巾服上。李成暗上。

钱流形　（唱）　暮年衰朽，

　　　　　　　　爱女心事挂心头。

　　　　　　　　王十朋少年忠厚，

　　　　　　　　有才学名噪温州。

　　　　　　　　美姻缘天知地就，

　　　　　　　　老夫妻有靠无忧。

　　　　　　　　但愿能早偕佳偶。（重句）（坐）

〔许文通葛巾、素服捧小金匣上。

许文通　（念）　荆钗裙布传佳话，

　　　　　　　　预祝齐眉到白头。（入门）

钱流形　许仁兄，请问亲事如何？

许文通　小弟初到王宅，提起亲事，王老安人再三推辞，小弟
　　　　将尊意言明："不论人家富贵，只要女婿贤良"，他们
　　　　母子方才应允，只是一件……

钱流形　甚么？

许文通　他家缺少聘礼！

钱流形　唉，许仁兄，小弟已曾言明，聘礼不拘轻重，随意点
　　　　缀，便可成礼。

许文通　聘礼虽有，只是太觉轻微，拿了出来，犹恐仁兄见怪。

钱流形　兄弟决不见怪。

许文通　仁兄请看！（递匣）

钱流形　荆钗！

许文通　啊！小弟几乎忘了，王十朋还有七言绝句一首，专咏此钗，小弟一并抄录在此。（递红色笺）

钱流形　待小弟看来！

（念）　诗礼传家寿泽长，

不梳堕马炫新装。

当年梁孟传佳话，

羞列金钗十二行。

哈哈哈！真不愧读书人的本色。但不知佳期择在何时？

许文通　王十朋言道，他要去南闱及第，再行完婚。

钱流形　好！有志气！（离座）夫人快来哟！

〔钱孙氏上。

钱孙氏　（念）　喜鹊檐前叫，

何方贵客到。

原来是许叔叔来了！（礼）

许文通　尊嫂少礼！

钱孙氏　叔叔何事光临？

许文通　奉了钱仁兄之命，与令爱作伐。

钱孙氏　是哪一家？

许文通　海棠房王家。

钱孙氏　门第如何？

许文通　书香之后。

钱孙氏　可曾说成？

许文通　说成了。

钱孙氏　几时下聘？

许文通　就在今天。

钱孙氏　是多少聘金？

许文通　这……

钱流形　乃是一件稀罕之物，只怕夫人不识。

钱孙氏　员外，拿来我看。（开匣看钗）哎呀！老身白活了这大年纪，看不出它的贵重，嗅又不香，拿在手里又不重，待我磨它一磨……

钱流形　拿过来哟！（夺钗）

钱孙氏　呸！你当我真的不认得，黄杨木杈子，一分银子一根，一钱银子十根，未必就要聘十房媳妇。不要！不要！拿去还他！

钱流形　夫人不要生气，汉朝梁鸿、孟光荆钗布裙，传为佳话。这里还有诗句，你看了自然明白。

钱孙氏　聘礼都舍不得，还闹这些酸派。许叔叔，我不稀罕这个秀才人情，高攀不上，请你退了回去！

钱流形　夫人此言差矣！

　　　　（唱）　十朋故人后，
　　　　　　　　文才世无俦。
　　　　　　　　吾家本富有，
　　　　　　　　岂把财礼收。

钱孙氏　（唱）　轻财难出手，
　　　　　　　　王家礼不周。
　　　　　　　　荆钗作聘礼，
　　　　　　　　问他羞不羞？

许文通　（唱）　会选选女婿，
　　　　　　　　不是选门楼。
　　　　　　　　忠厚传家久，
　　　　　　　　富贵不到头。

钱流形　许仁兄！不要同她一般见识，我是一家之主，女儿亲事由不了她！

钱孙氏　女儿虽不是我亲生，也是我一手一脚抚养大的，也由不了你！

钱流形　由不得你！

钱孙氏　由不得你！

　　　　〔二人互怨，许文通排解。
　　　　〔媒婆持锦盒上。

媒　婆　（念）　内侄做女婿，
　　　　　　　　亲上又加亲。

秦腔

荆钗记

JINGCHAIJI

哥哥！嫂嫂！（礼）许先生也在这里,稀客！稀客！

钱孙氏　贤妹来了！请坐！

媒　婆　嫂嫂！你好吗？

钱孙氏　好哟！

钱流形　妹子你来做甚？

媒　婆　哥哥！我是来替侄女说亲的。

钱流形　你来迟了！

钱孙氏　贤妹不要理他,你说的是哪一家？

媒　婆　哥嫂哇！就是你的内侄五马坊"孙半州"孙员外,送来全副珠宝首饰,黄金五十两,哥嫂请看！

钱孙氏　哎呀！是他！那又门当户对哟！员外快把王家聘礼请许叔叔退回去！

许文通　钱仁兄,我看此事……

钱流形　许仁兄放心,此事由小弟做主,要想反悔,万万不能！

钱孙氏　高门大户不放,要放穷酸饿殍,万万不能！

钱流形　"在家从父",要由老子！

钱孙氏　"女是娘裙带",要由娘！

媒　婆　哥哥,这是侄女一辈子的事,将来嫁到王家,缺吃少穿,谨防她埋怨你！

钱流形　不要你管,把孙家财礼与我退回！

许文通　呀！钱仁兄,你我四人在此争执也枉然,何不问过令爱？

媒　婆　对对对！哥哥,问过侄女之后,可不许反悔啊！

钱流形　哼！（不理睬）李成,请小姐出堂！

李　成　有请小姐！

〔钱玉莲穿绣花裙上。

钱玉莲　（唱）　三岁娘恩断,
　　　　　　　　继母似路人。

〔钱流形与钱孙氏互怨。

钱玉莲　（唱）　爹妈相埋怨,
　　　　　　　　不知为何情？

　　　　　见过爹妈！

钱流形　见过许叔叔！

钱孙氏　见过姑妈！

钱玉莲　侄女万福！

钱流形　玉莲过来，为父告诉你一桩喜事……

钱孙氏　（一把拉过来）玉莲，为娘告诉你！

钱流形　不要听你妈的话，听我先说。

钱孙氏　听妈先说！

钱玉莲　（甩脱手腕）母亲！（低声）许叔叔在此，就让爹爹先说吧！

钱孙氏　（微怒）好！让你先说！

钱流形　儿哪！为父见你年已及笄，特请许叔叔为媒，将儿许与海棠坊王伯父之子王十朋。聘礼在此，我儿拿去看来！（钱玉莲含羞的接过荆钗与诗句观看）

钱孙氏　玉莲！你姑母与你作伐，许与孙员外孙有乾。孙家聘礼在此，我儿来看！

钱玉莲　孙有乾！

媒　婆　你还不晓得吗？五马坊孙员外家财万贯，又是你妈的内侄。"稀饭泡米汤——亲上加亲"，嫁过去一辈子穿不完，吃不完，好得很呀！

钱玉莲　呀！

（唱）　一个是膏粱子弟，

　　　　一个是文采翩翩。

　　　　贤和愚不难分辨……

钱流形　玉莲，你意下究竟如何？

钱玉莲　（唱）　羞答答叫人怎好开言。

钱孙氏　你说，你究竟答应哪一家啊？

钱玉莲　（唱）　论门户悬殊过远，

　　　　富家郎不敢高攀。

　　　　婚姻事岂容改变，

　　　　况爹爹应允在先。

钱流形　好！（与许文通作赞许状）

钱孙氏　娃娃！，连妈的话也不听了！王十朋一个穷酸，有啥出息啊？

钱玉莲　（唱）　读书人蛟龙未变，
　　　　　　　　春雷动要上青天。
　　　　　　　　日月星辰轮换转，
　　　　　　　　饥饿受冻儿不嫌。

钱孙氏　妈是怕你嫁去受苦啊！

钱玉莲　（唱）　我的娘你夸奖牡丹鲜艳，
　　　　　　　　依儿看不及那秋菊春兰。
　　　　　　　　捧聘礼闺房回转，
　　　　　　　　你的儿甘受清寒。（持荆钗诗笺下）

钱孙氏　（念）　小奴才真真大胆，
　　　　　　　　气得人咬紧牙关。（对钱流形）
　　　　　　　　这是你把她娇惯，
　　　　　　　　把继母不放眼间。
　　　　　　　　贤妹妹同往后边，
　　　　　　　　下死口再劝玉莲。
　　　　　　　　是纯钢把她磨软，
　　　　　　　　是犟牛要把角扳。（与媒婆持聘礼下）

钱流形　（唱）　我的儿真有远见，
　　　　　　　　不爱那纨袴儿男。

许文通　（唱）　见尊嫂心中不满，
　　　　　　　　怕此事要起波澜。

钱流形　（唱）　婚姻事由弟决断，
　　　　　　　　岂由她无理阻拦。
　　　　　　　　弟有一计两全其便，
　　　　　　　　咱请那十朋入赘在舍间。
　　　　　　　　接他母亲居钱宅西院，
　　　　　　　　也免我爱女远离膝前。
　　　　　　　　弟即刻命李成准备喜宴，
　　　　　　　　择佳期与儿配就是后天。

许文通　这么说,是冬月十五?

钱流形　就是十五。

许文通　（唱）　此一举均有照看,

　　　　　　　　更难得人圆月圆。

　　　　　　　　到王家去传言,

　　　　　　　　梅花巷里配良缘。

第二场　钱　别

〔次年正月十五。

〔郊外。

〔一幕外,李成携酒具上。

李　成　（唱）　老员外,赘乘龙,

　　　　　　　　郎才女貌喜融融。

　　　　　　　　两家亲戚来合拢,

　　　　　　　　安人背地气冲冲。

　　　　　　　　春雷一声黄榜动,

　　　　　　　　长亭钱别酒三盅。

　　　　　　　　但愿姑爷得高中,

　　　　　　　　春风得意步蟾宫。

〔二幕开,长亭。亭中摆设酒具。

〔钱流形、王母、钱玉莲、李成由下场门送王十朋上

〔幕后合唱:

　　　　　　　　孟光才配梁鸿案,

　　　　　　　　听鹂歌又唱阳关。

王十朋　（唱）　多蒙得岳父垂青眼,

　　　　　　　　不弃家贫把亲攀。

　　　　　　　　此番去赴青钱选,

　　　　　　　　不负厚望衣锦还。

钱流形　（唱）　招乘龙遂我平生愿，
　　　　　　　　半子承欢慰老年。
　　　　　　　　贤婿休把家中念，
　　　　　　　　黄榜高中早回还。

王十朋　小婿遵命——母亲！
　　　　（唱）　岳父母人情厚满分冷暖，
　　　　　　　　难免闲语与闲言。
　　　　　　　　待等你儿蓝衫换，
　　　　　　　　光大门楣耀祖先。

王　母　（唱）　凡百事看在儿媳泰山面，
　　　　　　　　哪个背后无人言。
　　　　　　　　儿要学出水清莲泥不染，
　　　　　　　　切不可依附权奸图苟安。

王十朋　儿遵命！娘子！
　　　　（唱）　北上临安为时非短，
　　　　　　　　望贤妻强开笑口慰慈颜。
　　　　　　　　两家尊长莫怠慢，
　　　　　　　　望你委曲来求全。

钱玉莲　（唱）　家中事情夫休挂念，
　　　　　　　　旅途上饮食起居记心间。
　　　　　　　　我和你心心相印何嫌远，
　　　　　　　　更何况小别不过数月间。
　　　　　　　　愿君早日登仕版，
　　　　　　　　合家欢庆共团圆。
　　　　　　　　叫李成看过饯行宴——

钱流形　（敬酒）
　　　　（唱）　一杯薄酒饯阳关。
　　　　　　　　鹿鸣宴后琼林宴，
　　　　　　　　春风及第点状元。

王十朋　（唱）　十月若得鳌头占，
　　　　　　　　岳父恩德重如山。

王　母	（唱）	二杯美酒将儿劝， 莫叫为娘眼望穿。
王十朋	（唱）	游子针衫慈母线， 常把勤劳记心间。
钱玉莲	（唱）	三杯酒捧君前， 文章得意中三元。
王十朋	（唱）	驰聘文场笔力健， 龙门高跳指日间。
钱玉莲	（唱）	夫此番……
王十朋	（唱）	赴临安……
钱流形	（唱）	一路上……
王十朋	（唱）	心放宽。
王　母	（唱）	饥饿时加餐饭。
钱玉莲	（唱）	寒冷时把衣添。
钱流形	（唱）	万里鹏程双翅展。
王　母	（唱）	一举成名天下传。
钱玉莲	（唱）	老爹爹笑开言。
钱流形	（唱）	你婆母也喜欢。
王　母	（唱）	也不枉为娘倚门将儿盼。
钱玉莲	（唱）	也不枉为妻叮咛千万言。
王十朋 钱玉莲	（唱）	夫妻们衷肠难尽谈。

〔幕内合唱：

　　　　一路顺风到临安。

王十朋　岳父、母亲不必远送，十朋就此拜别了！

钱流形　贤婿放心应试，家中一切不用操心。李成带马！

王十朋　咳！

〔王十朋与钱流形、王母、钱玉莲辞别，上马。回顾数次下。

〔幕后合唱：

　　　　才斟别酒泪不干，

　　　　马上春愁压绣鞍。

极目天涯不相见，
一样相思两处悬。

第三场　谒　相

〔春天。殿试后。

〔万俟卨相府。

〔二幕外，堂候官着绿衣在道锣声中上。

〔道锣数下，二差役各持道锣前号，四差役各肩"状
元及第""肃静回避"等木牌上。

〔王十朋、王仕弘、周必大着红官衣簪花，披红上。

王十朋　（唱）　杏花春雨上柳街，

王仕弘　（唱）　才向琼林宴罢归。

周必大　（唱）　斜插官花两三朵，

堂候官　（唱）　马前呼道状元来。

　　　　新贵人请进！

王十朋
王仕弘　堂翁！
周必大

〔三人下马，仪从等下。同入。

〔二幕启：相府客堂。

堂候官　拜请丞相！

〔万俟卨上。

万俟卨　（引）　顺我者昌，逆我者亡，

　　　　　　　国家事，在某掌上。（坐）

王十朋
王仕弘　丞相在上，容晚生大礼参拜！
周必大

万俟卨　天子门生，这就不敢！

王十朋 王仕弘 周必大	理当！
万俟卨	生受了！哈！哈！哈！（同坐） 〔四歌女献茶。
王十朋 王仕弘 周必大	告辞！
万俟卨	为何如此匆忙？
王十朋 王仕弘 周必大	吏部领凭。
万俟卨	不必亲往，老夫少时通知吏部，派人送过馆驿。
王十朋 王仕弘 周必大	多谢丞相！
万俟卨	堂候官！请王、周两位大人上席，老夫同王状元还有 密言相叙。
堂候官	请在花庭上席！
王仕弘 周必大	请！（同下）
万俟卨	王贤契文采风流，盖世无双，可惜格于成例，选任外 官，未能留在翰苑，朝夕相处。但不知选在哪里？
王十朋	金判江西饶州。
万俟卨	（捋髯微笑）嘛！
堂候官	状元公，你可知荣任饶州，靠了何人？
王十朋	吏部提携，圣上恩典。
堂候官	非也！此乃老丞相关照吏部，特意诏选。
王十朋	（冷冷地）谢过丞相！
万俟卨	此乃区区小事，何足挂齿。老夫有一小女，欲招状元 为婿，今乃良辰吉日，正好成亲，谅无推辞了！
王十朋	丞相不弃寒微，本应遵从，怎奈家有寒荆，不敢奉命！
万俟卨	老夫此举乃爱才之意，状元是天下奇才，为何不通事理？
堂候官	状元公，古人云："富易交，贵易妻"，此乃人之恒情，

状元公休要固执。

万俟卨　王贤契，老夫话已出唇，不便反回，你就答应了吧!

王十朋　有道是："贫贱之交不可忘，糟糠之妻不下堂!"十朋不敢越理胡行，丞相恕罪!

万俟卨　未必老夫越理胡行不成!
（唱）　闻他言怒高千丈，
　　　　可恼! 可恶!
　　　　　　穷书生装模做样，
　　　　　　敢与我说黑论黄，
　　　　　　我不嫌蓬门陋巷，
　　　　　　将爱女招赘东床。
　　　　　　你竟敢出言无状，
　　　　　　细思量应不应当?

王十朋　（唱）　容生讲——
　　　　哎呀! 我的老丞相!
　　　　　　休怪我当堂违抗，性情乖张，
　　　　　　生平曾读书几行，
　　　　　　岂能背三纲五常?

万俟卨　哼! （怒）

堂候官　哎呀!
（唱）　我好不明白的状元公，
　　　　休推让。
　　　　　　选饶州多亏丞相，
　　　　　　正堪配天禄石渠状元郎。
　　　　　　当朝宰相为岳丈，
　　　　　　珠联璧合世无双。
　　　　　　我劝你通权达变，
　　　　　　莫辜负十年寒窗。

王十朋　（唱）　攀龙附凤我不想，
　　　　　　家中还有旧糟糠。

万俟卨　（唱）　恼人肠!

全没有谦恭礼让，
信持你唇剑舌枪。
蔡邕入赘牛相府，
王魁韩府招东床。
前朝古人是榜样，
书生何必太倔强！

王十朋　（唱）　望参详，
微名幸登龙虎榜，
乌鸦不敢配鸾凰。
伯喈再娶清名丧，
盲翁犹唱蔡中郎。
王魁负了赵氏女，
留得骂名四海扬。
弃旧迎新天良丧，
十朋不做薄义郎。

万俟卨　强词夺理！

堂候官　（唱）　丞相权压百僚上，
状元还需再思量。

王十朋　（唱）　状元本是御笔点，
又不是丞相荐贤良！

万俟卨　哼！

王十朋　禀辞！（下）

万俟卨　嘿！（掉头不理）

堂候官　禀相爷，王十朋去了！
〔闭二幕。

万俟卨　（唱）　太荒唐！
胡言乱语忒无状，
气得老夫怒满腔。
朝纲选政某执掌，
教他空做梦一场。
堂候官，那王仕弘、周必大选任何处？

017

堂候官 禀相爷,那王仕弘金判潮阳,周必大选了温州推官。

万俟卨 传老夫谕帖,叫吏部将王仕弘改调饶州,王十朋调往潮阳瘴地,要这个畜生老死他乡,克日赴任,不准返乡祭祖。

堂候官 遵命!

万俟卨 (念) 小书生无知狂妄!

　　　　　　　管叫他老死潮阳。(同下)

第四场　获　报

　　〔暮春。

　　〔钱家后院。

　　〔钱玉莲拉钱流形、钱孙氏上。王母迎上。

钱流形 (唱) 上房昨夜灯花灿,

　　　　　　　门婿果然中状元。

钱孙氏 (唱) 佩服员外有主见,

　　　　　　　我的儿福命大如天。

王　母 亲翁、亲母来了,请进!

钱流形
钱孙氏 (唱) 贺喜迟,望海涵,

　　　　　　　教子成名天下传。

　　　　　　　排酒宴合家欢!

钱孙氏 李成!(内应声)快些抹屋扫地,准备酒席,与王老安人贺喜呀!

　　　　〔内应。互相贺喜,同坐。

王　母 小儿有书信回来,媳妇,送与令尊!

钱玉莲 爹爹请看!

钱流形 玉莲,送与婆婆开拆。

王　母 还是亲翁开拆。

钱孙氏	员外,你看信皮上写的谁拆谁就拆,不要客套了!
钱流形	(看)此信送温州双门巷钱宅,岳父大人亲手开拆。亲母告罪! 告罪!
钱孙氏	快些拆吧!
钱流形	(念) 八拜萱堂岳父母……
王 母	亲翁念错了!
钱流形	没有念错呀!
钱玉莲	爹爹,莫非你门婿错封了他人的书信?
钱流形	(看)没有封错,下边还有他的名字哩!
钱玉莲	想小辈给长辈写信应该"顿首百拜"怎么写成"八拜"!
王 母	是呀! 这娃娃怎么这样粗心大意呀?
钱孙氏	没有写错,常言说四拜八拜,王姑爷拜亲家母两拜,拜你两拜,拜我两拜,他们夫妻两拜,不是正好八拜吗?
钱流形	岂有此理! 想是偶尔笔误也是有的。待我往下念。
钱孙氏	快些念吧!
钱流形	(念) 春闱高中受爵禄。
钱孙氏	员外,什么叫"受爵禄"?
钱流形	做了官受了朝廷俸禄,就叫受爵禄。恭喜亲母,贤婿做了官了!
钱孙氏	亲家母,我这眼睛看中的人决不会错。我说过:"王姑爷两耳垂肩,定做高官",员外,我说过没有?
钱流形	哎! 你说过! 你说过!
钱孙氏	我还说过亲家母满面春风,定受诰封,我的儿袅袅婷婷定当夫人。老汉,我说过没有?
钱流形	说过,说过! 你听到就是,不要打岔!
	(念) 蒙恩远任江西去, 　　　金判饶州作郡牧。
钱玉莲	爹爹,又念错了。金判就是金判,郡牧就是郡牧,金判官小,郡牧官大,一个人怎么能做大小两个官呢?

秦腔
荆钗记
JINGCHAJI

钱孙氏　哎哟！我的儿，这叫官上加官！

钱流形　不要打扰！

　　　　（念）　赘相府……（一锣）

钱玉莲　爹爹，这封信文理不通，不像你那门婿写的，不要看了！

钱流形　是有些颠三倒四，不看也罢！

钱孙氏　快念哟！王姑爷在相府做什么？

钱流形　没有什么，他是说打马游街之后，就要到相府去参拜！

钱孙氏　老汉，看不出你还会"舌下转筋，喉内倒拐"，我又不
　　　　是三岁大两岁小的细娃儿，单看你父女俩挤眉弄眼
　　　　的，信里就没有好事，快些念完！快些念完！

钱流形　哎！（摆头）

　　　　（唱）　赘相府，谐凤侣，

　　　　　　　　附丞局，寄休书，

　　　　　　　　可叫前妻另嫁夫。

钱孙氏　好呀！怪不得你不往下念，原来是一封休书。老天
　　　　杀的，你招的好女婿！王老婆子，你养的好儿子！小
　　　　贱人，你嫁的好男人！老东西溜后见腮，养儿一定不
　　　　成材。王十朋两耳扇风，不学王魁就学蔡邕！我看
　　　　过的人看一个准一个。我说过的话，说一句准一句。
　　　　气死我了！气死我了！

钱流形　你方才说的什么话哟！

钱孙氏　我爱怎么说就怎么说！

钱流形　夫人，我想十朋贤婿不至如此！

王　母　亲母！我的儿也不是忘恩负义的人。

钱孙氏　背你八百年的时，你还有脸和我说话！我来问你，这
　　　　封书信可是你儿子的亲笔？

王　母　字迹倒有些像，不过……

钱孙氏　既是亲笔，那应该咋个办呢？

王　母　亲母放心。

　　　　（念）　只要老身尚在，

　　　　　　　　十朋不敢胡来。

钱孙氏	呸!
（念）	昔日有个蔡伯喈,
	父母饿死无人埋。
	我家哪有闲茶饭,
	劝你不用假痴呆。
钱流形	亲母,你休同她一般见识!
钱玉莲	（念） 文理荒谬词费解,
	不像大魁天下才。
	明明被人来篡改,
	母亲何必乱疑猜。
钱孙氏	小贱人,那是主考官瞎了眼睛!（夺信）白纸写黑字还有假的?
钱流形	此信真假难凭,夫人,你太暴躁了!
钱孙氏	老杀才! 都怪你当初不听我的话,要是把女儿嫁给孙员外,哪有此事啊?
钱流形	夫人,还有临安赴试人,去到街坊探访后,再作道理。
钱孙氏	哼! 你不到黄河心不甘,还要到街坊打探什么? 未必我的女儿除了王十朋就嫁不到人了!
钱流形	贱人! 叫你不要乱说,你偏要乱说,还不与我退下!
钱孙氏	你……
钱流形	你敢再说!
钱孙氏	好! 我晓得一家人都见不得我,我走! 我走!（众人不理）
钱玉莲	母亲……
钱孙氏	玉莲,快给我回去!
钱流形	玉莲,不要回去!
钱孙氏	叫你走! 叫你走!（拉钱玉莲下）
钱流形	转来! 转来!（追数步,呕血）
李 成	啊! 血!
王 母	亲翁,怎么样了?
钱流形	不妨事! 李成,少时到长街打听。

秦腔 荆钗记 JINGCHAIJI

王　母　李成,扶员外到上房安歇。

李　成　遵命!(扶钱流形下)

　　　　〔闭二幕。

王　母　哎!此事拿来怎了?(下)

第五场　逼　嫁

　　　　〔二幕外。

媒　婆　(内唱)天从人愿——

　　　　〔媒婆上。

媒　婆　(唱)　哥哥一病终天年。

　　　　　　　　嫂嫂势利眼,

　　　　　　　　王家门户单。

　　　　孙员外为了钱玉莲,朝思暮想,未能如愿。不料王十朋在京高中,入赘相府。哥哥起初不信,后来听温州落第举子纷纷言讲,入赘是真。哥哥气上加气,呕血而亡。今日奉了孙员外之托,又到钱家说媒,事不宜迟,就此前往。

　　　　(唱)　急走莫迟延,

　　　　　　　　这是天与人方便。

　　　　　　　　员外该娶钱玉莲,

　　　　　　　　该我多拿谢媒钱。(下)

　　　　〔幕启:钱家客堂。

　　　　〔钱玉莲素装上。

钱玉莲　(唱)　叹玉莲孤身谁傍,

　　　　　　　　一叶舟飘荡海洋。

　　　　　　　　好消息霎时空惆怅,

　　　　　　　　假休书酿成祸殃。

　　　　　　　　曾参杀人原虚妄,

众口铄金费猜详。

更哪堪指桑骂槐,雪上加霜。

哎呀呀! 十朋夫,

老爹爹指望你半子承欢。

变成春梦一场。

思王郎,我怨王郎,

你为何,滞他乡?

累爹爹,抱恨亡。

使你妻,受凄凉,

全然不念老萱堂。

似这般,

岂不怕旁人论讲。

〔钱孙氏上。

钱孙氏　玉莲嫁给孙员外,怕那论讲?(钱玉莲摇首)咳! 你还不晓得么,孙家的好处多得很,三天不够说,两天又说不完,提起那孙员外——

（唱）　孙员外,家富豪,

么儿你听,连隔壁邻居都在夸他的家富豪!

（唱）　他家有的金和宝。

这样富豪儿不嫁,

一心要守穷酸饿殍!

钱玉莲　（唱）　娘在上,容禀复。

喂呀! 母亲娘,有道是:爱儿者有之,恶儿者有之,爱之欲其生,恶之欲其死。那旁……

钱孙氏　旁什么?

钱玉莲　旁人之言,怎么认得真了!

（唱）　母亲娘,休听旁人语,

恐伤母女情。

钱孙氏　（唱）　这封书,儿知否,

这信上明明写着:

招赘万俟丞相府,

		他叫奴才另嫁夫。
钱玉莲	（唱）	书中言，尽是虚，
		劝娘暂息雷霆怒。
		我夫曾读圣贤书，
		知道贤和愚，
		他岂肯将儿误。
钱孙氏	（唱）	他无情，儿无义，
		何不嫁到孙家去。
钱玉莲	（唱）	他为官，理民庶，
		知礼义，守法度。
		他岂肯停妻再娶，
		忘却儿荆钗裙布。
		何况爹爹方入土，
		热孝岂容另嫁夫！
钱孙氏	奴才！	
	（唱）	休提你父，
		奴才还敢提你父，
		你父为你丧冥途。
		拉儿一同到官府，
		看你抵触不抵触！
钱玉莲	（唱）	见官府就去官府，
		你儿未犯肖何律。
		爹爹含愤归黄土，
		正要见官辩冤屈。
		大老爷知是状元妇，
		岂容有夫另嫁夫！

钱孙氏　么儿，么儿。俩母女打什么官司哟！

钱玉莲　既是如此，以后莫提孙家二字！

钱孙氏　办不到！（关门）老娘不但要提，人家今天还要来下聘！

钱玉莲　呀！

（唱）　闻娘言,费踌躇,

　　　　　山穷水尽无路途。

　　　　　若要你儿来改嫁,

　　　　　剪下青丝做尼姑!

钱孙氏　你那青幽幽的头发都舍得,未必老娘这几根头发又舍
不得! 我也当一个老尼姑把你管!

〔钱玉莲不理。

（唱）　气得娘,

　　　　　冲冲大怒。

　　　　　奴才胆敢来抵触!

　　　　　恼得人心如烈火,

　　　　　我要打……(打)

　　　　　打死不孝妇,

　　　　　送入黄泉路。(打,作手拧状)

把老娘手也拧着了,待老娘歇口气再来打!

钱玉莲　（唱）　哎呀! 母亲娘,

　　　　　　　　打死别人儿女,

　　　　　　　　倒要累及你。

　　　　　　　　打死我钱玉莲,

　　　　　　　　你儿感激不尽。

　　　　　　　　娘呀!

　　　　　　　　今也想嫁玉莲,

　　　　　　　　明也想嫁玉莲。

　　　　　　　　若要你儿来改嫁,

　　　　　　　　除非海枯与石烂。

　　　　（念）　母亲不必怒气发。

钱孙氏　（念）　违抗母命理有差。

钱玉莲　（念）　休道他家是豪富。

钱孙氏　（念）　打你不愿嫁孙家。(举竹片)

〔媒婆内声:嫂嫂,孙员外送聘礼来了!

钱孙氏　来了! 来了! 玉莲,孙家聘礼已到,明天就来抬人,

快些进小房去梳洗。（玉莲未动）叫你走！（拉）

钱玉莲　天哪！

〔闭二幕。

钱孙氏　小奴才！为娘将你锁在小房之内。（锁门）顺从为娘，要改嫁孙家，不顺从为娘，也要改嫁孙家。看就年月定就期，明天花轿就要来抬人，钱玉莲要想违抗万不能！（下）

第六场　刁　窗

〔是夜。

〔小房。

〔钱玉莲上。

钱玉莲　（唱）　暗自悲啼，

　　　　　　　　继母娘呀！喂呀！

　　　　　　　　继母无端苦相逼，

　　　　　　　　情愿一死全忠义。

　　　　　　　　换了绣鞋与新衣，

绣鞋呀！绣鞋，我费了千针万线，将你做起，只说我夫高中归来，身受官诰，穿了此鞋，去到堂前拜祭祖先，谁知今夜将你穿起，前去寻死啊！

　　　　　（唱）　继母心太偏，

　　　　　　　　苦逼钱玉莲。

　　　　　　　　我今一死有谁怜！

待我打从后门而出，（开门）后门倒扣了！

　　　　　（唱）　门儿紧闭，无计脱身，

　　　　　　　　怎样施为？

　　　　　　　　前门加锁，后门倒扣，

　　　　　　　　如何是好呀！

天哪！天哪！我又从哪里而出啊？（四下观看）观见那旁有一纱窗，待我找来花剪，做一个刁窗而出啊！

（唱）　忙将花剪刁窗棂，
　　　　刁是刁将下来，
　　　　不由我手腕酸疼。
　　　　夜阑人睡静，
　　　　轻轻跳落地埃尘。

〔闭二幕。犬吠。

（唱）　黄犬吠声声，
　　　　犹恐惊醒家中人，
　　　　挣扎往前行。

〔开二幕。钱玉莲见月影作惊。

钱玉莲　（唱）　茂林深，暂藏身，
　　　　　　　　　我道继母追赶前来，
　　　　　　　　　却原是月影随身。
　　　　　　　　　渔灯闪闪傍长堤，
　　　　　　　　　斗转参横河汉低。
　　　　　　　　　但则见，月暗星稀，
　　　　　　　　　天呀！你如此昏聩，
　　　　　　　　　害得奴有家难归。
　　　　　　　　　婆婆慈蔼空怜恤，
　　　　　　　　　满怀心事诉与谁？
　　　　　　　　　家书一到喜洋洋，
　　　　　　　　　谁知祸灾起非常。
　　　　　　　　　说夫招赘丞相府，
　　　　　　　　　苦逼玉莲另配郎。
　　　　　　　　　书信是假，待我转去——

哎呀！转去不得了啊！刚才刁窗而出。继母不知，如今转去，惊动了继母娘，她必然骂道：钱玉莲，狗贱人！是这样夜静更深，往哪里而去？往哪里而行？

（唱）　那时节，我要去求生不得生，

我要去死，死又死不成。
不受其怜悯，
乃受其欺凌！
哎呀！继母娘，
我的娘呀娘。
从而后不受你的打，
不受你的骂。
自思自想自断肠，
想伴荆钗去投江。
急急忙忙，
恓恓惶惶，
投清流，明志向，
宁死不嫁富家郎。
捶胸顿足恨晚娘。
咬牙切齿骂姑娘。
但则见，白茫茫的江水，
无情的波浪，
冷冷寒光！
哎呀！河伯尊神，水母娘！
钱玉莲不从母命，在此投江。
把我的尸首冲在万丈深潭，
切莫要留在浅水沙滩。
有知道者，就说继母不贤，
有不知道者，反说玉莲有不周之处。
自寻短见了啊！
忙将这荆钗绕云发，
脱下绣鞋放江边，
将身跳入碧波间。（投江）

第七场　见　母

〔是年初冬。

〔潮阳城中，金判衙署二堂。

〔李成背行李，王母扶杖上。

王　母　（唱）　亲母不仁，

　　　　　　　　白眼相加赶出门。

　　　　　　　　临安空投奔，

　　　　　　　　又来潮阳城。

李　成　老夫人，到了金判衙门了。

王　母　前去通传。

〔书童上。

李　成　小哥请了！

书　童　哪里来的？

李　成　王大人的官眷到了。

书　童　请少候！有请状元公！

〔王十朋便装上。

王十朋　何事？

书　童　状元公的官眷到了。

王十朋　快快有请！

　　　　（唱）　带路，快出迎——

书　童　有请！

王十朋　（唱）　方愁远道无音讯，

　　　　　　　　一家团圆乐天伦。

　　　　母亲！

王　母　（唱）　思念玉莲倍伤情。

王十朋　母亲！恕儿未在临安恭候。

029

王　母　哼！你尽得忠来难尽孝嘛！

李　成　姑爹为国忘家，老夫人哪有见怪之理！

〔王母入坐，王十朋不见玉莲同行，心中诧异。

王十朋　（念）　拜别慈颜是新春，

　　　　　　　　南岭梅开冬又临。

王　母　（念）　画虎画龙难画骨，

　　　　　　　　知人知面不知心。

　　　　　　　　李成将行李送入后堂。（暗示查看有无内眷）

〔书童引李成下。

王十朋　母亲，一路多受风霜，身体可好？

王　母　好哟！

王十朋　岳父大人可安？

王　母　你还记得岳父嘛！

王十朋　这……

王　母　非怪为娘说你，来了许久，连一杯茶都没有！

王十朋　啊！书童看茶。

王　母　哼！你自己去就失了官体？

王十朋　待儿亲自捧来。（下）

〔李成上。

王　母　李成，后堂可有内眷？

李　成　没有。

王　母　没有？

〔王十朋捧茶上。

王　母　王十朋！

王十朋　儿在。

王　母　王状元！

王十朋　折杀十朋了。

王　母　你上京高中就该写信回来。

王十朋　你儿写过了的。

李　成　姑爹，你那封信是不是带了酒写的？

王十朋　李成，此话怎讲？

王　母　不必多问。把你上京之事，说来为娘一听！

王十朋　母亲容禀。

（唱）　自别慈颜到京城，
　　　　朝朝暮暮念娘亲——

王　母　你的好孝心！

王十朋　（唱）　皇榜侥幸，高中头名，
　　　　游街参相，枝节横生。
　　　　吏部文书催逼紧，
　　　　限期赴任不准停。

王　母　就该请假还乡祭祖，咳！你把祖宗都忘了！

王十朋　母亲，此事要怪万俟丞相，不准告假还乡。

王　母　当朝宰相的话，哪有不听之理！怪不得人家说娶了媳妇忘了娘，中了状元变心肠，真是一点不错啊！

王十朋　咳！母亲哪！

（唱）　万俟卨有女方待聘，
　　　　拒婚翻脸下绝情。
　　　　饶州改调潮阳任，
　　　　要儿老死漳海滨。

王　母　如此说来，儿未在相府招赘？

李　成　姑爹既未在相府招赘，你那休……

　　　〔王母摇首。

王十朋　啊！母亲问儿修那封书信吗？

（唱）　修书之时未调任，
　　　　只说接眷一路行。
　　　　临行时难觅鳞鸿寄音信，
　　　　累母亲跋涉远道罪孽深。

　　　〔王母泣。

呀！（背唱）
　　　　母子相逢多喜庆，
　　　　为何先怨后伤情？
　　　　莫不是玉莲不孝顺，

　　　　　　　妻因夫贵慢慈亲。
　　　　　　　要问,要问,是要问,
　　　　　　　母亲!
　　　　　　　问玉莲为何不同行?
王　母　她……儿哪!
　　　　(念)　只因家书来家寄,
　　　　　　　入赘相府休发妻。
王十朋　儿的家书里面,并无此语。
王　母　(唱)　岳母当时怒冲冲,
　　　　　　　苦逼玉莲嫁内侄。
王十朋　难道岳父他老人家就不管了?
王　母　他,他……他呕血而亡了。
王十朋　呀! 玉莲呢?
王　母　(唱)　好个玉莲贤德妇,
　　　　　　　誓死不往孙家去。
　　　　　　　江边留下鞋一双,(取鞋)
　　　　　　　将身跳入瓯江渡。(悲痛掩泣)
王十朋　(执鞋,凝视)
　　　　(唱)　天地转,神志昏,
　　　　　　　空见绣鞋不见人。
　　　　　　　只说百年连理并,
　　　　　　　两月夫妻永离分。
　　　　　　　有心同向黄泉路,
　　　　　　　无人侍奉老娘亲。
　　　　　　　说起来要把奸相恨,
　　　　　　　逼婚改任误归程。
王　母　儿哪! 媳妇已死,不能复生,多请高僧高道超度她吧!
王十朋　母亲,此事因孙有乾逼婚而死,岂能善罢甘休! 待儿
　　　　即刻进省告假,回转温洲,查讯明白。
王　母　我儿为了私事,告假还乡,谈何容易啊!
王十朋　母亲免虑,同年周必大现为温州推官,待儿写信一

封,送往温州,请周年兄传讯孙有乾,定能水落石出。

王　母　如此甚好！为娘此番被钱孙氏赶出,一来多亏李成
　　　　　仗义伴送,二来全仗许文通世伯相助盘费,也该写信
　　　　　致谢,才是道理。

王十朋　你儿遵命！母亲,请到后堂。（同下）

第八场　拒　婚

〔三年后,中元节。

〔江西吉安府钱载和行辕。

〔钱载和、钱夫人上。

钱载和　（唱）　都只为王十朋饶州病故。

钱夫人　（唱）　数月来玉莲儿朝暮啼哭。

钱载和　（唱）　周参军应调来幕府。

钱夫人　（唱）　莫不是要他东床来坦腹?

钱载和　（唱）　周参军使君已有妇,
　　　　　　　　夫人说话太糊涂。
　　　　　　　　已命人请他过衙署,
　　　　　　　　当面相亲便定局。

〔院子上。

院　子　禀家爷,周参军求见。

钱载和　有请!

〔周必大上。

周必大　（诗）　才佐黄堂判案牍,
　　　　　　　　又来督府展略韬。

　　　　　卑职周必大求见!

钱载和　参军请坐,王太守可曾同衙?

周必大　业已奉命前来。（呈手本）

钱载和　吉安并非两湖所辖,何用手本? 璧还了吧!

周必大　　老大人吉安驻节,王年兄巡查州县。有失迎候,理当的!

钱载和　　太谦了!(看手本)王十朋……

钱夫人　　这里也有一个王十朋,可是前科状元?

周必大　　正是前科状元。

钱载和　　唉!前科状元乃是金判饶州,到任三月,早已病故了。

周必大　　老大人有所不知,只因王年兄相府拒婚,被万俟奸相改调潮阳,又将同科榜眼王仕弘改调饶州。如今万俟奸相被张魏公参倒,王年兄方得升任吉安。

钱夫人　　原来如此!参军与王太守,几时同在临安?

周必大　　卑职与王年兄在临安一别,已有三年了。

钱夫人　　参军既与王太守同年,想必知王太守有无妻室?

周必大　　王年兄壮年丧偶,尚未续弦。

钱载和　　既是三年未见,又怎知他是壮年丧偶?

周必大　　(念)　远在两年前,

　　　　　　　　　温州做推官。

　　　　　　　　　年兄手书到,

　　　　　　　　　查办孙有乾。

　　　　　　　　　狂徒在京华,

　　　　　　　　　落榜未回还。

　　　　　　　　　状元搬家眷,

　　　　　　　　　被他知根源。

　　　　　　　　　灌醉下书人,

　　　　　　　　　一旁盗信缄。

　　　　　　　　　家书改休书,

　　　　　　　　　逼死钱玉莲。

钱夫人　　钱家怎会相信?

周必大　　孙有乾买通温州落榜举子,假作干证,事就真了。

钱载和　　孙有乾如何发落?

周必大　　依律充军沙门海岛。

钱载和　　好!请王太守前来相见。

周必大　　遵命!(下)

钱夫人　老爷,这就好了!

钱载和　夫人请在屏风内稍候。

钱夫人　为妻知道。(下)

〔王十朋上。

王十朋　(念)　升任吉安离岭南,

　　　　　　　　物换星移三载遥。

　　　　　参见老大人!

钱载和　请坐。呀! 太守为何素服戴孝?

王十朋　咳!

　　　　(唱)　无限酸辛,

　　　　　　　　寒妻为我投江水,

　　　　　　　　素服悼念结发情。

钱载和　是这样的! 尊府还有何人! 膝下可有儿女?

王十朋　还有老母在堂,膝下并无儿女。

钱载和　就该早日续弦。

王十朋　故剑情深,誓不再娶。

钱载和　岂不闻"不孝有三,无后为大"!

王十朋　卑职情愿抚养螟蛉,继承宗祀!

钱载和　太守此言差矣! 依老夫之见,还是另娶一房才是。
　　　　老夫有一小女,守寡在家,年龄与令正夫人不相上
　　　　下,与太守十分有缘!

王十朋　老大人,卑职要往玄妙观追荐亡妻。告辞!(出)
　　　　咳! 怎么又遇着这样事情啊!(下)

〔钱夫人上。

钱夫人　老爷,怎么太守拂袖而去?

钱载和　谁叫话不听完就走了!

钱夫人　这拿来怎好?

钱载和　夫人免虑,去对女儿言说,就言老夫在吉安玄妙观中
　　　　许下香愿未还,叫女儿替父去还香愿。

钱夫人　知道了。(下)

钱载和　家院,持夫人名帖,请王太夫人过府侍宴!

家　院　是！（下）

钱载和　正是：

（念）　只因未识庐山面，

反怪好心撮合山。（下）

第九场　荐　亡

〔二幕启：三清大殿。

〔王十朋上。住持暗上。

王十朋　（唱）　玉碎珠沉魂魄销，

花辰月夕泪空抛。

戏彩萱堂同欢笑，

唯有兰房静悄悄。

五马黄堂何足道，

返魂乏术恨迢迢。

玄妙观中修大醮，

一年二度把魂招。

长幡宝盖空中绕，

法鼓金铙不住敲。

叫住持焚香忙上表——

〔礼后住持暗下。

玉莲妻阴灵不昧听根苗。

万俟卨如今冰山倒，

调吉安我远离瘴海潮。

孙有乾充军沙门岛，

假休书早已察秋毫。

我为妻写了多少悼亡诗词稿，

我为妻誓不续鸾娇。

愿贤妻骑鲸来往蓬莱岛，

愿贤妻湘灵、宓妃共游遨。

早知一别传噩耗，

深悔当初着官袍。

难忘你举案齐眉同欢笑，

难忘你万家灯火伴春宵。

明知道人天阻隔云路杳，

愿贤妻魂魄入梦慰寂寥。

十朋哭得神魂倒——（顿足哀悼）

〔住持上。请十朋客堂待茶，十朋下。

〔钱玉莲上。

钱玉莲 （唱） 三清宝殿瑞烟飘，

回思往事心悲悼。

都为假书起祸苗，

义父母福州把任到，

救玉莲才免逐波涛。

派人饶州察分晓，

衙门口：

素车白马，

执事仪仗，

吹吹打打，

齐齐整整，

护送王金判的灵车滨荒郊，

命薄似霜前草，

此身未亡影已凋。

寒鹄偏过江蓼照，

江山易改志不挠。

明是降香暗将亡夫悼，

问苍天何事意才高？

可叹你未能立廊庙，

可叹你珠玉委蓬蒿。

谁陪君客地孤魂同游眺？

037

谁与君清明寒食奠酒肴？

可知妻命运多颠倒？

老爹爹死不瞑目恨难消！

愿神灵早发勾魂票，

夫妻们九泉携手乐逍遥。

哭亡夫又怕人知道——

〔王十朋上。二人相见，互惊、退后。

王十朋 （唱）　满腹疑云费推敲，

容颜恰似亡妻貌！

钱玉莲 （唱）　翩翩犹似旧丰标。

王十朋 （唱）　莫不是玉莲阴魂到？

莫不是山精木魅与花妖？

钱玉莲 （唱）　莫不是我夫来赴修文诏？

莫不是寄书信遇着殷洪乔？

王十朋 （唱）　你看她行动有声非虚渺，

明明是人不是妖。

钱玉莲 （唱）　你看他欲言又忍目回眺，

又惊又喜露眉梢。

王十朋 （唱）　待上前，庙堂有人是非张。

怕旁人笑我评头品足太无聊！

钱玉莲 （唱）　待上前，男女有别违礼教，

义父知，有口难将是非消。

王十朋 （唱）　玉莲妻分明亡故了，

钱玉莲 （唱）　疑神疑鬼为哪条？

〔二人迟疑不安。

王十朋 （唱）　有道是人生有同貌，

钱玉莲 （唱）　错认夫妻人笑嘲！

不放心……

王十朋 （唱）　不放心……

钱玉莲 （唱）　上前……

王十朋 （唱）　上前……

钱玉莲 王十朋	（唱） 看分晓……

〔梅香上。

梅　香	小姐！夫人派来人说,王老安人过府来了,叫小姐回府陪客。
钱玉莲	（唱） 欲上前又被扰—— 唉！梅香,回府去吧！（同梅香下）
王十朋	（唱） 见鞍思马意如潮。 回头忙把住持叫, 谁家女眷把香烧?
住　持	两湖节度使的千金小姐！
王十朋	（背）这就奇怪了！方才钱老大人在行辕提亲,我为了夫妻情重,拂袖而去。今见钱小姐容貌,竟与玉莲一般模样,这是什么缘故呀！（稍停）啊！莫非玉莲她投江遇救?唉！纵然遇救,也是温州沿江鱼船,钱老大人在福州做官,他又如何能去?断无此理！断无此理！（略思）本待回衙,疑团难解。本待上前追问,反怕钱老大人降罪！唉！拼着罢职丢官,也要问个水落石出！提轿！（上轿）
住　持	送太守！
王十朋	免！（同下）

〔闭二幕,折殿堂景。

〔复开二幕,钱玉莲上。

钱玉莲	（唱） 回首前尘如梦影, 十朋夫声音笑貌记得清。 越思越想心不定, 好似古井起波纹。 回府去对义父禀, 打听真情才放心。

〔王十朋上。

王十朋	（唱） 事不关心犹小可, 层层疑云绕心窝。

容貌相同无差错，

千金再醮理不合。

糊涂案这才难坏我，

快些追赶莫歇脚。（追下）

钱玉莲　（唱）　过了一街又一街，

太守追我为何来？

有心住轿相等待，

义父知道是祸胎。

手揭轿帘目回盼——

〔王十朋上。二人眉眼。王十朋下轿欲开口，钱玉莲急下。

王十朋　啊！

（唱）　候门隔了万重山，

咫尺天涯人不见。

顾什么官体，怕什么嫌，

箭已离弦收不转——（挥手，龙套车夫下）

王十朋放胆闯行辕！（作身段下）

第十场　戴钗

〔幕启，钱载和行辕正厅。

〔钱载和、周必大缓步上。

钱载和　（诗）　破镜重圆焉无日，

周必大　（诗）　珠还合浦会有期。

钱载和
周必大　（二人相视会意）哈哈哈！

钱载和　周参军，请坐叙话！

周必大　请！（同坐）

〔家院上。

家　院	吉安太守王十朋求见。
	〔钱载和、周必大相视复笑。
钱载和	果不出所料,他来得正好! 有请!
家　院	有请王大人!
	〔王十朋急上。
周必大	(离座起迎)啊! 年兄为何行色匆忙?
王十朋	这……啊! 周年兄,适才小弟玄妙观追荐亡妻,遇一小姐,颇似拙妻……小弟疑信参半,一路追来,只见她进入钱大人行辕。不知这一小姐,可是钱大人令爱?
周必大	正是! 哈……
王十朋	那……她可是姓钱?
周必大	年兄,不要问了!
王十朋	要问! 要问! (向钱载和)老大人! 令千金可是姓钱?
钱载和	自然姓钱!
王十朋	姓钱? 姓钱? 她是玉莲?
钱载和	是呀! 你同小女总算有缘吧?
周必大	年兄,这下总没有说了! 快来见过大人!
王十朋	不忙! 不忙!
钱载和	既是太守不忙,此事就从缓议。(王十朋失望)小女还有钗儿一枝,有人说是汉朝梁鸿孟光之物,老夫难辨真假,请太守代为鉴别。(交周必大)
周必大	年兄请看!
王十朋	(接看,惊喜)荆钗! 荆钗! 老大人,卑职……
钱载和	怎样?
王十朋	这荆钗……
钱载和	可是真的?
王十朋	老大人,卑职允婚,确是一片真心! 周年兄,请你为媒!
钱载和	莫忙哟! 老夫问你这荆钗是不是真的,哪个在提姻亲?
王十朋	老大人,荆钗是真的! 卑职允亲也是真的! 岳……岳父老大人在上,小婿跪下了。(跪,钱载和扶)
	(唱)　只为夫妻情如海,

秦腔
荆钗记
JINGCHAIJI

　　　　　　　　　请恕十朋太痴呆。
　　　　　　　　　荆钗在时人定在，
　　　　　　　　　玄妙观中见过来。
　　　　　　　　　十朋进府费疑猜，
　　　　　　　　　老大人请把茅塞开。
钱载和　（唱）　当年船行瓯江外，
　　　　　　　　　曾将令正救起来。
　　　　　　　　　只说你珠玉沉沧海，
　　　　　　　　　谁知姓同名有乖。
　　　　　　　　　今日才把疑团解，
　　　　　　　　　天缘巧合又同偕。
王十朋　（唱）　王十朋离座忙下拜——
钱载和　（扶）家院！
　　　　　（唱）　快请小姐出堂来。
家　院　请夫人、小姐上堂！
　　　　〔钱夫人、王母、钱玉莲、梅香上。
钱夫人　（唱）　巧中又巧怪中怪。
王　母　（唱）　婆媳重逢笑言开。
钱玉莲　（唱）　见奴夫不改旧丰采——
　　　　　哎呀！夫呀！
　　　　〔王十朋、钱玉莲相认，泣。王母与钱载和相见。
王十朋　哎呀！妻呀！
　　　　　（唱）　贤德妻你为我受苦又受灾。
　　　　〔幕后合唱：
　　　　　　　　　白头齐眉相敬爱，
　　　　　　　　　上前亲手戴荆钗。
　　　　〔王十朋与钱玉莲戴荆钗。幕徐落。

——剧　终

西安秦腔剧本精编

演出单位

西安尚友社

包龙图坐监

根据同名豫剧移植

西安尚友社移植

剧情简介

　　太师庞吉之孙庞老虎欲霸陈月娟为妾,又将陈母打死。月娟逃出,遇义士苏淮山父女相救。庞老虎率家人追至苏家,又欲抢苏凤英,被苏氏父女赶走。

　　庞老虎搬来县衙差人帮凶,苏凤英替陈月娟而去,暗示其父带陈月娟至包拯门生信阳府高守正处上告。

　　高守正不敌县令袁义彪和庞老虎大量金银财宝的诱惑,陷苏淮山和陈月娟于囹圄。

　　苏凤英得知高守正与县令及庞老虎狼狈为奸后,设计逃出庞府至包拯处告状,包拯闻言疑信参半,决定微服私访。

　　经明察暗访,又亲尝酷吏刑杖,包拯终于明白真相,遂惩治酷吏恶徒,于民昭雪冤情。

场　目

人　物　表

包　　　拯	宋朝老相
苏　凤　英	苏淮山之女
陈　月　娟	襄阳民女
高　守　正	信阳知府
苏　淮　山	卖艺老汉
高　夫　人	高守正妻
袁　义　彪	淮阴县令
庞　老　虎	庞太师之孙
伙　夫　婆	县衙膳房厨手
老　狱　公	伙夫婆之夫
庞　　　保	庞府管家
王朝、马汉张龙、赵虎	四品校卫
二　　　公	淮阴捕快
衙　　　役	淮阴衙役
青　　　袍	知府衙役
刀　　　斧	相府机刑手
家　　　奴	庞府恶奴
府　　　簿	

第一场

〔傍晚。

〔荆篱柴扉的院落,放置着各种兵刃。

〔音乐中幕启。苏淮山正在指点苏凤英练武。武毕。

苏淮山　啊！天色不早,儿啊,快快回房歇息吧。

苏凤英　嗳。

〔苏家父女收拾兵器进屋。霹雳骤鸣,大雨如注。
乐起。

陈月娟　（内唱）　逃虎口——

〔陈月娟嫁衣零乱,步履踉跄地上。

　　　　（唱）　急忽忽逃虎口气喘力尽,
　　　　　　　　恨庞贼倚权势杀人逼婚。
　　　　　　　　追声急偏遇上夜路难认,
　　　　　　　　陈月娟到何处避难藏身?

〔陈发现柴扉。

　　　　（夹白）茅舍?!

　　　　（接唱）隐绰绰又只见茅舍近,
　　　　　　　　失急慌忙叩、叩、叩……叩柴门。

〔陈急叩门。苏家父女披衣上。

苏淮山　何人叩门?

陈月娟　我乃襄阳民女陈月娟,被强人追赶,望乞搭救!

〔苏淮山开门。陈月娟急进门跪倒。

陈月娟　恩人!

苏淮山　（闻犬叫、追声,一惊)啊！后边何人追赶?

陈月娟　庞太师之孙庞老虎——

苏淮山 苏凤英	啊?!
苏淮山	又是他!
苏凤英	爹爹——
苏淮山	快、快、快让她躲避舍内。

〔苏凤英扶陈进屋。

〔内喊:快追! 啊——

〔苏淮山与女入内。

〔庞老虎引庞保及家奴挑灯上。

庞 保	少爷,民女去向不明,路旁有茅舍一座。
庞老虎	敲门。
庞 保	是! (叩门)开门! 开门!

〔苏淮山佯装打哈欠上场。

苏淮山	(念) 喊声惊高枕, 人醒梦犹存。

〔懒洋洋地举步打哈欠。

庞老虎	打将进去!
庞 保 家 奴	啊!

〔家奴踢开柴扉,抢人。

苏淮山	(故作惊慌地)啊……诸、诸、诸位! 敢莫是南衙巡捕?
庞 保	少噜苏! 我们不是!
苏淮山	啊……莫非是过路的钦差命官?
庞 保	不是! 不是!
苏淮山	这就不对了。一非南衙巡捕,二非钦差命官,尔等与老汉素不相识,半夜三更,破门入宅,是何道理?
庞老虎	唗! 老不死的,既然家居罗山,难道连你庞大爷都不认得么?
苏淮山	(故惊)啊……您就是大名鼎鼎的庞——
庞 保	大名鼎鼎的庞老虎——
庞老虎	嗯!

庞　保	庞大少爷庞衙内。
苏淮山	啊……但不知庞大少爷夜入民宅,有何贵干?
庞　保	听着!今晚是衙内新婚之喜,不幸新奶奶越墙逃去,我们追到此地,她隐匿了踪迹。快把新奶奶交出来,免得皮肉受屈!
苏淮山	这就怪了。老汉在傍晚时分,便闭门困觉,哪里见的什么新奶奶,旧奶奶哟。
庞老虎	休与他噜苏,搜!
众	啊。

〔众家奴院中四寻,庞保引庞老虎欲入室搜寻。
〔凤英冲出捉庞保手,庞保力所不支,被凤英摔倒在地。

庞老虎	大胆!

〔庞老虎近逼凤英,陡见凤英美色,呆目。

苏淮山	(有意遮拦、拉英)女儿,不得无礼!
苏凤英	哼!(怒视庞老虎)
庞老虎	(打花舌)咋、咋、咋,呜呀呀……哈哈……
	(唱)　某家今夜好福分,
	丢新妇又遇上俏佳人。
	往上看——
	蛾眉清秀杏眼俊,
	一对酒窝捧朱唇。
	往下看——
	窈窕身躯装束紧,
	金莲小巧勾梦魂。
	小的们!
众	在。
庞老虎	(接唱)新奶奶面前立为何不相认?
众	(愕然)啊!
庞老虎	(暗示庞保)
	(唱)　莫误了良辰美景——爷的好婚姻。(指苏女)

庞　保	啊！（对凤英）怪我们有眼无珠,追来赶去原来你藏在这儿,新奶奶,快跟我们走吧。
苏凤英	我?!
庞老虎	哈哈……
苏淮山	你们?
庞　保	咋着?清亮人好说,糊涂人难缠!（欲拉凤英）
苏淮山	住手!
庞　保	啊!我看是敬酒不吃,想吃罚酒!
庞老虎	抢!
众	啊!
苏淮山	你们不要欺人太甚!
苏凤英	爹!别跟他们说了,打!

〔苏与女对家奴开打!庞等被打得狼狈而逃,凤英欲追。

苏淮山	女儿住手!他乃当朝太师庞吉之孙,今夜之祸已经惹得大了!
苏凤英	哼!身为当朝太师,竟如此放纵子孙,横行乡里,真应该狠狠地教训他们一顿。
苏淮山	莫再高言,速速唤出避难民女,再作道理。
苏凤英	是。

〔陈月娟出。

陈月娟	多谢大伯、小妹救命。
苏淮山	哎呀姑娘啊!方才庞贼硬要搜宅,被我父女一阵痛打,四散而逃。那贼必不甘心。此处已难安身,快快说知你的住处,我父女也好连夜送你回去。
陈月娟	这——
苏凤娟	你的家住哪儿呀?
陈月娟	家么——
苏淮山	事情紧迫,快快讲来。
陈月娟	大伯呀!

（唱）　家住襄阳十里屯,

　　　　　　偶遇天火父丧身。

　　　　　　母女走投无路奔，

　　　　　　无奈罗山寻远亲。

　　　　　　俺与庞贼不相认，

　　　　　　强行拦进他府门。

　　　　　　诬俺欠他银百两，

　　　　　　力逼小女配婚姻。

　　　　　　我的娘辩理被杀把命尽，

　　　　　　后花园井中把尸沉。

苏淮山　可知你亲戚的居住？

陈月娟　光知道是我母娘家的远亲，姓名、居址，小女子未曾知晓。

苏淮山　这——

苏凤英　爹爹呀！咱们父女既然打了庞贼，惹下后患，一不做二不休，不如将陈家姐姐的冤情写成状纸，同到县衙首告。

苏淮山　使不得，想那罗山县令，素与庞府勾结，县衙首告，岂非自投罗网？

苏凤英
陈月娟　这——

陈月娟　大伯、贤妹呀！今晚遇危相救，月娟已经感恩不尽，岂可连累你们父女。不如我拼得一死，上县首告，也好解脱你们父女的干系！

苏淮山　姑娘啊！

　　（唱）　老汉我久闯江湖素仗义，

　　　　　　岂怕为你担干系？

苏凤英　　　俺与你生死在一起，

　　　　　　姐姐不必心生疑。

苏淮山　有了。闻听人言，信阳知府高守正乃是包相爷门徒，想他定能不畏强权势，禀公执法。咱们快快收拾行囊连夜起程，到信阳越衙告状。

苏凤英 陈月娟	全凭 爹爹／老伯 做主。

〔内嚷:走,走!

苏淮山　禁声!想是那庞贼去而复返。月娟姑娘快快躲回原处,万万不可轻率从事,倘有不测,速到信阳告官!

陈月娟　那你们——

苏凤英　(催扶陈)快、快!人来了!

〔陈隐。

〔庞保暗引公差上。

庞　保　看!就在这儿——

差　人　(进门)苏淮山!

苏淮山　啊!公差到来何事?

差　人　带了!(带苏父女)

苏淮山　我们父女未犯国法,因何无端拘捕?

差　人　我们是奉命行事,有理你到堂口说去。

苏凤英　真是欺人太甚!(推差人,欲打)

苏淮山　(急拉暗示要掩护月娟)快,随他公堂辩理。

苏凤英　(明白)哦……是。

差　人　走!(庞保随公差押苏家父女下)

〔陈月娟冲出——二幕闭。

陈月娟　哎呀且住!恩人到在堂上,定蒙不白之冤,我岂能移患他人,自去信阳逃生?待我拼死赶上堂去,为恩人解脱干系便了。(下)

第二场

〔二幕启。县衙正堂。衙皂分班上,同立。袁义彪上。

袁义彪　(念)　做官如同做买卖,

摸透行情发大财。

〔三通鼓响、坐堂。庞保上。

袁义彪　来呀！

衙　皂　在——

袁义彪　将被告带上堂来！

衙　皂　（呼）被告上堂。

二　差　（内呼）走！

〔二差押苏父女上堂。

苏淮山　小民苏淮山叩见太爷。（苏父女跪）

袁义彪　旁跪何人？

苏淮山　小女苏凤英。

袁义彪　唗！好一个苏淮山，分明是拐骗人妻，强掳为女，你
　　　　道县爷我不知？

苏凤英　太爷呀！俺父女四乡卖艺，相依为命，罗山县境，谁
　　　　人不知？怎说我们父女有诈？

袁义彪　住口！（对苏淮山）

　　　　（唱）　庞府有人将你告，
　　　　　　　竟敢当堂来要刁。
　　　　　　　深夜行凶人拐跑，
　　　　　　　佯装父女罪难逃。

苏淮山　（唱）　太爷休将案颠倒，
　　　　　　　你听小民说根苗。
　　　　　　　衙内夜出将民扰，
　　　　　　　他抢我女把亲招。

袁义彪　（唱）　哪个听你胡搅闹，
　　　　　　　本县自能察秋毫。

　　　　（对凤英）小女子。莫非你中了他什么邪道？要知
　　　　道——他这三教九流不可交！

苏凤英　太爷！

　　　　（唱）　分明是庞老虎设下圈套，
　　　　　　　借公堂抢民女他杀人借刀。

秦腔
包龙图坐监
BAOLONGTUZUOJIAN

苏淮山是我父谁人不晓?

望太爷禀公断莫惧权豪。

〔内喊:衙内到!

袁义彪 好好好!

（念） 少时衙内到,定能见分晓。

有传!

衙 皂 传!

〔庞老虎上,庞保随上。

袁义彪 尔等忙跪!（袁迎庞衙内）

袁义彪 劳动衙内,亲临小衙。

庞老虎 贵县可曾判明?

袁义彪 他们二人一口咬定,父女相称。下官只好等衙内亲
自过目,认后定夺。

庞老虎 好好好,待某认来。

〔苏父女立起。

苏凤英 （见贼生怒）强盗,（打庞耳光）你夜入民宅,抢掳于
我,被我父女赶去,今又诬陷告官。你——（欲冲）

袁义彪 拦住! 衙内,这其中恐怕——

庞老虎 我自己的妻室,焉有认错之理?

袁义彪 我是说,这个苦果,恐怕食之无味。

庞老虎 嗳! 你晓得什么? 常言说,夫妻之间,打是亲,骂是
爱,先苦后甜,乐在其中也!

袁义彪 好好好,好一个先苦后甜,乐在其中,如此说来,衙内
认得准?

庞老虎 认得准。

袁义彪 辨得真?

庞老虎 辨得真。

袁义彪 只要衙内认得真,听我当堂是非分。升堂!

众 升堂!

〔袁义彪坐堂。

袁义彪 尔等听断! 苏淮山拐骗人妻,行凶杀人,罚银五百

两。限半月交付公堂,违限者押监量刑!

苏淮山　太爷断案太不公道!

袁义彪　公道不公道,自有天知道。听断! 陈月娟私奔苏宅,
　　　　　佯为父女,本应严惩,看在庞衙内面上,不欲究办,速
　　　　　回庞府,与庞衙内成亲。

苏凤英　一派胡言!

袁义彪　嗤!

　　　　（念）　身为父母官,
　　　　　　　　　自有断案权。
　　　　　　　　　再要不服断,
　　　　　　　　　老爷难容宽。

　　　　来,大刑伺候!

衙　皂　（跑上）禀老爷,门外又来了一个陈月娟!

袁义彪　哎呀,麻缠了!

　　　　（唱）　我犹豫不决暗悄算。

苏凤英　（唱）　凤英堂上做了难。
　　　　　　　　　倘若是月娟再落贼子手,
　　　　　　　　　无苦主如何信阳见青天?
　　　　　　　　　倒不如以假当真水搅乱,
　　　　　　　　　救出月娟越衙申冤。

庞老虎　贵县。

　　　　（唱）　既然女子来投案,
　　　　　　　　　为何不把她来传?

袁义彪　衙内,我是怕——

庞老虎　难道忘了你的前程是何人所赐?

袁义彪　岂敢,岂敢!

庞老虎　再不然——怕我爷爷提拔于你?

袁义彪　唔唔唔,下官领会了,带民女上堂!

众　　　民女上堂!

　　　　〔陈月娟上。

庞老虎　（涎脸）嘿嘿,我的新奶奶……

陈月娟	（打庞耳光）贼子！
袁义彪	架住！
	〔皂架陈。
袁义彪	大胆！公堂之上，岂能容你出手打人？我来问你，可是陈月娟？
苏凤英	（抢白）老爷，她乃苏凤英，为了救我，冒名而来。
陈月娟	贤妹——
苏淮山	（急接、暗示陈）儿啊！休要胡言，方才为了救她，为父与她佯装父女，而今你若再要舍己为人，眼睁睁为父要成孤身之人了。
陈月娟	大爷——
苏凤英	哎呀！大人哪！刚才既蒙大人明断，我岂能再连累你们父女。小女子情愿随庞衙内回府。
陈月娟	贤妹——
苏凤英	苏家大姐！你看苏大伯年过花甲，时刻需要照料，太爷已经明断奴身，大姐若再为我受累，岂不双双自陷深渊。
陈月娟	这——
苏淮山	太爷，陈月娟既招认，老汉情愿服断受罚，半月之内我奔走他乡，定能筹借银两，了却此案。（示意英半月内听候信阳消息）
庞老虎	慢来！休听她们胡言乱语，这两个陈月娟，都是我府逃妾！
陈月娟 苏凤英	贼子！
	（唱） 贼子做事丧天理， 　　　　强人为妾把官欺。
苏淮山	既然太爷无主意。
三人同	（唱） 咱们同到信阳府见高低。
袁义彪	住口！
	（唱） 明镜高悬法堂地， 　　　　太爷自能断是非。（下位）

　　　　　我说少爷呀!此地乃行法之所,人多嘴杂,若将案情
　　　　　传到信阳高守正那里……

庞老虎　哪个怕他不成?

袁义彪　高知府虽不足怕,他恩师包黑子可是不好对付,倘或
　　　　　被包拯闻到风声,恐怕你我后悔莫及。

庞老虎　这——

袁义彪　少爷的心事下官完全明白,既然是吃着一碗,想着两
　　　　　碗就该容我巧为周旋,半月之限,量他们银子难以周
　　　　　全。即便齐全,再给他来个翻上加翻,那一碗,岂不
　　　　　是稳拿稳端?

庞老虎　既然如此,我容你半月。

袁义彪　好好好,不知少爷先要哪一个?

庞老虎　先要那个漂亮的。(指苏女)

袁义彪　好!(叫)陈月娟——
　　　　　〔陈月娟欲应,被苏父女拦住。

苏凤英　民女在。

袁义彪　你可是自愿招认姓氏?

苏凤英　民女自愿。但愿太爷开恩,容我一件事。

袁义彪　讲。

苏凤英　我母昨日被庞府打死,民女热孝在身,怎能立刻成
　　　　　婚?望大人宽限一月,为母安葬。如若不然,我情
　　　　　愿碰死在公堂,决不从命。

庞老虎　(拉知县)过来!过来!一月之限,我岂能等得,莫
　　　　　要许她。

袁义彪　少爷!(耳语)说什么一月守孝,不妨暂且应允。另
　　　　　置静室相待,只要人入贵府,这守孝不守孝,不过是
　　　　　掩人耳目而已。

庞老虎　好,由你判来。

袁义彪　众人听判!
　　　　　(唱)　苏淮山我给你半月期限,
　　　　　　　　　到时候捧银两来见本官。

陈月娟葬母灵孝心可感，

入庞府置静室月后团圆。

你莫再拖延！

退堂！

〔二幕闭。

众　　退堂！

庞老虎　庞保,领人回府！

陈月娟　贤妹！

苏淮山　女——

苏凤英　（急呼）大伯——保重！

苏淮山　女儿啊！

衙皂　（哄苏、陈）下堂！

庞老虎　哈哈……

（分下）

第三场

〔数日之后。高守正后堂。乐声中幕启。高守正置
状于桌上。

高守正　（唱）　高守正理信阳循律遵典,

惜毛羽察秋毫德政昭然。

昨日里接到了重大命案,

庞衙内杀人逼婚无法无天。

袁义彪屈权势将案错判,

苏淮山陈月娟越衙申冤。

细思忖这宗案关系非浅,

庞太师在朝中得宠有年。

这桩案若不管名毁一旦,

老恩师晓知了定难容宽。

已命人传被告三日为限，

明日里升法堂辩本求源。

府　簿　（上）禀大人，罗山知县派知事差役，来到府外候见。

高守正　罗山知县可曾同来？

府　簿　未能同来。

高守正　哼！想他乃本案被告，承审之官，明日凌晨，勘审期满竟敢违误，于此，足见平日如何了。簿府，差役进见。

府　簿　罗山差役进见！

〔差甲、乙各提一个坛子和案卷书信上。

差甲乙　给大老爷叩头。

高守正　免了。你家太爷为何不到？

差　甲　我家太爷，身染重病。不能亲自送案上府。

高守正　本府不提他，他就不害病，本府一提他，倒害起病来了？！

差　乙　此乃我家太爷的病呈，大人请观。

高守正　我早知他有此举。（怒掷病呈）

差　甲　我家太爷虽未上府，却令小人送来了全部案宗和两件物证。

高守正　什么物证？

差甲乙　大人请看！（呈坛子）

高守正　原是两个瓷坛，封皮上还有字迹。待我看来："断案之易，决于笑取，揣情度理，事关机密。"（众下）不知内有何物？（揭坛口封皮）乃是两坛酱菜。莫非这菜中有毒？莫非这是被告杀人凶器不成？

（唱）　万恶多自淫心起，

　　　　毒母夺女把婚逼。

（阅状）啊！怎么状纸上所写的与罪证不同？

（念）状上写："拳足交加，鳞伤遍体，血流如注，当场打死"。看起来，一非酒，二非砒霜，三非马前子，与酱菜更无关系。

（思索）啊！有了。定是那袁义彪探知本府素性俭
朴，喜吃酱菜，特此送来两坛，前来讨好献媚，求我与
他包涵罪证，哼！狗官，你在作梦！

（唱）　袁狗官送酱菜窥探我意，
　　　　献微物投所好自露劣迹。
　　　　岂知我高守正决非庸吏，
　　　　才学高阅历广无懈可击。

来人，（府簿上）传膳房伙夫婆来见。

〔府簿应声欲下。

高守正　回来。府簿，你速往账房，扣我文银十两，送与罗山
县差役。让他们火速回去，命袁义彪前来见我。

府　簿　是。（下）

伙夫婆　（上）老爷唤我何事？

高守正　这是老爷刚刚买下的两坛酱菜，你速抱至膳房，备我
下饭之用。

伙夫婆　是。（抱一坛子）唉呀！小小坛子怎么这么重？（出
门被门坎绊倒。坛子里的金银撒了一地）

高守正　（见状猛然一惊）啊！酱菜之下，竟是金银！

（唱）　狗官狡诈施毒计，
　　　　竟敢行贿犯条律。
　　　　怒冲冲迈步大堂去，
　　　　即刻升堂把狗官提。

〔高夫人暗上，伙夫婆下。

高夫人　官人，这遍地金银从何而来？

高守正　夫人哪！前日苏家父女状告罗山县令和那庞家恶
虎，袁义彪差人送来两坛酱菜，内藏金银，其用心真
乃险恶。我要升堂理案，重重地处罚于他。

高夫人　官人哪！

（唱）　常言说官不打送礼的，
　　　　这俗情夫君可要记心里。
　　　　这一坛装的是金银财宝，

那一坛不知装的是啥东西？

（揭开坛口封皮，拨开酱菜，惊喜）

（接唱）光闪闪珠宝拿在手，

刹时间如游仙境眼花迷。

（拿起一件，赞叹地）

珊瑚树琢成麻姑红透媚，

（又拿起一件）

夜明珠晶莹奇彩照环宇。

高守正　夫人住手。

（唱）　尊恩师教诲严岂敢受礼，

虎头铡不循情铁面不虚。

方寸中萌杂念须先净洗，

一朝错铸大祸后悔莫及。

高夫人　（取出坛中纸条）官人，这里有信札，待我念于你听。

（念）　区区薄礼献台前，

体恤下情不为贪。

法外施恩维原判，

重封酱菜感青天。

下边还有呢！

（念）　皇王四品官，

一手能遮天。

摘叶藤必动，

须作另眼看。

若能抬贵手，

日后定升官。

哎呀官人哪！想那庞太师，权通圣驾，势压当朝，此
案你若固执鱼鲠，秉公而断，触怒太师，他在万岁面
前杜撰三言两语，你这区区知府，岂能担当得起？到
那时只怕丢官事小，还要负屈九泉，永落骂名！

高守正　这——此事若不秉公严法，被恩师闻知，也难免招来
大祸呀。

高夫人　　自古道"事难两全"。再说，包拯官大，也是宋王所封，怎比人家皇亲国戚牢靠？一旦包拯重蹈寇天官复辙。官人岂不再受连累？

高守正　　这……

（唱）　听夫人一席话把我提醒，
　　　　痛定思痛忆前情。
　　　　想当初投靠寇莱公，
　　　　门下为吏留贤名。
　　　　不料这宦途难算定，
　　　　天官遭贬一场空。
　　　　出京历尽飘零苦，
　　　　欲投国舅陈州城。
　　　　途中广闻百姓讼，
　　　　又听说包相爷出了帝京。
　　　　复手为民书状供，
　　　　包相爷收我为门生。
　　　　从此虽入青云梦，
　　　　料得始来难料终。
　　　　倘若一朝恩师倒，
　　　　得罪了皇亲难活成。
　　　　左思右想主意难定。

高夫人　（唱）　官人听我规劝情。
　　　　想那包丞相在朝为官，往往得罪权贵，虽有公正之名，难免浮沉之患。这两坛财宝，乃是深夜密送进府，又称是破案罪证，送坛之人，仅见其外表，不知其内状。况且苏淮山风烛残年，陈月娟孤女无依，只需你轻轻将就一点，便可断送他们。这个顺水人情暗中送与太师，日后他若提携保荐，夫君定能青云直上，位列公卿。

高守正　　坛中金银，伙夫婆已经见知，这便如何是好？

高夫人　　先给她些好处，令其守口如瓶，日后拿她个错，下到南监,自然可以灭口。

高守正　唉！就依夫人之言！

正是：

（念）　但愿此举风不透，

高夫人　　　　两全其美名利收。

第四场

〔天近黄昏。庞府花园观景楼内,设帐置几。苏凤英素装,辗转不安地思索,倾听……

苏凤英　（唱）　每日里被困在观景楼上，

与庞贼巧周旋半月时光。

时曾想找机会冲出罗网，

防守严耳目多怎能鲁莽？

老爹爹与月娟信阳告状，

为什么至如今音信杳茫。

莫不是途路上另生故障？

再不然高知府屈尊豪强。

有道是官官相卫理难讲，

更何况庞太师位列朝堂。

心猜测细推想反复思量，

听人言高守正德政有方。

他恩师包龙图京师为相，

断案明执法严人人颂扬。

虎头铡从不惧皇戚国丈，

朱笔下更不容僚属逞狂。

但愿得高知府恩师效仿，

为黎民除恶患明法正纲。

我还要暂隐忍动静观望，

顺变化应不测小心提防。

〔袁义彪陪庞老虎醉态上，庞保扶持随上。

庞老虎　（念）　多谢贵县送我归，

袁义彪　（念）　理当尽心把你陪。

庞老虎　（念）　寄书祖父报恩惠，

袁义彪　（念）　全凭太师多栽培。哈哈……

庞老虎　哈哈……贵县，此番除却坎坷，全凭你左右周旋。只是这新贵人忒也辣手了，入府半月，不得亲近。

袁义彪　不妨，不妨。此次下官陪你前来，正要为你成其美事。

庞老虎　不知贵县有何妙策？

袁义彪　附耳上来……（耳语）

庞老虎　妙哉！妙哉！好，看你的。庞保，打开门锁。

庞　保　是。

袁义彪　慢！我二人进去之后，你要小心将门反锁，严加守候。

庞　保　是。

〔庞保开锁推门，二人进。保拉门反锁，候守一侧。

袁义彪　姑娘受委屈了？

〔苏不理。

袁义彪　嘿嘿……衙内请坐。（庞坐）

袁义彪　想姑娘入府半月有余，怒气总该少息些吧？再说既然身入庞府，衙内又是仰慕于你，日后终是夫妻。何必因他人之累，使恩爱蒙上芥蒂呢？

苏凤英　（闻他人二字，一惊。复又冷静地）既然公堂明断，小民守孝在身，望乞自重，休出龃龉之语。

袁义彪　（大笑）哈哈……好一个苏凤英！
你道我官场多年的七品正堂，连真假都辨得不出么？
姑娘——
　　　（唱）　置身官场十余冬，
　　　　　　　是真是假心中明。

　　　　　　　苏家女怎守陈氏孝？

　　　　　　　又何必为他人逞烈性。

　　　　　　　困樊笼误佳期，受孤冷，

　　　　　　　耽误这良辰美景好前程。

苏凤英　（唱）　既知陈氏非我姓，

　　　　　　　你为什么将错就错断案情？

袁义彪　（唱）　一为你荣华富贵能受用，

　　　　　　　二为他——衙内爱你是痴情。

苏凤英　（唱）　明知故断罪孽重，

　　　　　　　上司查明你难活成。

袁义彪　（唱）　劝姑娘休再作越衙美梦，

　　　　　　　下官来正为的把话讲明。

　　　　　　　你不允婚无非是盼着清官高守正，

　　　　　　　民家女岂晓知官场内情。

　　　　　　　你的父带月娟信阳把冤鸣，

　　　　　　　高守正已把他下入狱中。

　　　　　　　单等你成婚后放他性命，

　　　　　　　若不然，姑娘的良缘，

　　　　　　　你父的性命，

　　　　　　　月娟的清白，

　　　　　　　知府的前程，

　　　　　　　被你一人来断送。

　　　　　　　到那时你悔之无穷。

庞老虎　贵县！容她自思自想。

袁义彪　是啊，是啊，望姑娘三思。

苏凤英　（唱）　看起来事有变我不能再等，

　　　　　　　若鲁莽冲不出罗网重重。

　　　　　　　还需要诱贼子亮出把柄，

　　　　　　　再施计巧脱身星夜进京。

　　　　（佯装不信）哼！想那信阳知府，乃是包相爷的门
　　　徒，岂能与你们沆瀣一气？

袁义彪　哈哈……真是民妇愚见。（对庞）

庞老虎　贵县，将知府回书拿出让她看来。

袁义彪　好。（对苏）我看你是不见棺木不掉泪呀。看，（袁从袖中取出高守正回书）这就是你那高青天的亲笔回文。

苏凤英　拿来我看。

袁义彪　慢。等婚事成后，你尽可取去把阅，如今么——听我与你念来：

　　　　多承美景，遵嘱办理，苏陈二犯，均已下狱。

　　　　此案怎清，望示详喻，谨慎从事，莫露踪迹。

　　　　〔苏凤英强忍怒火，故作失惊。

庞老虎　何去何从，咎由自取！

苏凤英　哎呀太爷、衙内呀！也是奴家一时逞能，既未救出月娟又累及了爹爹，还望二位高抬贵手，相扶解危。

庞老虎　解危何难，我问你这婚事？

苏凤英　只要能救出我父性命，小女子甘愿铺床叠被，伺奉衙内。

庞老虎　（性急欲拉）美人。

苏凤英　慢！方才太爷言道，官场之事，无非戏弄下民，恐小民一经应允，你们又赖账不管了。苦哇……

庞老虎　莫哭、莫哭，你父之事，包在他（指袁）的身上。

苏凤英　空口无凭。

庞老虎　好，你就给她立字为证。

袁义彪　待我写来。

苏凤英　多谢了！

　　　　（唱）　至如今我方知贵县良善，

　　　　　　　却原来，桩桩件件是你周旋。

　　　　　　　谢大恩缺少那美佳宴……

庞老虎　对，对，对，你我当共酬知县美意。庞保！

庞　保　恭候门外。

庞老虎　速去膳房，备上珍肴佳味。

庞　保　（看看门锁）是。（下）

苏凤英　（唱）　定叫你称心如愿花好月圆。

袁义彪　写好了,请看。

庞老虎　(接)小娘子——

苏凤英　(取接)当谢大恩。

袁义彪　事已至此,下官告辞。

苏凤英　慢!

　　　　(唱)　此事多亏你成就,

　　　　　　　怎能够空放月老走?

庞老虎　对! 对! 对! 盛情感谢。

苏凤英　(唱)　卖艺人无所为,

　　　　　　　我秉兴给你要上几手。

袁义彪　下官洗目瞻仰。

苏凤英　(唱)　权当是感恩德当面劳酬。

袁义彪　难得新贵人有如此雅兴。

庞老虎　还不是贵县的规劝之功?

苏凤英　是啊! 若非贵县把话言明,我岂不是仍然蒙在鼓中,
　　　　我要是不允亲事,漫说是一个庞老虎——

庞老虎　还是叫官人好听!

苏凤英　啊啊……漫说是一个庞——

袁义彪　官人么。

苏凤英　怎么,县爷愿替奴家呼叫?

袁义彪　取笑,取笑。哈哈……

苏凤英　就是十个,八个,也休想近我!

庞老虎　不错! 不错! 半月前某就领教过了。

苏凤英　哎呀! 那你玩的不过是些大把戏,今天哪,我要亲自
　　　　献丑,叫二位瞧瞧俺们苏门的小把戏。

　　　　〔凤英舞绸,设计捆住庞老虎。

苏凤英　(用手指点庞腰穴)着!

庞老虎　(顿时张口目呆,如同立尸)啊!

袁义彪　(已感不妙)你——

苏凤英　(执匕首)禁声! 狗官胆敢孟浪,这刀就是你的
　　　　对头!

袁义彪	（无奈，转跪）哎呀！姑奶奶饶命，姑奶奶饶命。
苏凤英	叫我饶命倒也不难，需要听我吩咐！
袁义彪	一切从命。
苏凤英	将高守正回文交出！
袁义彪	这——

〔苏凤英飞步逼视，插匕首于桌上。

袁义彪	好，我交出，我交出。（示回文）姑奶奶，放了我吧。
苏凤英	放了你——

（唱）　我刚才许诺事尚未做了，

你叫我一件件细说分晓。

献回文你还算颇尽孝道，

姑奶奶把你们狗命来饶。

袁义彪	（叩头捣蒜）知恩！知恩！
苏凤英	（唱）　我曾许伺奉你月圆花好，
袁义彪	不敢，不敢……
苏凤英	（唱）　来来来，你与他同入鸾巢。

〔英命袁抱庞入帐，绑袁堵嘴，放帐子。

苏凤英	（唱）　姑奶奶少奉陪罗帏放好，

拿赃证星夜间我要进京见包。

（身段破窗，攀沿下楼。少顷）

〔庞保捧酒食上。

庞　保	不亏县令，唇似百灵，说得少女春心动，要讨美酒把亲成。哈哈……（开门。视帐罗微动，暗笑）嘻嘻！真稀奇！（急出）二男一女，混世乱迹，我索性别进去。（出门。好奇地爬门缝再疑）咦！怎么封窗开了？莫非……（轻手轻脚地再进——看窗）哟！那来的铁器撬钉之印？不好！（慌忙至帐前，又不敢掀，蹑手蹑脚看——大惊）啊！（掀帐，扶袁，取口中物）
袁义彪	快快搭救衙内。人跑了！

第五场

〔次日深夜。包府书房。包拯执朱笔批阅报章,几案临近阁窗处。三更三点。

包　拯　（唱）　夜览报章三更尽,

　　　　　　　　老骥伏枥赤子心。

　　　　　　　　治国当以民为本,

　　　　　　　　理政须有廉洁身。

　　　　　　　　秉公执法应荐引,

　　　　　　　　贪赃枉法罪灭门。

　　　　（又举一卷,浏览少顷)

　　　　（唱）　这一卷入报信阳高守正,

　　　　　　　　善断冤狱为官清。

　　　　　　　　理政勤俭惜百姓,

　　　　　　　　人呼青天誉满城。

　　　　　　　　阅罢报章心高兴,

　　　　　　　　朱笔批转呈主公。

看将起来,老夫果然选中一个贤才。（起身,兴奋地踱步)想当年,老夫陈州放粮,正是这个高守正,为民挺身书写状子,请旨放官升任信阳知府。果然不出数载,便有颂德的报章入朝。好好好,明日早朝,我不免携卷上朝。

〔苏凤英内喊:冤枉!苏女出现在窗口,王朝、马汉、张龙、赵虎急上欲捉。

苏凤英　投案之人,何须捉拿?

〔纵身入室,王朝等围住。将苏凤英手中字据交包。

〔王朝举灯。

包　拯　（念）　多承美意，遵嘱办理。

　　　　　　　　苏陈二犯，均已下狱。

　　　　　　　　此案怎结，望示详喻。

　　　　　　　　谨慎从事，莫露踪迹。

苏凤英　闻听人言，相爷断案似神，你看这字据和回书，来得
　　　　奇也不奇？

包　拯　这字据，回书——

　　　　（唱）　这字据分明是行贿的把柄，

　　　　　　　　这回书是赃物内藏隐情。

　　　　　　　　姑娘你夜入府为的把冤鸣，

　　　　　　　　叫王朝刀入鞘容她禀明。

苏凤英　（唱）　国丈之孙不行正，

　　　　　　　　淮阴县里施淫凶。

　　　　　　　　逼婚杀害陈母命，

　　　　　　　　俺父女路打抱不平。

　　　　　　　　袁义彪阴险诡计定，

　　　　　　　　买通了你的好门生。

　　　　　　　　高守正设下冤狱受礼重，

　　　　　　　　袁义彪逼我庞府把亲成。

　　　　　　　　无奈绣楼把武动，

　　　　　　　　罗帏帐捆住了二畜牲。

　　　　　　　　我这两张字据作凭证，

　　　　　　　　日夜兼程进汴京。

　　　　　　　　谁料想夜间不通禀，

　　　　　　　　无奈何我只得攀沿到书庭。

　　　　　　　　听你称赞高守正，

　　　　　　　　民女怒从心头升。

　　　　　　　　因此上投书把冤鸣，

　　　　　　　　相爷你错用歹人心可痛？

　　　　　　　　我看你，门生犯罪可严惩？

　　　　　　　　我看你，法触权贵律怎行？

民女我留下他们上上下下三条命，

为的是，等大人，亲查明、主正义、惩元凶、叫

那些作恶之人钳口横。

受害百姓冤辩明。

黎民得安生，罪犯无处行，

为民除害，永葆相爷你、你的铁面美名。

包　拯　（唱）　小女子一番话词严义正，

高守正袁义彪必有勾通。

叫王朝执提牌你、你、你速把身动……

（夹白）提狗官——

王　朝　遵令！

包　拯　慢！

（唱）　还需要求实求严谨慎行。

这一女子可知诬告者……

苏凤英　理当反坐。

包　拯　陷害者……

苏凤英　必得严惩。

包　拯　好，（对王）让她暂留包府，查明后要当堂质对。

王　朝　是。（引苏凤英下）

包　拯　马汉！

马　汉　在。

包　拯　快与我更衣，信阳州察访。

马　汉　是。（大幕闭）

第六场

〔次日午后。城郊。伙夫婆背米上。伙夫婆渐渐力
所不支，放米袋，擦汗。

伙夫婆　（唱）　老婆子这几天走了红运，

高老爷和夫人格外施恩。

赏给我一袋细米口都难扎紧，

还封了一包散碎银。

口声声夸我手巧善烹饪，

下一月要给我长钱加薪。

我趁着休息时间赶路紧，

把白米速送回家门。

到底是人老力气尽，

越扛越觉米袋沉。

有心叫人帮帮劲，

偏偏遇不上一个熟人。

（传来驴铃声，吆驴声）

咦！毛驴！

（唱）　老婆我运气好——嘿！（哪）七巧六顺。

正发愁扛不动啊——你都瞧瞧，

来一头毛驴后边跟。

牵驴人他到来我求个帮衬，

好听话打发他送我回村。

〔包拯吆喝着，做算命打扮上场。

包　拯　（唱）　十字街头暗察问，

从衙内出来个背米人。

装作闲逛忙跟紧，

找茬与她把话云！

（拴驴下，少顷复上）

〔包拯揩汗。伙夫婆用头巾扇凉。

包　拯　好热的天哪！

伙夫婆　唉，天好热呀。

包　拯　好毒的日头啊！

伙夫婆　这日头好毒啊。

包　拯
伙夫婆　（互相搭讪地）啊！哈哈……

包　拯　怪不道人说，这打伞不如云遮日啊。

伙夫婆	可不是么,那扇扇不如自来风啊。
	〔双方乐得都找到话茬。
伙夫婆	老大哥。
包　拯	大妹子。
伙夫婆	这大热天,正响午头,你老往哪去呀?
包　拯	跟你一道呀。
伙夫婆	(喜)啊!你也往东啊?
包　拯	不往东还能从东门口出呀?
伙夫婆	嘿嘿……那你这驴——
包　拯	是个累赘。
伙夫婆	累赘?
包　拯	看,老汉乃是云游四乡的算命之人。上午碰到一个骑毛驴的汉子,言说丢了娇子,要我为他卜上一卦,老汉我屈指这么一算……不远不近,他的孩子正在西边三十步之内吹糖人的摊子前面看人家吹孙猴子大闹天宫咧!
伙夫婆	啊!他当真在那儿找到孩子啦?
包　拯	我的卦是百算百中,哪有找不到之理?
伙夫婆	那他也得好好谢谢你呀!
包　拯	那汉子找到娇子,满心高兴,怎奈身无银两,于是——硬要把毛驴送给老汉。我左推右让,执意不收,他是千恩万谢,实心相赠。不容我分说,叫他那娃子在地上给我叩了三个响头,将缰绳往我手里一塞抽身便走。十字街头人多热闹,我追着找着,一会儿便不见了踪迹。唉,只好回头牵上这个累赘。
伙夫婆	这是你的福气。
包　拯	唉,算卦之人,身无定处,哪有功夫铡草拌料,伺候这个畜牲。分明是个累赘,还谈什么福气啊。
伙夫婆	(背)这倒是个古怪老汉。
包　拯	说起福气,我倒要找个有福气的将驴送给他呀。
伙夫婆	白送?

包　拯　分文不取。呃,这个大妹子运气倒是满好呀!

伙夫婆　咦!你咋知我运气好啊?

包　拯　这叫来人不用问,老汉我会那奇门遁。你呀,你不是寻常的百姓!

伙夫婆　哟,我可是个下力人哪。

包　拯　下力之人,焉知没有福气哪?你乃是个吃官粮的。

伙夫婆　嘿!老大哥,你咧卦还真中。我还是在知府衙门干事的呢!

包　拯　你这一夸奖,老汉我倒要送你一卦。

伙夫婆　好吧,我先谢谢你。你算算我在衙内里干啥?

包　拯　好好好,伸出手来,待我测测手相。

伙夫婆　(伸手)看。

包　拯　嗯……嗯……翻过手背来……待我掐上一卦……
　　　　(背白)衙门内的女佣人,不是奶妈子,便是伙夫婆。我看她指甲缝中,尚留面痕,祆裎之上,沾满了油渍……(对婆)你呀,手上出了官纹!

伙夫婆　哟……嘻嘻……我这粗里麻搭的手,咋能说有官纹啊?你咧卦可不算灵验呀。

包　拯　慢!你只知"官"居人上,可知这官数级,想这三品以上,叫作朝官;四品爵禄,谓是府官;七品之身称为县官;把班值班,叫作门官。你这官纹么……横一斜三,肯定是个厨官!

伙夫婆　嘿,上鞋不用锥子,真(针)行。实不相瞒,我就是膳房伙夫婆。

包　拯　大妹子!

　　　　(唱)　不是老汉我口气满,
　　　　　　　人称我,善断阴阳的活神仙。
　　　　　　　我看你,眉宇之间福运闪,
　　　　　　　这一月,不到关饷你领了赏钱。

伙夫婆　　　老大哥果然是能掐会算,
　　　　　　　我正为领赏做着难。

　　　　　　　　你看这一袋白米满又满，
　　　　　　　　想把它扛回家我力薄身单。

包　拯　（唱）　老汉生来好行善，
　　　　　　　　来来来顺路送米把驴牵。
　　　　　　　　不为钱来不吃饭，
　　　　　　　　专门为我把名传。

伙夫婆　（唱）　多谢大哥行方便，
　　　　　　　　信阳州我给你把名传。
　　　　　　　　俺家离这里不算远，
　　　　　　　　七里半、到俺家。
　　　　　　　　我给你，烙油饼，下挂面，
　　　　　　　　再煮几个咸鸡蛋，
　　　　　　　　打上四两老烧酒，
　　　　　　　　恭恭敬敬我谢客官。

包　拯　（唱）　大妹子一席话我春风满面，
　　　　　　　　来来来我为你把米搬。（搬米下）

包　拯　常言道帮人帮到底，来来来我的大妹子，你也坐在驴
　　　　上边，我为你把驴牵。快上、快上！

伙夫婆　你恁大岁数，你走路，我骑驴，那可使不得！

包　拯　嗳！
　　　（唱）　我云游四方铁脚板，
　　　　　　　你小脚走路难又难。
　　　　　　　咱一个快来一个慢，
　　　　　　　路上没伴咋攀谈？
　　　　　你要是不上驴，这米，我不送了！

伙夫婆　既承好意，那我……
　　　（唱）　可就要上驴——不啦啦啦……
　　　〔乐起、包拯牵、伙夫婆上驴。
　　　〔舞蹈、圆场。

包　拯　嘚儿……

伙夫婆　（伸脚夹驴）驾！（驴跳、包上前勒住、照面）

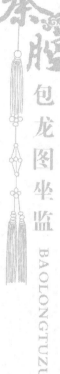

包　拯　吁——停住！停住！哎呀，大妹子，险些误了你一卦！

伙夫婆　还给我算哪？

包　拯　方才看了运相，又看了手相，而今我跟你一照面，可就看到你的面相了。

伙夫婆　哎呀，我这面相咋啦？

包　拯　面有暗色，可是大不吉利呀！

伙夫婆　天哪，叫我下来，你再给我算算……

包　拯　慢慢，嗯，不算太重，是受人家一点牵连。

伙夫婆　快叫我下来！

包　拯　不，咱们一边走着，一边算着。

伙夫婆　那……

包　拯　嘚儿……走动啊！

〔乐起、又行。

伙夫婆　你快点给我算哪！

包　拯　（唱）　老汉我边走边把卦来算，
　　　　　　　　观面相你是受别人牵连。
　　　　　　　　衙门里，知府为人不和善，
　　　　　　　　一定是贪赃枉法糊涂官。

伙夫婆　嘿！不灵！不灵！
　　　　（唱）　高知府居官甚检点，
　　　　　　　　落下美名"高青天"。
　　　　　　　　他恩师在朝有实权，
　　　　　　　　人称铁面严又严。

包　拯　啊——
　　　　（背唱）她把守正连声赞，
　　　　　　　　与报章相对无二般。
　　　　　　　　莫非是苏凤英受人指点，
　　　　　　　　捏造罪证诽谤清官。
　　　　　　　　我出京查访且莫有偏见，
　　　　　　　　还需要一层一层往深处盘。

（对伙夫婆）你说的恐怕不实。

伙夫婆　不信？你去打听打听，高知府上任以来，勤俭理政，从不酷待黎民，别说是贪赃枉法，就是吃饭也是粗淡为本，我是个伙夫婆，啥事能瞒得住我呀？

包　拯　（唱）　老汉相法甚灵验，
　　　　　　　从不欺世把人瞒。
　　　　　　　大妹子你再想想看，
　　　　　　　若不然，日后必然受牵连。

伙夫婆　　　　听说牵连心打颤，
　　　　　　　莫不是应在今天领赏钱。

包　拯　（再吓唱）
　　　　　　　掐一掐，再推算，
　　　　　　　这祸事出在那罗山县里边。

伙夫婆　（唱）　罗山县、罗山县，
　　　　　　　再不然应着那两大坛？

包　拯　（唱）　推卦理，那里出了人命案，
　　　　　　　论相法，有两人含冤下南监。

伙夫婆　（唱）　他一宗一件来推算，
　　　　　　　怪不得人称活神仙。

包　拯　（唱）　您太爷受了贿他铤而走险，
　　　　　　　惧权贵把恩师放在一边。
　　　　　　　看起来这件事定会翻案，
　　　　　　　到那时谁知情谁受牵连。

伙夫婆　（夹白）我咧个妈呀！
　　　　（唱）　这一卦算得我一身冷汗。

包　拯　（唱）　我还要明算暗追寻根源。
　　　　大妹子。
　　　　　　　这运气若不破定有后患。

伙夫婆　后患？

包　拯　（唱）　不是杀头便是坐监！

伙夫婆　哎呀……

〔伙夫婆骑不稳,欲跌,包拯相扶。

包　拯　大妹子,你咋啦?

伙夫婆　我怕。

包　拯　哎,老汉说的是卦中运相,也不见得都灵验哪。

伙夫婆　灵,灵,你的卦句句都灵。

包　拯　啊!那刚才你不是说高知府是个青天吗?

伙夫婆　那是原来。可这一回呀,他可办下缺德事啦!

包　拯　他缺德他受报应,你何必害怕呀!

伙夫婆　咳!我不是也连着一点筋么?

包　拯　不怕、不怕!

（唱）　莫要害怕把心担,

　　　　用破法能叫你转危为安。

〔伙夫婆跳下驴来。

包　拯　你咋跳下来啦?

伙夫婆　你能破了灾星?我得给你瞌上个响头。

包　拯　慢着,慢着。老汉我向来与人为善,不须生受你的礼
　　　　拜。你先将事情说透,我再为你解脱。

伙夫婆　老大哥。

（唱）　那一天知府将我唤,

　　　　二堂内摆着两个大瓷坛。

　　　　他说是酱菜叫我保管,

　　　　我失急慌忙往外搬。

　　　　谁知道坛子沉又把门坎绊,

　　　　哗啦啦,摔了坛——金银财宝撒在二堂前。

包　拯　后来呢?

伙夫婆　（唱）高夫人出来把我攥,

　　　　我觉着没材料满面羞惭。

　　　　回家后见老伴我学了一遍,

　　　哎!对,俺那个他,

　　　　是南牢看门的老狱官。

　　　　他言说罗山出了一个案,

这银子跟案有牵连。

分明是知府受贿行事短，

受害人已经关进他的监。

嘱咐我千万莫把闲事管，

想不到都在你的卦里边。

但愿你老施恩典，

使破法把我来成全。

包　拯　好！好！好！待我破上一破……嗯，嗯！消灾解难，耳东来见，一男一女，应在男监。

伙夫婆　啊，对啦！我老伴说，关的那一男一女，女的就姓陈么。

包　拯　啊?！果然灵验！实话告诉你吧！这破法应在他们身上。老汉见了他们，才能推出解危之法。

伙夫婆　咦！糟了！要是早点说，我领你找着俺那老伴，一点难也不用做，就能见到他们。可是今个后晌不行啦。

包　拯　啊！那又为了何故呢?

伙夫婆　我出衙门的时候，俺那在衙里当差的干儿说："老干娘，你出去可别忘了带好腰牌，现在堂上咧刑具都摆好啦，傍黑太爷要对淮阴县城的一男一女关上衙门动大刑，没有腰牌，谁也别想出入。"

包　拯　啊！那……叫我算算明天再使破法晚不晚……（掐）今夕不破，明朝祸显……哎呀，完了，这个事我没法管了！

伙夫婆　哎呀老大哥！（哭诉）你不管咋办哪？可怜我是个使唤人，凭下力吃饭，要是有个啥好歹……我咧个娘哎！

包　拯　啊……别哭、别哭。不妨把腰牌借给我，让我溜进去，偷偷看上一眼，也好立刻给你求个破法。

伙夫婆　那我……

包　拯　你将米送回家中，带回南衙做饭。之后，出衙门往南，在那个酒店之内，暗把腰牌给我，待我查出破法，将腰牌送到——

伙夫婆	南监俺老伴那里,我在那等着。
包　拯	好,大妹子,为了替你消灾解难,老汉就冒冒这个险吧。
伙夫婆	多谢神仙爷啦!
包　拯	事不可误,快上驴。

〔伙夫婆上驴。

伙夫婆	（唱）	大哥果然心良善,
包　拯	（唱）	解人之危理当然。
伙夫婆	（唱）	心里着急咱快转,
包　拯	（唱）	我在驴后忙加鞭!（伙夫婆下）
包　拯	（唱）	伙夫婆一席话如雪中送炭,
		淮阴县这桩案一目了然。
		步行几里一身汗,
		我的双足磨烂,
		看起来今天这驴没白牵。

〔包笑下,追驴。

第七场

〔幕启:三班衙役分列大堂。袁义彪陪高守正上。

高守正	（念）	知县把信送,逃走苏凤英。

〔堂鼓三响,众人呼威。

高守正	带苏淮山、陈月娟上堂!
众	带苏陈二犯!

〔内应:啊! 苏、陈立而不跪。

高守正	唗! 大胆的案犯,来在公堂,因何立而不跪?
苏淮山	哼! 敢问公堂之上,谁是原告? 谁是被告? 何人该立? 何人该跪?
陈月娟	大人哪! 庞老虎打死人命,抢劫民女,何以不来出庭

受审？袁县令与庞贼勾结错断公案,为何端坐法堂?
苏大伯为救小女,仗义勇为,风尘仆仆,知府告状,又
为何反遭狱祸?

高守正　住口!分明是苏淮山拐骗民女,诬告官绅,本府已一
等再等,尔等仍不悔改,不动大刑,料难伏罪。

苏淮山　昏官!

（唱）　听一言气裂豪杰胆,
　　　　你怎居朝廷的四品官?
　　　　撇下原凶不查办,
　　　　助纣为虐你、你、你是非倒颠。

高守正　（唱）　推下去重打四十板,

众　　　啊!

〔众打苏,陈欲扑,众拦。

众　　　（呼)一十……二十……三十……四十……打完!

高守正　（唱）　我叫你公堂上口出狂言!

苏淮山　狗官!

（唱）　纵将我皮肉全打烂,
　　　　我奉陪到底不改颜。

高守正　招了供可将你赦免。

苏淮山　呸!

（唱）　要想诱供难上难,
　　　　你有胆,敢同我把你的恩师见?

袁义彪　小麻雀入了笼你还光想扑扇。

苏淮山　高守正——

（唱）　日后相爷闻此案,
　　　　当心铡口不留奸!

高守正　（唱）　提恩师吓得我方寸乱,
　　　　进也难来退也难。
　　　　违了恩师祸难免,
　　　　得罪太师难容宽。
　　　　金蝉脱壳我往外推知县,

　　　　　　　　佯装有病……

袁义彪　大人——

高守正　（唱）　哎呀呀，我的头昏目眩。

　　　　　　　袁知县——

袁义彪　卑职在。

高守正　本府一气之下，心病突犯，你且代本府审理，务要追出实情。

袁义彪　既然如此，卑职甘愿代劳。只求大人对众明示。

高守正　三班听了，袁大人代本府审案，无论何人，不准阻刑，不准咆哮公堂，违者格杀勿论！

众　　　啊！

苏淮山　高守正，你可知你恩师的厉害？

　　　　〔高守正退下。

陈月娟　高大人！高大人！

苏淮山　哼！他倒滚下堂去了！

袁义彪　大胆！

　　　（念）　大人交给我生杀权，
　　　　　　　老儿休想再耍蛮。
　　　　　　　快快招供你要识劝，

苏淮山　状纸就是口供！

袁义彪　来人！

　　　　〔众：啊！

袁义彪　（唱）　上枷棍再把杠子盘。

　　　　动刑！（苏昏厥）。

陈月娟　（唱）　见伯父受重刑天旋地转，
　　　　　　　血淋淋遍体伤把我的心剜。
　　　　　　　你父女为救我受尽磨难，
　　　　　　　怎忍心再给您祸事来添。
　　　　　　　罢、罢、罢、民女愿把口供揽。

　　　　〔苏突然苏醒。

苏淮山　月娟！

（唱）　若无志对不起，
　　　　我这风烛残年。
　　　　宁可钢强头颅断，
　　　　决不低头屈强奸。

袁义彪　（唱）　忙吩咐加刑，莫迟慢，
　　　　〔包拯暗上。

包　拯　且慢！
　　　　（唱）　上前我把酷刑拦。

袁义彪　何处疯颠老儿，竟敢闯上爷家三尺法堂？

包　拯　算命之人，素以观吉卜凶为本，劝恶从善为怀。今见你公堂审案，严刑逼供，苦打成招，民有屈情，特来规劝一二。

袁义彪　动用大刑，乃知府大人示喻，何须你一旁多嘴。来，快快与我轰出去！

包　拯　慢！既是知府示喻，老汉我正要见他。

袁义彪　你与知府何亲何故？

包　拯　我与知府虽非近亲故友，但却是他的乡梓父老，只要替我传上寥寥数语，他定会出庭相见。

袁义彪　你且讲来！

包　拯　听了！
　　　　（念）　律为上，法不可枉。
　　　　　　　　民为本，情不可伤。
　　　　　　　　念恩师，贿不可受。
　　　　　　　　惜前程，罪不可当。

袁义彪　（对府簿）且去报于知府，看有无这个算命的同乡？
　　　　〔府簿下。

包　拯　啊——我观公堂之内，冷气袭人；贵县脸上，气色阻塞。依老汉的卦理推来，你不久要遇上灾星啊！

袁义彪　真乃妖言惑众！
　　　　〔府簿又上。

包　拯　回太爷，知府大人言道，乡梓之中根本无有这个算命之人,他既然擅闯公堂、窥探刑律、口出不逊、招惹是非、不可轻信于他!

袁义彪　(对包)你大胆!

　　　　(唱)　搅闹公堂你冒认官亲,
　　　　　　　灯蛾扑火自烧身。
　　　　　　　拉下去重打四十棍,
　　　　　　　披枷戴锁下监门。

〔众带包下、行刑、复拖包上。

包　拯　(唱)　三公台阁受刑讯,
　　　　　　　暗骂声高守正利令智昏。
　　　　　　　借机会南监里再把苦主问,
　　　　　　　到来日铡贪官——我为民把冤申。

袁义彪　打入监牢!

众　　　啊!(押包下)

袁义彪　苏老儿、陈月娟,你倒是招不招?

苏淮山
陈月娟　宁死不招!

袁义彪　今天,招也得招,不招也得招。来呀!

众　　　啊!

袁义彪　将陈月娟十指下签,苏老儿夹棍紧刑!

众　　　啊!紧刑。

〔乐声中:陈、苏昏厥。

〔高守正冲上。

高守正　还不趁此机会,让他们画供!

袁义彪　好! 就此——(握苏手画)于我画——供! 禀知府大人,供已画毕。

高守正　押进死囚牢!

第八场

包　拯　（唱）　披枷锁受大刑怒火万丈!

〔二幕启,死囚牢内。老狱公扶包拯上。

老狱公　慢点! 慢点! 哎呀,我说老哥,这么大年岁了,还打
　　　　的什么官司呀? 俗话话得好,衙门口是好进难出啊!
　　　　来来来,坐在这儿吧。

包　拯　多谢狱公了。

老狱公　谢我有啥用呀! 唉!

〔老狱公退下。包拯扶栏,伤痛,怒发冲冠。

包　拯　（接唱）年迈人囚笼困,举步艰难,

　　　　　　　　遍体是伤,满目凄凉。

　　　　　　　　数十载护皇律官居丞相,

　　　　　　　　一不贪赃,二不卖法,铁面无私,直谏敢上,

　　　　　　　　一口铜铡震朝堂。

　　　　　　　　原曾想上清廉下不敢妄,

　　　　　　　　谁料我自己的门生蔑视法纲。

　　　　　　　　血淋淋酷刑下把我的眼拨亮,

　　　　　　　　举贤士务须把小人提防。

　　　　　　　　若非是苏凤英进京告状,

　　　　　　　　险些儿把狗官举进朝廊。

　　　　　　　　似这等贪官赃若把权掌,

　　　　　　　　国不宁民遭殃冤案累累遗恨长。

　　　　　　　　辨忠奸尚需要民意察访,

　　　　　　　　切不可认门第轻信报章。

　　　　　　　　此一番可算得见识增长,

　　　　　　　　清名下也有那隐身虎狼。

不枉我牵毛驴热汗流淌，
查出了高守正受贿贪赃。
不枉我冒风险公堂来上，
亲眼见袁义彪凶险刁狂。
不枉我忍苦痛身挨棍棒，
方晓知酷刑下有口难张。
不枉我坐监牢法绳锁项，
体察到官风恶百姓遭殃。
在狱中等苏陈落实供状，
一件件一桩桩核对其详。
待明日升公堂铜铡摆上，
将尔等一个个捆上法堂。
平冤狱我亲把苦主释放，
杀贪官除恶霸正义伸张。
包拯我年虽迈志高胆壮，
为黎民七十三岁我、我甘冒风霜。

〔老狱公引伙夫婆上。

老狱公　孩他娘，你找咧算命先生是不是他呀？

包　拯　（闻声）啊、大妹子，敢莫是来取你那腰牌？

伙夫婆　哎呀，你咋叫关到这儿啦？

包　拯　哎，一言难尽哪。

伙夫婆　（扯老狱公）你个老东西，人家辛辛苦苦牵驴送米，
说好咧来这儿找你还腰牌，你咋把他给锁到牢里啦？
（拽老狱公的胡子）

老狱公　咦……我看你是白吃这几年衙门饭，你光知道这钥
匙拿在我的手里，咋不知道我咧手长在哪儿啊。

伙夫婆　你咧手不是长在胳膊上么？

老狱公　咳！我的胳膊是聋子的耳朵——摆设。手啊，不听
它咧！

伙夫婆　听谁咧呢？

老狱公　听知府咧火签哪。

伙夫婆	啊！说半天啦,是高知府叫关他咧?
老狱公	他不叫关,咱办这缺德事干啥呀?
伙夫婆	哎呀,我说孩他大呀,这老头不光卦算的好,人家咻心也善哪,咱得设法为人家讲讲情啊。
老狱公	你拉倒吧!你没有看看这是啥监号?死囚牢!
伙夫婆	死罪?
老狱公	难活成。
伙夫婆	那可咋办那?
老狱公	这可真是,不是一家人,难进一家门,俺老两口子都是吃豆腐长大咧,嘴松心软。我说孩他娘,别的忙咱帮不上,你问问他外边有啥事要嘱咐没有?你去给他跑腿,送个信,也算是尽了咱一片心啦。
包 拯	(闻听后)大妹子,这是你的腰牌,当面交还于你。
伙夫婆	好、好。(接)老大哥,你看我能给你帮个啥忙啊?
包 拯	正有一事相托。
老狱公伙夫婆	说吧。
包 拯	你看我白发苍苍,身陷囹圄,籍贯遥远,举目无亲。只有一个徒儿,算是老汉的晚年依靠。望你代为转告。
伙夫婆	他现在哪里?
包 拯	就在衙门附近相等。
伙夫婆	他叫啥名啊!
包 拯	不需呼名唤姓,这里有老汉行走的铜锣一面,小心带出衙门之后,将它提在手中,紧敲三下,慢敲三下,我那徒儿闻声自然与你相见。(交锣)
伙夫婆	别管啦。这事包在老婆子我的身上。哎,老大哥,你那驴——
包 拯	送于你们夫妻了。
老狱公	那俺受之有愧呀。
包 拯	哎——只要你们代老汉传出信息,我那徒儿还会重谢于你。

伙夫婆	放心吧。（对狱公）孩他大，你可要好心照料着点。
老狱公	那还用嘱咐？
	〔内喊：死囚入监！
老狱公	快点走！快点走吧！
	〔伙夫婆下。
	〔苏淮山扶陈月娟踉跄地上。老狱公开包拯监号，苏、陈欲进。
苏淮山	狱公大哥！你看她伤势沉重，需要照料，还是先在这里待上一时，也好扶持一二啊。
老狱公	那咋能行咧？
包　拯	啊，我说狱公大哥，你就行个方便吧。
老狱公	那——看在你的面上，就叫他稍照料一会儿吧。进去。
	〔苏扶陈进。
包　拯	慢着些，慢着些。
苏淮山	这位大哥，见义勇为，甘冒风险，令人敬慕。
包　拯	同是江湖人，何出客气话，快快扶持姑娘要紧。
陈月娟	苏伯父，你为我受苦了。
苏淮山	唉，老夫漂流四海，常与官绅较量，这"苦辱"二字已摆在脑后。只是侄女年幼体弱，怎能经得如此摧残！
陈月娟	侄女一生遇上这样的侠义父女，纵然同死也是心甘情愿。
苏淮山	比起这位大哥，我们父女是自愧不如啊。
包　拯	过奖了！咱们是陌路相识，但见狗官酷刑逼供，不知二人有何屈情？若不嫌弃，不妨慢慢诉上一诉，也好出出胸中冤气。
苏淮山	唉！我和此女，本不相识，也是路见不平，拔刀相助，引起这桩奇冤哪。
包　拯	（故作惊奇地）啊！请姑娘细述原委，也好叫我这株连的案犯，明白明白案有多奇，冤有多深哪。
陈月娟	大伯呀！

（唱）　提起来屈事情难忍悲愤，
　　　　我家住襄阳城外十里屯。
　　　　遭天火父丧命家室俱尽，
　　　　母女俩投亲路偶遇歹人。
　　　　罗山县庞老虎欺人太甚，
　　　　抢民女硬逼我当夜成婚。
　　　　我的娘欲说理她身遭乱棍，
　　　　后花园枯井内死尸来沉。
　　　　花烛下趁庞贼酒醉乏困，
　　　　急慌忙越后园夜半逃身。
　　　　庞老虎带人追的紧，
　　　　遇上苏家仗义人。
　　　　一场格斗贼逃遁，
　　　　刹时差人进柴门。
　　　　苏小妹冒名庞府进，
　　　　与大伯信阳把冤申。
　　　　谁料知府毒又狠，
　　　　空有美名骗黎民。
　　　　勾结庞贼酷刑讯，
　　　　俺出了狼窝……又被虎吞！
　　　　苏小妹至今杳无音信，
　　　　有好歹我怎对得起——仗义的恩人！

包　拯　（唱）陈月娟吐冤情感天动地，
　　　　年迈人禁不住热泪湿衣。
　　　　居官者听一听苦女言语，
　　　　食俸禄该不该严格典律？
　　　　多少人含冤屈状子难递？
　　　　多少人酷刑下命在旦夕？
　　　　执法人手拍胸问问自己，
　　　　奉皇律千古恨骂名不息。
　　　　转面来用好言安抚少女，

再叫声苏老弟怒火稍息。
莫以为山穷水尽临绝地，
您可知柳暗花明路曲曲。
将案情再写状让人转递，
汴梁城包府内咱鸣冤喊屈。

苏淮山　唉！
（唱）　不提起包黑子心无怒气，
提起来包拯他剑眉倒立。
高守正曾投靠他的门第，
放信阳坐知府一手来提。
看起来铁面官空有名气，
宠弟子重私情不辨贤愚。
官场中大都有沽名钓誉，
哪一个管黎民无有冤屈。
倘若是入京城再把状递，
只怕是官官相卫有凶无吉。

包　拯　骂得好！
（唱）　不愧为仗义人权势不惧，
言虽重足叫人引为警笛。
喜只喜南监内偶遇知己，
不嫌弃愿与你结为手足。

苏淮山　（唱）　枉死城结义兄先施大礼……（跪拜）
包　拯　（夹白）我的好兄弟！（扶起）
陈月娟　（唱）　感恩德与义父同死不惜。
　　　　〔伙夫婆、老狱公慌忙跪。
伙夫婆　哎呀，老大哥，大事不好啦！
包　拯　何事惊慌？
伙夫婆　我按着你的嘱托，出衙鸣锣，寻找你那徒弟，忽然过
来两个花面苍胡的上差，喝问原委，将锣夺去，冲到
南衙来了！
老狱公　我咧妈呀！来了！来了！

〔王朝、马汉持锣急上，张龙、赵虎跟上。

王 马	张 赵	（恭立监外）参见相爷！

包　拯　免！

苏淮山	陈月娟	天哪，你就是包相爷？

老狱公　我咧妈呀！（开监去刑）包相爷恕罪。

包　拯　休要惊怕。将他们刑具取下。王朝，火速去到衙前击鼓，向那知府鸣冤要人！

王　朝　是。（下）

包　拯　马汉。

马　汉　在。

包　拯　速领他们（指苏淮山、陈月娟）去到行辕，同苏女凤英相见之后，一齐上堂作证。

马　汉　随我来。（引苏陈下）

包　拯　张龙、赵虎！

张 赵	龙 虎	在。

包　拯　引本相更衣。

张 赵	龙 虎	是！

第九场

〔王朝上，击堂鼓。内喊：何人击鼓？

王　朝　哦！快快报于你家知府，就说四品校卫王朝击鼓鸣冤！

〔乱锤中，高守正、袁义彪慌乱地上。

高守正　（见礼）不知上差何时驾到，下官失却恭迎。

王　朝　知府！快快升堂理事，我要为我家相爷喊冤！

秦腔
包龙图坐监
BAOLONGTUZUOJIAN

高守正　啊?! 我家恩师现在何处?

王　朝　就在狗官你的南监。

高守正　这……这……这是从何说起?

袁义彪　可别闹误会啊!

王　朝　休得啰嗦,快快随我公堂去看。

〔王朝抓高守正玉带、圆场。

〔二幕开,大堂。王朝带二官于公堂。呼声震耳。马汉等护卫包拯朝服上。高守正低首屈迎。

高守正　恩——师——

包　拯　高知府——

高守正　卑职在。

包　拯　高大人——

高守正　小人在、小人在……

包　拯　高守正!

高守正　(失魂落魄地呆跪)……

包　拯　你身居高官、位列四品,乡梓父老,不屑一顾,今日本相么——要借借尔的三尺法堂,审理公案!

高守正　小人俯首听命。

包　拯　来人!

众　　　在。

包　拯　摆开虎头铜铡,传本案案犯人证,击鼓升堂!

〔堂鼓响"急急风"中"虎头铡"过场。庞保、庞老虎被拘上。苏家父女,陈月娟、伙夫婆、狱公上。苏、陈与庞照面。

陈月娟　贼子!

　　　　(唱)　千仇万恨心头涌。

苏凤英　(唱)　你们狼狈为奸把民坑!

苏淮山　(唱)　相爷法堂悬明镜,

三人同　(唱)　为民除害平冤情。

包　拯　(夹白)庞府家奴!

庞　保　小人在!(上跪)

包　拯	（唱）	我问你何人致死陈母命？
庞　保	（唱）	俺老爷亲口吩咐的众家丁。
包　拯	录供！庞老虎！	
	（唱）	杀人逼婚当严惩， 为何又抢苏凤英？
庞老虎	（唱）	出计谋全凭袁县令， 当堂法断有证明。
袁义彪	（唱）	错断官司我知罪， 我与庞府无沟通。
包　拯	（怒唱）	大胆！ 现有你手写的字据作凭证，（出示） 当堂抵赖要加刑。
袁义彪	我咧个爷！	
	（唱）	此事都怪高守正。
高守正	（佯怒）	狗官！
	（唱）	血口喷人理不通。
袁义彪	（唱）	庞府的厚礼我一人送。
伙夫婆	相爷！	
	（唱）	这两坛钱财作证明。
高守正	恩师啊！	
	（唱）	分明是诬陷下官他们串了口供。
包　拯	哇！	
	（唱）	赃证现在我手中。（示回帖） 写回帖贪赃枉法害百姓，
陈月娟 苏淮山	相爷！	
	（唱）	他将俺苦打成招判死刑。
老狱公	（唱）	险些儿害了三条命。 包相爷也在我的监号中。
包　拯	（唱）	大堂之上对了证， 尔等作恶法不容。 家奴效主系从命，

関进大牢判徒刑。

高守正
袁义彪　相爷开恩！
庞老虎

包　拯　（唱）　将三犯系法绳铡口按定，

〔众五花大绑袁、庞，高三人。

包　拯　（唱）　捺到了铡口内为民惩凶。

开铡！

苏、陈
伙、公　青天包相爷！

〔乐大作。大幕闭。

——剧　终

西安秦腔剧本精编

演出单位

西安尚友社

吴汉出潼关

西安尚友社保存本

剧情简介

　　王莽篡权后,派女婿吴汉镇守潼关。一日,马成保着刘秀去潼关找自己早年的结拜兄弟吴汉。当吴汉得知汉室有后,而且就是自己眼前的刘秀时,便命手下人将刘秀抢下,打入木笼,并将马成赶出潼关。吴汉的母亲得知吴汉要送刘秀向王莽请功,便当面向吴汉说明汉平帝之死及吴汉父亲被王莽杀害的情景。吴汉闻言既恨王莽杀死了自己的父亲,又感王莽待自己的知遇之恩,于是欲以假放刘秀逃走来瞒哄母亲,不料被其母识破用意,戳穿他的阴谋。吴汉无奈,欲以杀妻表明自己的反莽决心。吴母趁势立逼吴汉去杀公主,以断绝其对王莽的难舍之情。公主闻讯,为了成全吴汉,自刎身亡。

　　王莽闻讯,派大将苏献前往潼关。吴母为去儿子后顾之忧,头碰明柱而死。吴汉见母亲已死,开城会战苏献。在城上观战的刘秀误以为吴汉被苏献战败,便慌忙只身逃出了潼关。吴汉回城不见刘秀,无心再战苏献,单枪匹马闯出潼关查找刘秀的下落。

《西安秦腔剧本精编》QINQIANGJUBENJINGBIAN

场 目

人 物 表

汉秀成母
吴刘马吴公
苏中众彩
主献军兵女

第一场

〔刘秀上。

刘　秀　（念）　小小鱼儿困沙窝，
　　　　　　　　腹中无食怎奈何！（坐）
　　　　小王,汉室刘秀。不知何日才能出头。我不免等马
　　　　皇兄到来再作商议。
〔马成上。

马　成　（念）　英雄落魄，
　　　　　　　　时运不来。
　　　　参见幼主。

刘　秀　罢了。你看小王何日才能出头？

马　成　幼主,昔日我曾结拜一人,名叫吴汉,现镇守潼关。
　　　　你我去到那里再作商议你看如何？

刘　秀　如此皇兄带马。

马　成　马到。
〔刘秀、马成同上马。

刘　秀　（唱）　叫皇兄与我把马看，
　　　　　　　　小王把话说在先。
　　　　　　　　到潼关见了吴汉面，
　　　　　　　　千万莫要露真言。

马　成　（唱）　幼主莫要嘱托言，
　　　　　　　　为臣心中自了然。
　　　　　　　　马上加鞭往前赶,（圆场）
　　　　　　　　来到潼关东门前。（二兵暗上）
　　　　来此已是潼关,幼主下马来。（二人下马）。你先在
　　　　柳林休息,待我上前答话。（对城头)城头军请了！

二　兵　请了。务干何事？

马　成　禀知你爷，就说故友来访。

二　兵　我爷不在。

马　成　哪里去了？

二　兵　我爷西门外操练人马未曾回来。

马　成　你爷回来有劳转告。

二　兵　请了。

马　成　请了。（同下）

第二场

〔吴汉带兵上。

吴　汉　呔！众将官。

兵　　　有！

吴　汉　散操回衙。

兵　　　啊。

〔二兵上。

二　兵　与爷叩头。

吴　汉　何事？

二　兵　城门外来了一人，他言说是爷的故友。

吴　汉　那人是文装打扮，还是武装打扮？

甲　兵　文装打扮。

乙　兵　武装打扮。

吴　汉　那人有须无须？

甲　兵　有须。

乙　兵　无须。

吴　汉　报事不明，改日重处。

甲　兵　嗨，你就是不能见爷，见了爷尽胡说哩！

乙　兵　你胡说哩！我胡说哩？

甲 兵	人家明明是文装,你偏说是武扮;人家明明有须,你偏说无须。
乙 兵	你说的是哪一个?
甲 兵	你说的是哪一个?
乙 兵	我说的是那个小的。
甲 兵	我说的是那个老的。
乙 兵	裤裆里放屁——弄到两岔里了。
甲 兵	准备着挨杠子吧!(同下)
吴 汉	啊,我想这荒乱年间,哪里有故友来访!我还得提防一二。众军!
兵	有!
吴 汉	吩咐刀出鞘弓上弦,摆队随我上城一观!〔众兵摆队,圆场。马成引刘秀上。
马 成	城上是吴大哥?
吴 汉	城下是马贤弟?(放火)
吴 汉	啊贤弟,你身后怎么有火光出现?
马 成	待弟看过。(马成看。放火)
马 成	我当为着何来,原来是天气炎热,幼主头上真龙出现。刚才吴大哥问我,我还得瞒哄他一二。(对吴汉)大哥,那是放羊的牧童点火烧荒哩!
吴 汉	好,好一个放羊的牧童点火烧荒哩!众军开城!
马 成	慢着。请将兵撤下,为弟有密言相告!
吴 汉	(对兵)你等下去!〔兵下。吴汉引将开城迎马成。
吴 汉	你是贤弟?
马 成	你是大哥?
吴 汉	贤弟请来前行。
马 成	大哥请来前行。
吴 汉	你我携手同行。〔二人携手下,刘秀等随下。〔吴汉、马成、刘秀、二将上。

吴　汉　贤弟请来上坐。

马　成　吴大哥的虎位,还是吴大哥上坐。

吴　汉　贤弟身后何人?

马　成　乃是敝弟。

吴　汉　令弟上坐。

马　成　(求之不得)我这里谢座!

〔让刘秀上座。

吴　汉　(唱)　一见贤弟笑脸开,

　　　　　　　打躬施礼迎进来。

　　　　　　　多年未见马贤弟,

　　　　　　　贤弟到来我喜心怀。

马　成　(唱)　兄弟离别在长安,

　　　　　　　为弟时刻把心担。

　　　　　　　今日来到潼关地,

　　　　　　　一来庆贺二问安。

吴　汉　贤弟,自从你我弟兄在长安武举场中离别,这几年你
　　　　做甚去来?

马　成　为弟事出无奈,这几年流落江湖以贩马为生。

吴　汉　贩马乃是大将的后路。

马　成　说什么这是大将的后路,怎能比得上吴大哥你坐镇
　　　　潼关威风!

吴　汉　好说,好说! 方才在门外贤弟言说有密言相告,但不
　　　　知有何密言?

马　成　我有心杀——

二　将　噢!

吴　汉　二将退下。(二将下)贤弟莫非要杀为兄?

马　成　焉敢来杀为兄。吴大哥,我是想杀莽扶汉!

吴　汉　(旁白)啊,好你马成,竟敢讲下杀莽扶汉的话儿!
　　　　我想汉室有后,他必然知晓。待我三盘六问问出他
　　　　个样子。正是:要知山中路,必问采樵人。(对马
　　　　成)贤弟,为兄也有此心,若是汉室有后,我情愿杀

莽扶汉!

马　成　你我弟兄讲话须要一是一!

吴　汉　二是二。

马　成　万里江山。

吴　汉　一统天下。

马　成　大哥往外看——

吴　汉　郊外无人。

马　成　往内看——

吴　汉　就是你们弟兄三人。

马　成　上坐的就是汉室刘秀!

吴　汉　啊!观见刘秀生得尧眉舜目,禹背汤腰,真乃帝王之
　　　　尊容。中军。(中军暗上)将幼主抢走!
　　　　〔中军劫幼主刘秀下。

马　成　你我弟兄好好讲话,为何将幼主抢进关去?

吴　汉　贤弟,莽主出下榜文:哪家拿住幼主,高官得坐,骏马
　　　　任骑!

马　成　住住住了!你好好将幼主放下关来也就是了,若不
　　　　将幼主放下关来,我就和你绝情!

吴　汉　绝情不绝情,我还怕你不成?

马　成　吴汉听了!你看我钢刀虽小,一片纯钢;一人舍命
　　　　杀,你万将难阻挡!

吴　汉　(唱)　马成抬头看,
　　　　　　　潼关是兵山。

马　成　(唱)　独龙吐口水,
　　　　　　　哪怕虎下山!

吴　汉　众将一齐动手!
　　　　〔二将急上,欲擒马成。

马　成　慢慢慢着!既是好汉就该与我较一高下,何需调动
　　　　他人!

吴　汉　好你马成,讲话口中带刺!众将退下,待我独战马
　　　　成!(二将下)

〔吴汉、马成对打。

吴　汉　好你马成,我因与你结拜,不肯伤你肢体;你那里却刀花如同雪片,毫不留情。也罢,等他到来我用枪将他挑在马下,任凭他去吧!

〔二人二次交战,马成败下。众兵分上。

兵　　马成逃走!

吴　汉　入关!(圆场)众将散退,改日前来领赏!(众同下)

第三场

〔吴汉上。

吴　汉　本镇吴汉。有请母亲!

〔吴母上。

吴　母　(念)　吾儿掌兵权,
　　　　　　　　奉旨守潼关。

吴　汉　母亲在上,孩儿有礼。

吴　母　我儿少礼站下。我儿请娘出堂,有何话讲?

吴　汉　母亲,今有大喜到来。

吴　母　为娘愁有千万,喜从何来?

吴　汉　汉室有后,岂不是一喜!

吴　母　喂吓!听说汉室有后,我这里谢天谢地!哈哈哈哈!儿哪,汉室有后我儿如何知晓?

吴　汉　母亲哪知。孩儿昔日结拜过一人,名叫马成。今日马成保着汉室刘秀来到潼关,孩儿将马成杀下关去,抢下了刘秀,现放木笼之内。孩儿欲将刘秀敬献莽主请功,还望母亲多多照料家中之事。不知母亲意下如何?

吴　母　你要去自去,何必与娘说知!

吴　汉　众军带马!

吴　母　（唱"滚白"）

哎哎哎，

我哭了声早死的老王爷，

屈死的老将军。

你那不明白的吴汉，

不来搭救汉室幼主，

眼看刘门一场愁苦就要到了！

吴　汉　（唱）　有吴汉未上马老娘落泪，

倒叫我吴汉难解难猜。

众将将马往下带，

再问娘你痛哭为着何来？

吴　母　吴汉，你为何去而复转？

吴　汉　儿未上马，老娘痛哭。言说早死的老王爷、屈死的老将军；不明白的吴汉，难搭救的幼主。刘门一场愁苦，孩儿一字不知。

吴　母　我儿出在幼年，哪知朝廊之事。二堂有座，你且坐了，听娘慢慢讲来！

（唱）　有老娘在二堂珠泪滚滚，

吴汉儿在厅前细听分明。

平帝爷登了基风调雨顺，

闪上了王莽贼要夺龙庭。

那年闰腊月初八日平帝爷寿诞，满朝文武同与吾主拜寿。拜寿已毕，平帝爷坐在九龙口里往下一看，观见左殿角有一把虎皮交椅空闲。平帝爷说道，那是何人的座位？众臣答道：那是我王太师的座位。平帝言道，寡人今晨寿诞，满朝文武都来拜寿，他为何不来拜寿？想是封他的官职太大，眼中瞧不起寡人！正讲话中间，王莽老儿手捧三杯御酒慌忙跪上殿来，言说万岁万万岁，臣一步来迟我王莫怪。平帝坐在九龙口闷闷不语，那老儿只落了个无趣下殿！

（唱）　闰腊月初八日帝王寿诞，

　　　　文武们同拜寿来在金銮。

　　　　那王莽来拜寿来得迟慢，

　　　　怒恼了平帝爷仰面不观。

那老儿下得殿来，扑头一拜走出殿去。许石美、苏献明白了王莽之意，下殿之后匆匆赶到王府。那三人在王府定了一计，请万岁过府饮宴。平帝不解其意，罢了朝銮驾出宫。行至午门，柴文进先生赶到，问平帝爷，我主驾行何处？平帝爷言道，要去你王太师府下饮松棚大宴。柴文进先生奏道，我主不可，自古道君临臣府国家不祥。你既要前去，先将车辇拨回昭阳，问过国太。她自幼生长王府，有松棚她也知道，无松棚她也晓得！那时间平帝爷听了忠臣的本谏，遂将车辇拨回昭阳。

（唱）　平帝爷行车在午朝门外，

　　　　柴文进是忠臣忙把本参。

　　　　我的主莫赴会先回宫院，

　　　　问过了王国太便知事端。

那王莽直等到日色过午，不见平帝驾临他府，就知大事败露，随即点起四员大将。

吴　汉　哪四员大将？

吴　母　就是那王封、王勋、爱将苏子悦、治国将苏献！他四人领着人马杀进宫去，杀死皇家家眷三百余口、灭宗族七十二家。只杀得刘也不敢称刘，汉也不敢称汉。将平帝赶在御果园前，扶在药酒台上，放下钢刀一把、弦弓一张、药酒三杯。那贼说道，昏王呀无道的昏王！你愿在刀下死、弦上亡、服毒而丧？快快讲来。你想那平帝爷乃一朝人主，岂能落一断头之鬼！无奈之间手捧药酒，把那谗臣痛骂了一场，然后服毒身亡！

（唱）　杀杀杀砍砍砍皇府金殿，

　　　　赶赶赶直赶到御果园前。

平帝爷手扶在药酒台上，

三杯酒药性发一命归天。

平帝爷晏驾之后，满朝文武不散，扶起了王莽老贼登基。只因无有全国的印玺，那老贼又去到王国太身旁去讨。那国太一见，一怒骂上殿去。直骂得王莽贼满脸通红，讲下了不逊之言。王国太手举印玺往殿上一砸，不料玉玺落在龙书案上损坏了一角。后来能工巧匠用金镶上那角，才成了现在的金镶玉印。

（唱）　王国太上殿来破口大骂，

骂了声王莽贼无义冤家。

作此事全不怕世人笑骂，

到今日害平帝腊月初八。

后来你父从边关回来，只当是平帝在位，哪知王莽贼已然篡位。他一怒骂上皇府金殿，骂得王莽老贼满脸通红，将你父推下去问斩！后来家院禀知为娘，为娘手拉我儿骂上皇府金殿，只骂得王莽国贼脸红过耳，要将娘推下问斩！

吴　汉　那时间何人搭救为娘？

吴　母　那时间柴文进先生扑头一拜！为娘虽是女流，也解开了其中之意，往上爬了几步，言说莽主不可，莽主不可！你饶臣妻不死，日后我儿吴汉长大成人与我王扶保江山社稷！王莽国贼往下一看，只见我儿生得天庭饱满、地阁方圆，就让我儿子袭父职。那贼怕你日后子报父仇，又将你招为东床驸马。既招我儿为东床驸马，他就应在京地与我母子起盖王府，谁料他又将我母子贬在潼关！

吴　汉　那是让大将防守爷家的土地。

吴　母　我儿既是防守爷家的土地，那就随你去吧！唉，家门不幸，竟生了你这样不孝之子！

（唱）　吴夫人，怒气生，

叫声吴汉听分明。

　　　　　　　　杀父之仇你不报，

　　　　　　　　枉在尘世来做人。

吴　汉　（唱）　有吴汉听娘言将泪落下，

　　　　　　　　王莽贼害平帝腊月初八。

　　　　　　　　我的父上殿去破口大骂，

　　　　　　　　怒恼了王莽贼执刀就杀。

　　　　　　　　我的娘在二堂讲出实话，

　　　　　　　　才知道王莽贼是我仇家。

　　　　　我有心放幼主逃走，恐在莽主面前落一不忠；有心不放幼主逃走，在娘身边又落不孝。我不免明里放他，暗里差人将其解奔长安，落一个忠孝两面的名义！母亲，儿将幼主放走你看如何？

吴　母　放不放全在你，与为娘说着何用？

吴　汉　咴，众将官！放幼主逃走！

吴　母　慢着。哪家放幼主逃走，就该折箭为誓。

吴　汉　母亲为何阻挡儿的将令？

吴　母　吴汉，你有多大见识，竟敢在老娘身边行事！

吴　汉　儿无有什么见识。

吴　母　说什么没有什么见识，你的心意为娘已然明白。

吴　汉　明白何来？

吴　母　你有心放幼主逃走，又恐在莽贼面前落不忠；不放幼主逃走，又怕在为娘面前落不孝。因此来他个明放暗送，在你那莽主面前请功，落一个忠孝两全的名儿。你说是也不是？

吴　汉　这——我是有此意。

吴　母　什么是有此意，我看你面前有三不舍！

吴　汉　哪三不舍？

吴　母　一不舍王莽国贼的江山！

吴　汉　这二？

吴　母　二不舍驸马爵禄！

吴　汉　这三？

吴　母　三不舍你妻玉英公主！

吴　汉　母亲哪！儿将公主一刀两断，你看如何？

吴　汉　哇！娘与你好好讲话，你竟讲出杀公主的话儿！也罢！你既然要杀公主，说是你来来来，为娘赐你钢刀一把，杀了你妻再来见娘，杀不了你妻休来见娘！

（欲下）

吴　汉　母亲回来，再作商议！

吴　母　撒手！（哭）

吴　汉　（唱）　一句话儿讲出口，
　　　　　　　　要送公主赴黄泉。
　　　　　　　　高高山上插宝剑，
　　　　　　　　不报家仇枉为男。（同下）

第四场

〔彩女伴公主上。

公　主　（念）　头戴金钗压鬓齐，
　　　　　　　　金枝玉叶驸马妻。（坐）

　　　　（诗）　孝子数王祥，
　　　　　　　　贤妻数孟姜。
　　　　　　　　在家敬父母，
　　　　　　　　何必远烧香。

　　　　奴，玉英公主，王莽之女，吴汉之妻。每日在经堂诵经。侍儿们！

彩　女　有！

公　主　照灯去奔经堂！

彩　女　是！（照灯，圆场）来到经堂！

公　主　纱灯高挂，两廊寂静！

　　　　（念）　打开孝经本，

用目仔细观。
劝民为良善，
教训子孙贤。
为人孝父母，
莫要听妻言。
父母是活佛，
敬父如敬天。

（唱）河南八府数洛阳，
洛阳有个王家庄。
王家庄有个王员外，
所生一女名桂香。
她母得了有儿病，
一心要用麦子汤。
桂香听言不怠慢，
田野地里走一场。
头一声哭得麦根动，
第二声哭得麦穗黄。
第三声哭得麦粒熟，
她急忙拿回王家庄。
桂香得麦回家转，
端在堂前请母尝。
半碗麦汤忙烧就，
亲手喂娘不离床。
她母用汤病即好，
她的贤名天下扬。

〔吴汉上。

吴　汉　（唱）二堂奉了老娘命，
去到小房杀玉英。
行步来在小房外，
又见玉英诵孝经。

公　主　（唱）清心静气观孝经，

　　　　　　字字行行看得清。

　　　　尧把江山让给舜,舜把江山送给禹,禹把江山让给他
　　　子。汤王伐桀,武王伐纣。汉室无后还则罢了,若是
　　　汉室有后,我说老爹爹哪,你死恐怕不如平帝了。

　　　　(唱)　可恼爹爹太不良,
　　　　　　　　害得平帝一命亡。

吴　汉　(唱)　有吴汉,门外听,
　　　　　　　　只听公主念孝经。
　　　　　　　　我妻本是贤良女,
　　　　　　　　叫我杀她为何情?
　　　　　　　　转面我把老娘请,
　　　　　　　　母亲到来说分明。

　　　　〔吴母上。

吴　母　吴汉,杀你妻之事怎么样了?

吴　汉　(唱"滚白")

　　　　　　　　奉了老娘命,
　　　　　　　　小房杀玉英。
　　　　　　　　儿在门外听,
　　　　　　　　公主念孝经。
　　　　　　　　她本贤良女,
　　　　　　　　杀她为何情?
　　　　　　　　常言讲得好,
　　　　　　　　放生胜杀生。

吴　母　吴汉,我问你这忠?

吴　汉　尽心国王。

吴　母　这孝?

吴　汉　孝敬爹娘。

吴　母　忠者?

吴　汉　尽命。

吴　母　孝者?

吴　汉　竭力。

111

吴	母	既知忠者尽命、孝道竭力,我问你,公主看女儿孝经如何?
吴	汉	在娘身旁行孝。
吴	母	说得好听!公主那是外姓之人,尚知看女儿孝经在娘身上行孝;你是我二老亲生之子,为娘说了话你为何不听?
吴	汉	只因莽主登基以来,你我母子有享不尽的荣华,受不尽的富贵!
吴	母	我儿说莽主登基以来,你我母子有享不尽的荣华,受不尽的富贵?我问你,你父在日,官居何职?
吴	汉	侯军都府。
吴	母	为娘我呢?
吴	汉	一品诰命夫人。
吴	母	你父去世,我儿你呢?
吴	汉	子袭父职,又招为东床驸马。
吴	母	为娘我哪?
吴	汉	还是一品诰命夫人。
吴	母	我享你父的荣华哪,受你的富贵哪?
吴	汉	母亲之意孩儿尽知。只是无丧不掉泪,无仇难开刀。
吴	母	我儿言说无丧不掉泪,无仇难开刀。我且问你,你平帝爷之死是丧不是丧?
吴	汉	是丧。
吴	母	你父之死是仇不是仇?
吴	汉	是仇。
吴	母	你父死后在哪里殡葬?
吴	汉	在长安家府堂前丘寄。
吴	母	你为何不来葬埋?
吴	汉	我的军务事忙。
吴	母	啧!在为娘面前竟讲下你军务事忙!我二老生你一场,活而不能被你养老,死又不能被你殡葬;殡葬而不能祭,祭而不能哀。父母生儿盼能报养育之恩,而

你却不能如此。乌鸦有反哺之意,羊羔有跪乳之恩。四大禽兽同有报恩之举,而我家门不幸,却生了你这样一个不孝之子!

（唱）　吴夫人,怒冲冠,
　　　　骂声吴汉听娘言。
　　　　杀父之仇你不报,
　　　　枉为世间男儿汉。

吴　汉　母亲哪!倘若儿将公主一刀两断,大刀苏献领兵前来,母亲恐怕后悔也晚了!

吴　母　罢了!你将公主一刀两断,大刀苏献领兵前来,为娘纵然碎尸万段也死而无怨!

吴　汉　母亲,只是我夫唱妇随,此事实难下手。

吴　母　唗!杀父之仇你不报,你竟胡思乱想。说是你来来来,为娘二次赐你钢刀一把,杀了你妻再来见我,杀不了你妻哪,你至死不必见娘!（欲行）

吴　汉　母亲回来,再作商议。

吴　母　撒手!（下）

吴　汉　（唱）　老娘她把主意定,
　　　　　　　公主你命难偷生。
　　　　　　　行步来在小房外,
　　　　　　　再叫公主快开门。

　　　　开门来。

公　主　（唱）　正在经堂看经卷,

吴　汉　开门来!

吴　母　（唱）　忽听门外有人声。
　　　　　　　双手开开门两扇,

吴　汉　（唱）　一掌打你地流平。

公　主　（唱）　驸马打妻为何故?
　　　　　　　你与为妻说分明。

吴　汉　（唱）　公主莫跪且起身,
　　　　　　　本宫说来你当听。

113

三六九日操大兵，
遇见一人叫马成。
马成保的汉刘秀，
要过金斗潼关城。
我杀得马成逃了命，
留下汉室幼主公。
将他打在木笼内，
要去长安请大功。
不料咱娘对我讲：
咱两家本是对头兵。

公　主　（唱）　王玉英，吃一惊，
再叫附马你当听。
虽然咱娘要我命，
你难道不念夫妻情。

吴　汉　（唱）　吴汉虽有夫妻意，
老娘苦苦不依从。

公　主　（唱）　既是老娘不依从，
咱夫妻前去奏人情。

吴　汉　（唱）　老龙正在潭中卧，
一言提醒梦中人。
手儿拉上王公主，
母亲上边奏人情。
一足门里一足外，

吴　母　（内唱）哭了声早死的老王爷、屈死的老将军，
我那不明白的吴汉、难搭救的幼主啊！

吴　汉　（唱）　老娘苦苦不依从。
夫唱妇随难下手。
钢刀一把自刎头。

〔吴汉欲自刎，公主急拉。

公　主　（唱）　吴驸马讲下绝情话，
不由把人活吓杀。

在二堂先把我爹娘拜,

拜过爹娘养儿恩。

吴附马转上妻拜见,

拜过咱二人结发情。

人活百岁也要死,

倒不如早死早投生。（自刎）

吴　汉　（唱）　一见公主丧了命,

不由吴汉珠泪淋。

咬牙刎下公主头,（提公主头）

回报老娘杀妻情。

行步来在二堂上,

见了母亲说分明。

〔吴母上。

吴　母　吴汉,是你走后为娘思想半晌,杀你父的尽是王莽一人之过,与公主无干。你快将公主唤来,我婆媳还要叙话。

吴　汉　咳！母亲,你说的虽是几句好话,只是讲得迟了！（扔公主头）这是公主人头,母亲请看！

吴　母　（唱）　一见公主把命丧,

不由泪珠滚胸膛。

若要婆媳重相见,

除非梦中话短长。

〔兵上。

兵　　　苏献围城！（下）

吴　汉　（唱）　听说苏献围了城,

倒叫吴汉胆战惊。

转面告知高堂母,

又怕惊吓年迈人。

事到如今难坏我,

叫声老娘听儿明。

眼前大事不好了,

大刀苏献围了城！

吴　母　（唱）　听说苏献围了城，
　　　　　　　吓得老身战兢兢。

　　　　吴汉与娘打杯茶去！（吴汉下）我想我儿吴汉一人，
　　　　保了幼主，保不了老身；保了老身，保不了幼主。我
　　　　不免头碰明柱一死，任凭他君臣去去去吧！

　　　（唱）　早死的公主等等我，
　　　　　　　咱婆媳一同离人间。
　　　　　　　用衣衫蒙住我的眼，
　　　　　　　头碰明柱丧黄泉！

　　　〔吴母头碰明柱而死。四兵上。

四　兵　老夫人已死！

　　　〔吴汉上。

吴　汉　啊呀不好！

　　　（唱）　一见老娘把命丧，
　　　　　　　不由珠泪洒胸膛。
　　　　　　　将娘尸首忙移下，
　　　　　　　快请幼主来二堂。

　　　〔二兵移吴母尸下。二兵复上。

一　兵　请幼主。

　　　〔刘秀上。

刘　秀　（唱）　来了三子刘梅生，
　　　　　　　唤醒皇兄问分明。

　　　　皇兄醒来。

吴　汉　（唱）　昏昏沉沉一梦中，
　　　　　　　耳旁忽听有人声。
　　　　　　　强打精神睁开眼，
　　　　　　　原是幼主面前存。
　　　　　　　我为你杀妻逼死年迈母，
　　　　　　　请幼主将她婆媳封。

刘　秀　（唱）　一日小王登龙位，

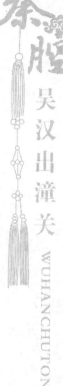

		把她婆媳封神灵。
吴 汉	（唱）	忙叩头,谢圣恩,
		谢过幼主封她们。
		再叫幼主仔细听,
		大刀苏献围了城。
刘 秀	（唱）	听说苏献围了城,
		吓得小王胆战惊。
		转面我把皇兄唤,
		小王何处去安身。
吴 汉	（唱）	幼主讲话莫高声,
		墙内说话墙外听。
		二堂交你一支令,
		去到城头观大兵。
		假如我一战得了胜,
		就在潼关把身停。
		如果不能胜敌人,
		幼主远走快逃生。
刘 秀	（唱）	二堂得了一支令,
		去往城头观大兵。（下）
吴 汉	（唱）	一听幼主上了城,
		倒叫吴汉挂心中。
		众将来把马带定,
		去到城楼观分明。（上城）

〔苏献带兵上。

吴 汉	城下可是苏大人?
苏 献	正是。
吴 汉	为何将潼关团团围住?
苏 献	咱朝军师夜观天星,说是紫微星落在金斗潼关。吴驸马还不快快献出。
吴 汉	我如今主意已定,要杀莽扶汉了!
苏 献	哪有一臣侍奉二主的道理!

117

吴　汉	若要不信，我已将公主杀坏。
苏　献	我便不信。
吴　汉	众将献头！

〔兵将公主头提城上。

苏　献	啊！好你吴汉当真的反了！众将将城围定，莫要让他逃脱！

〔吴汉领兵出城，与苏献战下。

〔刘秀上。

刘　秀	（唱）	二堂得了一支令，
		来到城楼观大兵。
		踏步儿上得城楼去，
		看一看两家动刀兵。
		见皇兄越杀越不利，
		苏献他越战越威风。
		我在城上难久停，
		急忙下城去逃生。（下）

第五场

〔吴汉带四兵上。

吴　汉	请幼主！
四　兵	他逃走了！
吴　汉	啊呀不好了！
	（唱）　听说幼主逃了命，
	吴汉成了两头空。
	众将官！
四　兵	有！
吴　汉	你们各自散去，我要天下找主！
四　兵	我等情愿送爷一程！

吴 汉　众弟兄!

（唱）　吴汉叩头如刀刺,

众家兄弟你们听。

假若访见幼主面,

大小官儿同有封。

如果不见幼主面,

你等快快去逃生。

把两具尸首用火化,

吴汉身负两魂灵。

右脊背背的年迈母,

左脊背是我妻亡灵。

大堂口里别虎位,

急下金斗潼关城。

众弟兄快把马带定,

天下找主不敢停。（同下）

第六场

〔苏献带兵上。

兵　　　吴汉逃走!

苏　献　一半人马镇守潼关,一半人马随爷上殿交旨!

〔"尾声"。众同下。

——剧　终

演出单位

西安尚友社

无头案

根据川剧高腔《井尸案》改编

范　角　段肇升　改编

剧情简介

　　吴成访亲归来，路遇同窗好友王祖德，请至家中饮酒欢叙。饮酒中吴成戏言夺财杀人，将尸体抛入南山枯井。王祖德闻言，急往县衙报案。

　　新任县官胡图，传讯吴成到衙审问，并派班头往南山枯井搜尸，果然发现井内有无头男尸一具，遂将吴成问罪收监。

　　胡图与夫人为弄清真相，亲到南山验尸。何甲母妻赶来认尸，证实何甲被人杀死，但有尸无头，无法结案。胡图命班头押解吴成南山寻找人头，限期将到，人头仍无下落。后经王祖德指点，吴妻才找着人头归案。胡图在夫人辅助下，察颜观色，巧妙审问，诱使真犯暴露，从始至终未妄刑一人，平了冤案。

场　目

人　物　表

成图妻乙德人三役妻母环

吴胡何班王夫张衙吴何丫

第一场 会 友

〔春日重峦叠翠。

〔吴成背包袱上。

吴　成　（唱）　跋涉关山把亲访，

　　　　　　　　弹指半月返回乡。

　　　　　　　　诚恐娘子倚门望，

　　　　　　　　兼程奔波回村庄。

王祖德　（上唱）傍花随柳过田畔，

　　　　　　　　风流倜傥恋巫山。

〔吴成、王祖德相遇。

吴　成　你——是王贤弟？

王祖德　哦，原是吴师兄！

吴　成　幸会，幸会。贤弟行色匆匆，意欲何往？

王祖德　师兄啊！

　　　　（唱）　春色正浓好景象，

　　　　　　　　蝴蝶翩翩逐乱香。

　　　　　　　　莺啼婉转剪柳浪，

　　　　　　　　百花斗妍吐芬芳。

　　　　　　　　天台美景觅芳草，

　　　　　　　　贪恋景色忘时光。

　　　　　　　　夕阳黄昏古道长，

　　　　　　　　心急回城步慌忙。（欲下）

吴　成　（笑）贤弟，回城里该走这一边（指路），背道而行，岂
不越走越远了么？

王祖德　（恍然大悟）哎呀呀，心急迷路，有劳师兄指点。

吴　成　贤弟，你我许久未见，为兄寒舍离此不远，请你光临
　　　　叙谈如何？

王祖德　小弟急事在身，容我改日再访。

吴　成　你我幼年同窗，颇有交情，如今你身入豪门，名噪乡
　　　　里，将来鹏翅一展，不消说就是玉带锦袍，到那个时
　　　　候，你我见面就更难了！

王祖德　这个……

吴　成　什么这个那个，愚兄虽然家道中落，一介白丁，这一
　　　　杯红酒还是款待得起的呀！　（笑）哈哈哈……

　　　　（唱）休言有事身匆忙，
　　　　　　　分明嫌我太寒碜。
　　　　　　　举止粗俗言鲁莽，
　　　　　　　贤弟推辞不赏光。

　　　　〔天变，落雨。

王祖德　噢，怎么下起雨来了？

吴　成　春雨无常，使人难防，贤弟，小心淋坏你这身新衣裳！

王祖德　啊，这……

吴　成　就到寒舍暂避一时，雨住再行了吧！

王祖德　那就叨扰了。

吴　成　咦，说什么叨扰，请也请不来的贵客啊！

　　　　〔吴成、王祖德携手而行。

吴　成　（旁白）还是雨点给面子，雨点小，可比我面子大得多
　　　　哟。

　　　　请吧！

王祖德　（唱）唐突叨扰兄原谅，
　　　　　　　未备礼义心中惶。

吴　成　（唱）平素无缘少来往，
　　　　　　　玉趾驾临舍生光。

王祖德　（唱）同窗相会喜欲狂，

吴　成　（唱）竹篱短墙到草堂。
　　　　　　　贤弟，快到舍下，请！

王祖德　请。

〔吴成、王祖德下。

第二场　失　言

〔吴成家。

〔吴妻上。

吴　妻　（唱）　闷悠悠坐小屋心烦意乱，

　　　　　　　　燕呢喃蜂蝶舞慵困懒观。

　　　　　　　　盼吴郎访表弟平安回转，

　　　　　　　　孤凄凄度时光望眼欲穿。

〔吴成、王祖德上。

吴　成　（唱）　杨柳夹道穿飞燕，

　　　　　　　　一曲清流绕草庵。

　　　　　贤弟，已到寒舍，待我叩门。（叩门）娘子开门来！

吴　妻　（念）　门环三声响，

　　　　　　　　定是吴郎回。

　　　　　（开门）大郎，你回来了？

吴　成　回来了。（引王祖德进门）

吴　妻　大郎，身后何人？

吴　成　你问他么？（笑）哈哈……他是本县有名的秀才，我
　　　　幼年的学友王祖德王大相公，快来见过。

吴　妻　贵人驾临，奴家万福。

王祖德　尊嫂，小弟有礼了。

吴　成　贤弟不必多礼，快快请坐。娘子打酒来。

吴　妻　是。（下）

〔吴妻取酒菜摆于桌上。

吴　妻　薄酒野菜，不成敬意，秀才兄弟莫要见笑。

127

王祖德　见外了。常言道：亲人水甜，倒是有劳尊嫂了。

吴　妻　大郎，你陪秀才贤弟多饮几杯，奴家失陪了。（欲下）

吴　成　娘子，贤弟不是外人，坐下一同叙话。

王祖德　吴兄说得有礼，小弟少时还要奉敬尊嫂一杯。

吴　成　（笑）哈哈哈……贤弟请。

　　　　（唱）　淡酒薄菜弟勿怪，

　　　　　　　同窗情谊挂心怀。

　　　　　　　一心敬你四体泰，

　　　　　　　独占鳌头良辰来。

王祖德　吴兄、尊嫂请。（敬酒）

　　　　（唱）　敬师兄一杯福如海，

　　　　　　　寿比南山红运来。

　　　　　　　再敬尊嫂盛情待，

　　　　　　　兄弟之情永不衰。

　　　　〔三人同饮。王祖德环顾四壁。

王祖德　吴兄，你这里傍山依水，幽雅清净，真是雅人雅居呀！

吴　成　贤弟，有诗云：红尘不向门前惹，绿荫偏宜屋上遮。逍遥自在啊！

王祖德　圣人有云：君子不患贫，昔年大贤蹲陋巷，一箪食，一瓢饮。仁兄，你是在仿效古人哟！

吴　成　那如何比得？

王祖德　比得的。

吴　成　（举杯）贤弟请！

王祖德　仁兄请。（二人饮酒）

吴　成　贤弟！

　　　　（唱）　造化弄人运乖张，

　　　　　　　如今成了田舍郎。

　　　　　　　怎及弟拥万贯良田沃壤，

　　　　　　　怎及弟藏锦绣鹏程无疆。

　　　　　　　大比年占晚生鳌头定登金榜，

　　　　　　　中状元插官花无比辉煌。

王祖德　吴兄！
　　　（唱）　劝师兄展英才立志向上，
　　　　　　　温故业习经史重振笔枪，
　　　　　　　博得个天子客朱缨金裤，
　　　　　　　也不枉这一生虚度韶光。

吴　成　（唱）　世态炎凉古风丧，
　　　　　　　匆匆人生梦一场，
　　　　　　　说什么朱缨和紫裤，
　　　　　　　荣华富贵草上霜。
　　　　　　　我久耕田园学业旷，
　　　　　　　秉性落宕厌官场。
　　　　　　　时光蹉跎年岁长，
　　　　　　　不羡宦海把名扬。
　　　　　　　樽中酒满对月唱，
　　　　　　　醉里年华有文章。

吴　妻　（唱）　种瓜豆勤耕耘春播秋享，
　　　　　　　强似那官场上利锁名缰。
　　　　　　　我夫君不敢在仕途奢望，
　　　　　　　只求个同白头太平安康。

吴　成　（笑）你跟我一样，胸无大志。贤弟莫要见笑。

王祖德　好说，不知尊嫂如此高雅，可敬呀可敬！

吴　成　干杯！（二人同饮）

吴　妻　大郎，莫要贪杯！

吴　成　娘子，酒逢知己千杯少。贤弟，请！（饮酒，笑）哈哈
　　　　哈……

王祖德　仁兄，难道你就安于薄田三亩、机织一架，勉强糊口，
　　　　任其潦倒不成吗？

吴　成　贤弟，那宦海沉浮，尔虞我诈。古往今来，文死谏，武
　　　　死战，有几个忠臣能善始善终的呢？做忠臣嘛，我又
　　　　怕冤死。做奸臣嘛，我又怕挨骂。愚兄安贫乐素，与
　　　　世无争，乐在其中哟！

王祖德　（亦有酒意）那么还是做生意稳当了！

吴　成　（唱）　人无横财难富贵，

　　　　　　　　马缺夜草喂不肥。

　　　　　　　　做生意不把良心昧，

　　　　　　　　招财进宝化成灰。

　　　　　　　　为蝇头小利苦劳累，

　　　　　　　　抛妻别子家难归。

　　　　　　　　生意不成声誉毁，

　　　　　　　　债台高筑把本赔。

　　　　　　　　苦思瞑想夜难寐，

　　　　　　　　倾家荡产实堪悲。

王祖德　这么说，仁兄不愿发财？

吴　成　（大笑）哈哈哈……要说发财我倒有个办法！

吴　妻　大郎，你有什么办法？

王祖德　仁兄，你有什么办法？

吴　成　那就是抢！

吴　妻
王祖德　什么？抢？

吴　成　对，抢！

吴　妻　你喝了几杯酒，颠三倒四，怎么又胡说起来了！

王祖德　仁兄，你别取笑啊！

吴　成　没取笑，说实在的，只有做这种买卖才不要本钱哩！

　　　　（笑）哈哈哈……（顺手把银包袱从椅子取了下来）

吴　妻　这是什么东西，如此沉重？

吴　成　（笑着）整整一百两银子，当然重了。

吴　妻　百两银子？（不信地解包袱，银子露出，连忙将手缩

　　　　回）大郎，这银子是哪里来的？

吴　成　（看看妻子与王祖德，微微一笑）抢来的！抢来的！

吴　妻　（吃惊）啊！你……

王祖德　仁兄平素喜欢诙谐，小弟实不相信。

吴　成　（佯装正经）信不信在你，反正银子是抢来的。

王祖德　难道你就不怕失主告到官府吗？

吴　成	哼！图财害命,灭尸毁迹,他怎能到官府去告哟?
王祖德	仁兄,人命关天,你就不怕偿命吗?
吴　妻	是呀,人命关天,你怎敢胡说乱道呢?
吴　成	（编谎）你们听我说来!

（唱）　今早晨回家来路过南山上,
　　　　南山上真荒凉偶遇客商。
　　　　只见他孤单单身体不壮,
　　　　低着头背包袱走得慌忙。
　　　　包袱内重甸甸像是银两,
　　　　突然间我起了杀人心肠。
　　　　假意儿上前去陪他游逛,
　　　　他在前我在后拉起家常。
　　　　我暗中将匕首捏在手上,
　　　　说空话胡乱拉使他不防。
　　　　行至在山崖下羊肠路上,
　　　　猛一下刺穿了他的心房。
　　　　解包袱背在了我的背上,
　　　　将尸首丢进了枯井内藏。

〔抓起银子玩弄

（接唱）一举手就闹到纹银百两,
　　　　坐高官做买卖哪有这强?
　　　　只要我从今后心黑胆壮,
　　　　几年后我定然金玉满堂。

〔吴妻与王祖德听后吓呆。

王祖德	（擦汗）唉呀呀,吓煞人了!（急下）
吴　成	（追出门）贤弟,贤弟! 我还没讲完呢,怎么就吓跑了? 咳,这种人啊,只晓得做官哟!（笑）哈哈哈……（进门见妻昏倒在椅子上,大惊,扶起妻子）娘子,娘子! 你怎么了?
吴　妻	（苏醒）

（唱）　一席话吓得我魂飞天外,

秦腔
无头案
WUTOUAN

131

大郎呀你图财害命大不该。

从今后咱夫妻割断恩爱，

你逼奴走绝路早赴黄台。

〔吴妻悲痛地冲进后屋，吴成不知所措。

吴　成　娘子！娘子！（追下）

第三场　议　官

〔淄川县二堂。

〔胡图着便服持书上。

胡　图　（唱）　自幼读书破万卷，

十载寒窗砚磨穿。

二甲进士任知县，

官运不通命运偏。

吏部尚书垂青眼，

要我入赘配姻缘。

我不答应他强迫干，

小胳膊难把大腿搬弯。

（念）　虽非子建才，也把丹桂攀。

（入座）下官胡图。那日金榜提名，吏部尚书王大人备帖相招，要我入赘他府。人传王小姐娇生惯养，相貌不扬，任性乖张，不亚一丈青孙二娘，因此二十已过，尚未许人。王大人金口玉言亲自提婚，我本想应承下来，又怕难以侍候，苦了终身。我要是拒绝嘛，那吏部尚书又是我的顶头上司，倘若冒起火来，就要被他搞掉我这顶乌纱。我这么低头一想，这……这……咳！我叹了一声。尚书大人就以为我满口答应。他将手这么一招，丫环、院子一齐拥上前来，不由分说，七手八脚就给我披红插花,搀出新人,把我按倒在地就拜花堂,拜了花堂就押进了洞房。我这一辈子的事情,就是这么稀里糊涂、马马虎虎、利利索索定了下来。我那个婆……(急掩口,朝后堂张望)我那个夫人,虽然只比我大四岁八个月零一百二十天还多一个时辰,可是她外刚内柔,言直心惠。只要我处处让她几分,倒也和睦相亲。嗳,我岂能以貌取人乎! 常说一贤遮百丑嘛。从前诸葛亮也娶了个其貌不扬的夫人,这么一比嘛,我也就和诸葛亮差不多了。到任数日,尚未理事,不免请夫人出来商量一番。丫环!(内应)请你家夫人出堂。

〔内,丫环:老爷有请夫人!

〔二丫环陪夫人上,夫人套装,舞袖。

夫　人　(唱)　乖乖巧巧一千金,
　　　　　　　婷婷娉娉体态匀。
　　　　　　　嫁个丈夫才七品,
　　　　　　　他处处让我八九分。

胡　图　夫人,你出堂来了?

夫　人　嗳,胡图——

胡　图　哎呀呀,夫人! 在内房里你叫我啥都行,出得堂来就要改口了。

夫　人　那,我该叫你啥呢?

胡　图　要叫老爷。

夫　人　老爷?

胡　图　嗳。

夫　人　咳,今天倒摆起架子来了。

胡　图　夫人,下官有礼了。

夫　人　不屑啦,不屑啦!

胡　图　嗳,夫人! 你要还礼嘛!

夫　人　哦,我还要还礼呀?

胡　图　庭堂之上,耳目甚多,知道者说你是祖传家规,不知

133

者该笑夫人不懂礼义了。

夫　人　下回记住就是了。胡老爷……

胡　图　(急)叫老爷,老爷!

夫　人　老——爷!

胡　图　嗳——夫人!

夫　人　老爷把夫人请出来有何事禀告?

胡　图　啊?怎么禀告都出来了?夫人有所不知,下官到任已有好几天了,尚未升堂理事。想我初次为官,不懂官场规矩。夫人生在官宦之家,长在吏部尚书之门,必定见多识广。下官请夫人出堂,要请教请教。

夫　人　你问这升堂理事吗?

胡　图　正是。

夫　人　我么——也是搞不清楚。

胡　图　夫人,你也搞不清楚,我又去向何人请教?

夫　人　你别着急,听我慢慢说。

胡　图　是。

夫　人　听我妈说,我老汉……

胡　图　嗳,怎么老汉也出来了?

夫　人　我有个毛病,我说话的时候,不准你咳嗽半声。

胡　图　要是咳嗽呢?

夫　人　我就把话忘得光光的了。

胡　图　好好好,不咳嗽半声。(咳嗽)

夫　人　我妈说:我老汉——就是你岳父,他多年来沉浮于宦海,精通升官发财之道,并且学得秘诀一首,可是传子不传女。

胡　图　咳!说了半天,你是石灰窑里撇了一砖。

夫　人　老爷,你这是什么意思?

胡　图　白气冲天!等于白说。

夫　人　老爷,你有所不知。我是吏部尚书王大人独生女儿,这个秘诀就传给我了。

胡　图　哦!传给夫人了?不用说下官我还能沾光,请夫人多多指教。

夫　人　说来这个秘诀很简单,只有四句话。

胡　图　哪四句话?

夫　人　说了你可要记住:一吓二诈三敲打,四责五吆六抄家,七禁八夹九折磨,十(实)再不行就是杀。(比杀手势)

胡　图　哎哟!算了,算了。

夫　人　要想升官发财就得学会这套本领。

胡　图　哎呀呀,果真厉害。(卸乌纱帽递给夫人)这顶乌纱帽我戴不成了。

夫　人　这是啥意思?

胡　图　听夫人这么一说,我的心都吓得跳出来了,何况还要去做,算了,算了。

夫　人　怕啥呢。听我妈说只要做惯了,心就不会跳了。

胡　图　(旁白)心都瞎完了,当然就不跳了嘛。

夫　人　有夫人给你壮胆。

胡　图　多谢夫人。传班头!

丫　环　传班头!

　　　〔班头张三上。

张　三　混饭在衙门,认钱不认人。班头张三叩见老爷。

夫　人　(不悦)嗯——

胡　图　快给夫人请安。

张　三　给夫人请安。

夫　人　这还差不多。

胡　图　班头。

张　三　小人在。

胡　图　可有诉讼?

张　三　老爷新到,放告牌尚未挂出,小人候老爷示下。

胡　图　这就好。放告牌三年都不要挂出去,免得老爷操心麻烦。夫人,走,我陪你到后堂饮酒。

张　三　(着急)老爷,使不得,使不得。

胡　图　为啥使不得?

秦腔

无头案

WUTOUAN

张 三	回老爷，我们三班衙役靠山吃山，靠水吃水。莫说三年不放告，就是老爷三个月不理事，恐怕小子们都得饿死了。
夫 人	你们不是按月领饷吗？
张 三	夫人哪，小子们都是拖儿带女的人，那几个饷钱够啥用嘛。再说，如果老爷久不审理民事，上司就要问老爷一个玩忽职守的罪，老爷的前程可要紧哪！
胡 图	哦，这么厉害？
张 三	老爷，千里做官只为财，老爷如嫌麻烦，必会堵塞财路，老爷，小人可是为老爷着想呀。
胡 图	（笑）哈哈哈哈！既然如此，传话出去，即刻升堂。
张 三	是。（欲下）
夫 人	慢着，你在大堂之上，多摆一把椅子。
胡 图	夫人，多摆一把椅子为何？
夫 人	临行时我妈嘱咐我说，你读书读傻了，要我时刻陪着你，随时指点你，免得你在大堂上丢丑。
胡 图	多谢夫人照管，只是这老爷、夫人一同升堂理事，下官还没听说过。
夫 人	花木兰可以从军，佘太君可以挂帅，武则天可以当皇帝，夫人陪你公堂审案子，有啥大惊小怪的？
胡 图	夫人，恐怕不妥。
夫 人	哪点不妥？哪点不妥？
胡 图	妥、妥、妥！班头，夫人怎么吩咐你就怎么办。
张 三	是！
夫 人	丫环，更衣升堂！
丫 环	是！
	〔胡、夫人、丫环下。
张 三	新任老爷就是怪，坐堂要把夫人带。弟兄们快来！
	〔班头乙和四衙役上。
衙 役	三爷有啥事？
张 三	少时老爷升堂，公案上要多摆一把椅子。

衙　役	为啥要摆两个座位？
张　三	夫人也要升堂。
衙　役	新鲜事，没听说过。
张　三	没听说过的事多着呢，不知今后还要出啥新花样。我看这个老爷是个软头，夫人一翻脸，他就畏惧七分，我等更要小心侍候。
衙　役	多谢三爷关照。
班头乙	（击锣、高喊）老爷升堂了！
	〔众下。

第四场　报　案

〔公堂。二班头及四衙役列队站班。
〔击鼓，吹打。胡图换朝服同夫人上。

胡　图	（念）	新官上任三把火，
夫　人	（念）	我在火上把油泼。
胡　图	（念）	敢把老虎屁股摸，
夫　人	（念）	夫妻审案智谋多。

〔胡图、夫人落座。

众衙役	（呼威）威！
胡　图	尔等吼叫什么？吃饱了没事干，把老爷我吓了一大跳。
张　三	禀老爷，这叫堂威。
胡　图	老爷知道是堂威。犯人一个也没有，你们乱喊啥哩？
夫　人	你们光知吼叫，懂不懂为啥要喊堂威？
张　三	夫人、老爷请听：
	（念，扑灯蛾）

犯人到，堂威发，

吓得他们手脚麻。

刁民听了心害怕，

要想抵赖没办法。

声声堂威如雷吼，

糊里糊涂他就画了押。

胡　图　（拍堂木）□！胆大的张三，你说哪个画了押？（走近张三）

张　三　（不知所措）我说犯人糊里糊涂画了押！

胡　图　（一脚把张三踢倒在地）去你妈的腿！狗东西，你竟敢把老爷说成犯人？

张　三　（甚是渺茫）老爷，小人不敢。

夫　人　不懂事理的东西，你家老爷的大名就叫胡图，你咋敢说糊里糊涂画了押呢？

张　三　老爷恕罪，小人该死。

胡　图　念你初犯，记打一次！

张　三　谢过夫人、老爷。

胡　图　张三，挂出放告牌。

众衙役　是，挂出放告牌。（吆喝）老爷挂放告牌了！

夫　人　怎么还没有人前来告状呢？

张　三　禀老爷，前任老爷手段毒辣，百姓告状，不打就抓，整害怕了，如今都不敢来打官司了。

夫　人　老爷，这如何是好？

胡　图　这个……（略思）晓谕百姓：凡是原告赏钱一千，知情不报，与主犯同罪。

张　三　是！（走到台口，大声传谕）全城百姓听着，老爷示下：凡是原告赏钱一千，知情不报，与主犯同罪。

〔内，王祖德高喊：冤枉哪！

众衙役　老爷，有人喊冤！

夫　人　老爷，你这个办法就是灵呀！

胡　图　（得意地）嘿嘿！进士出身的老爷，肚子的万货多着哩！这就叫重赏之下，必有勇告。来呀！

众衙役　呀！

胡　图	你们吼叫堂威的时候到了,谁喊得好,喊得声大,事 后老爷重重有赏。
夫　人	嗓子喊叫哑了,夫人给你们买"通大海"泡茶喝。
众衙役	谢夫人、老爷赏。
胡　图	带喊冤人!
王祖德	来了!(上) 生员参父台。
胡　图	你是何人?
王祖德	生员王祖德。
张　三	禀老爷,他是本县有名的美秀才王大相公。
夫　人	老爷,你看我王家屋里的人,随便拉一个出来,都是 排排场场,文文雅雅的。
胡　图	是啊,都比我长得体面。秀才,你来干什么?
王祖德	生员是来告状的。
胡　图	哎呀呀,算了,算了。读书人打啥官司呢! 难道你还 图那一千赏钱吗?
王祖德	父台传谕,知情不报与主犯同罪。
胡　图	你要告哪一个?
王祖德	父台容禀! (唱) 吴成谋财害人命, 　　　伤天害理天不容。
胡　图	他害了哪一个?
王祖德	(唱) 被害人不知名和姓, 　　　夺去纹银百两令人惊。 　　　尸首抛进南山井, 　　　老爷你要细查明。
胡　图	可是你亲眼所见?
王祖德	(唱) 吴成邀我把酒饮, 　　　他酒后失言露真情。
胡　图	该不是他酒后与你说着耍哩吧?
王祖德	(唱) 公堂之上悬明镜, 　　　真和假请老爷审问吴成。

夫　人　（唱）　老爷初到出人命，

胡　图　（唱）　此事怕要伤脑筋。带吴成！（扔下签）

张　三　（拾签在手）

　　　　　（唱）　听说抓人我瞌睡醒，

班头乙　（唱）　搞到油水不要争。（二班头下）

夫　人　（唱）　秀才果然好品性，

胡　图　（唱）　与民伸冤正律刑。

　　　〔班头甲、乙上。

张　三　（念）　凶手已经上了捆，

班头乙　（念）　果真搜出百两银。

张　三　禀老爷，人赃俱获！（献上银两）

夫　人　（笑）嘻嘻！（唱）　纹银百两包袱重，

胡　图　（唱）　就请夫人妥存封。

张　三　（阻止）老爷！（唱）　县衙旧例有规定，

班头乙　（唱）　赃银应交府库中。

胡　图　（唱）　那府库里面有老鼠洞，

　　　　　　　　银两丢失难查清。

张　三　老爷！

班头乙　老爷！

胡　图　不要喊叫！案子还没审哩，你们就想分赃呀，没那么
　　　　容易！带吴成！

张　三　带吴成！

吴　成　（上唱）祸从天降雷轰顶，

　　　　　　　　绳捆索绑我到公庭。（抬头见王祖德）

　　　　贤弟，你做的好事呀！

　　　　（接唱）我本酒后戏言来助兴，

　　　　　　　　谁知你当了真事情！

王祖德　仁兄呀！

　　　　（唱）　满城纷传父台命，

　　　　　　　　知情不报罪非轻。

　　　　　　　　我世代清白门庭正，

怎能担当这罪名？

胡　图　带吴成！

张　三　带吴成！

吴　成　（唱）　上公堂双膝忙跪定。

胡　图　大胆吴成！

　　　　（唱）　你为何杀人要行凶？

吴　成　大人，冤枉！

胡　图　（唱）　杀人夺财尸投井，

　　　　　　　　你酒后失言吐真情。

　　　　　　　　百两纹银是赃证，

　　　　　　　　要想抵赖万不能！

吴　成　大人！

　　　　（唱）　都怪我一时太高兴，

　　　　　　　　酒后戏言说行凶。

夫　人　（唱）　人命关天非儿戏，

　　　　　　　　难道说这点利害你分不清？

吴　成　那一百两银子，是……

胡　图　（打断吴成话说）那一百两银子把你证得死死的了！

夫　人　人证物证俱在，还敢歪言抵赖？来呀，先打他酒后戏
　　　　言四十棍！

众衙役　啊！

夫　人　与我打！

众衙役　（呼堂威、举棍）威！

胡　图　慢着。夫人，审清了打也不迟。

　　　　〔内，吴妻呼喊：冤枉！

张　三　禀老爷，堂下又有人喊冤。

胡　图　咦？初次开张，看来生意还不错呀。张三，又是谁想
　　　　来领赏钱的吧？

张　三　老爷，是一个妇人在喊冤呢。

胡　图　你对她说今日老爷忙着呢，叫她改日再来吧。

夫　人　慢点，老爷！

141

	（唱）	叫她上堂我来问，
		免得我一旁没事情。
胡　图		夫人，这是公堂，又不是在咱屋里呢，你如何问得？
夫　人	（唱）	你能问我为啥不能问？
		难道说夫人不及你能行？
		你审男来我问女，
		井水河水各自清。
胡　图		好好好，井水河水各自清。传喊冤人！
张　三		喊冤人上堂！
吴　妻	（上唱）	大郎戏言遭凶馑，
		公差拘捕到衙门。
		上得公堂把冤论，
		一见大郎泪纷纷。
		大郎呀！　（哭）
吴　成		娘子！　（哭）
胡　图	（唱）	我只说又是哪里出人命，
夫　人	（唱）	搞了半天原来竟是一家人。
胡　图		哎哎哎，你们哭够了没有？
吴　妻	（跪）	大人，冤枉呀！
胡　图	（唱）	你夫杀人要偿命，
		叫冤也是枉劳神！
		回去，回去吧！
夫　人		老爷，慢点啊！
	（唱）	轻移椅儿把话问，
	（夹白）	跪过来。
	（接唱）	有啥冤枉你快申。
		不要怕，有夫人给你做主呢。
吴　妻		大人！
	（唱）	奴夫善良又本分，
		从未提刀去杀人。
夫　人	（唱）	你说未曾害人命，

　　　　　　　　哪里来的百两银？

吴　妻　（唱）　表弟经商在临郡，
　　　　　　　　他父母双亡一单身。

吴　成　（唱）　辛勤积得银百两，
　　　　　　　　托我带回暂收存。

胡　图　　　　哦！他叫什么名字？

吴　妻　（唱）　大名就叫张东林，

吴　成　（唱）　青天派人去查询。

吴　妻　（唱）　他年终必然回本郡，

吴　成
吴　妻　（同唱）事情一问就知根。

胡　图　（唱）　详细情由问一阵，
　　　　　　　　险些冤枉了大好人。

　　　　　　　　夫人，你看此事如何了案？

夫　人　　　　银子有来路，我看这案子就算了。

胡　图　　　　对对对，你们听到了没有？夫人说算了，就算了，你
　　　　　　　　们各自回家去吧，退堂！

王祖德　　　　大人，莫可！

胡　图　　　　秀才，赏钱有你的，你还喊叫什么？

王祖德　　　　大人啊！

　　　　　（唱）　吴成杀人南山岭，
　　　　　　　　大街小巷传成风，
　　　　　　　　声名狼藉留话柄，
　　　　　　　　恳请父台把案平。

胡　图　（唱）　吴成既说未害命，
　　　　　　　　这个官司已断清。

王祖德　（唱）　人言可畏无鉴证，
　　　　　　　　空口无凭难说话。

胡　图　　　　秀才，你还有啥好办法？

王祖德　（唱）　派人南山去搜井，
　　　　　　　　父台验尸查原凶。

胡　图　（唱）　水落石出根底明，

秦腔
无头案
WUTOUAN

何必无端跑一程。

张　三　老爷!

　　　　（唱）据理公断情理正，

　　　　　　　秀才不要胡成精。

胡　图　对对对!

王祖德　（一怔）

　　　　（唱）枉为朝官享禄俸。

　　　　　　　老爷你——

　　　　　　　老爷你偏袒徇私情。

胡　图　大胆!

　　　　（唱）本县赴任初理民，

夫　人　（唱）与他非故又非亲。

胡　图　（唱）无冷病敢把冰茬子啃，

夫　人　（唱）半夜不怕鬼敲门。

王祖德　（唱）搜井平冤，

吴　成　（唱）我应允。

吴　妻　（唱）查明此案，

王祖德　（唱）才放心。

胡　图　（唱）你取闹公堂，

夫　人　（唱）罪孽重。

王祖德　（唱）甘愿粉身，

吴　成　（唱）重友情。

胡　图　（唱）前往南山，

夫　人　（唱）看究竟。

吴　成　（唱）免得他人，

　　　　　　　疑窦生。

王祖德　（唱）望老爷，

吴　成　（唱）求夫人，

王祖德　（唱）速传令，

吴　成
吴　妻　　　　快登程!

　　　〔胡图及夫人双手掩耳。

胡　图　好了，好了，你们一个一个的说嘛。

夫　人　哎哟哟，你们把我的耳朵都给吵麻了！

胡　图　（离位，对吴成、吴妻）起来！都到这边来。

〔王祖德、吴成、吴妻随胡图走到台口。

胡　图　秀才，你当真要我派人搜井吗？

王祖德　勘审不周，唯恐冤枉师兄。

胡　图　吴成，你们夫妻也赞成搜井吗？

吴　成　小人情愿具结，就是把井倒过来抖，也无所畏惧。

〔夫人下位，拉胡图复坐。

夫　人　老爷，官不离座嘛，咋你跑下来和他们说起闲话来了。

胡　图　夫人，你说搜好，还是不搜好？

夫　人　原告、被告都要求搜井，那就搜吧。

胡　图　搜得？

夫　人　搜得。

胡　图　（伸姆指）嘹嘹嘹……来呀！

张　三　小人在。

胡　图　（飞签下）速到南山枯井搜查！

张　三　是。（出门）唉，油水没捞一点，还要奔波南山！（摇头叹气下）

胡　图　唉！

　　　　（唱）　双方俱供要搜井，

夫　人　（唱）　吵得我俩耳朵聋。

胡　图　（唱）　初次断案就费劲，

夫　人　（唱）　坐得我腰酸脊背疼。

胡　图　（唱）　尔等公堂耐心等，

夫　人　（唱）　（指王祖德）清水搅得不得清。

〔张三气喘吁吁地跑上。

张　三　老爷，老爷！

胡　图　查得如何？

张　三　老爷当堂发下火签，小人一口气跑到南山，急急忙忙向井里钻，发现一具男尸丢在里面，血迹斑斑，头不

知道扔到哪边？

吴　成　（惊倒）啊！……

吴吴妻　（大怒）啊！

胡　图　（大怒）啊！

（唱）　可恼吴成太大胆，

　　　　两次三番骗本县。

　　　　花言巧语施诡辩，

　　　　衣冠禽兽心藏奸。

　　　　衙役班头一声唤，

　　　　来呀！

众衙役　啊！

胡　图　（抓签在手）与我……

夫　人　（拍惊堂木）

（唱）　压倒重责五十鞭。

胡　图　且慢！（扔下火签）与我掌嘴二十！

众衙役　（呼堂威）威！

〔掌嘴毕，王祖德见刑，伴不忍。

班　头　用刑完毕。

夫　人　老爷，用刑太轻了吧？

胡　图　夫人，用刑重了一下子打死了，下次就打不成了。

吴　成　冤枉！

胡　图　哎，井尸已经查明，你还喊啥冤枉！与我收监！

〔班头押吴成下。

吴　成　冤枉！冤枉！

吴　妻　冤枉！

胡　图　冤枉？老爷我才冤枉，差一点把馍笼子叫你丈夫抽到大梁上去了。

吴　妻　老爷……

胡　图　（拍惊堂木）你丈夫行凶杀人，证据凿确，你还喊什么冤枉？来呀，赶出县衙！

〔班头甲、乙推吴妻出，吴妻哭啼着下。

胡　图　哦，秀才，你就领钱去吧。

王祖德　老爷,夫人,小生本想为师兄平却冤案,谁知……哎,小生告退。

夫　人　秀才,你慢慢走。

王祖德　(难受地叹气)唉! 想为师兄把冤伸,谁想戏言竟成真。仁兄呀! 　(下)

胡　图　夫人,下官有心去到南山亲验井尸,你看如何?

夫　人　死人抽鼻子裂眼,血迹斑斑,有啥好看的?

胡　图　下官为民父母,不敢马马虎虎,草菅人命。李四!

班头乙　在。

胡　图　速去临郡查询张东林,问他是否给过吴成一百两银子。

班头乙　是

胡　图　速去快回!

班头乙　本想老爷赏两个,谁料先发这一脚。哎——　(下)

夫　人　老爷,你去南山验尸,我跟你一块去。

胡　图　夫人,你真跟得紧呀!

夫　人　脚跟脚,夫妻和嘛。

胡　图　张三,传本县口谕,明日一早老爷要亲去南山验尸,如有尸主,速去南山认领。

班头甲
班头丙　是

夫　人　退堂!　(下)

第五场　认　尸

〔远山重叠,近处有一大树,亭亭如盖,旁有一井台。

〔内锣声交响,班头:老爷南山验尸了!

〔四衙役持杖上。班头甲抱火签筒,班头乙手端文房四宝上,胡图与夫人骑马并肩上,二丫环随后。

胡　图　（唱）　秀才大堂报凶案，
　　　　　　　　吴成却说是戏言。
　　　　　　　　人证物证一连串，
　　　　　　　　他拒不认罪为哪般？
　　　　　　　　这堂官司难审判，
　　　　　　　　我百爪搔心心乱如麻坐针毡。
　　　　　　　　南山之上细查看，
　　　　　　　　亲自验尸解疑团。

夫　人　（唱）　老爷出门我陪伴，
　　　　　　　　宦家夫妇不一般。
　　　　　　　　山路崎岖日晒面，
　　　　　　　　我汗珠如雨湿衣衫。

胡　图　（唱）　衙役带路莫怠慢。

张　三　禀老爷，夫人！
　　　　（唱）　来到南山枯井边。
　　　　〔胡图、夫人下骑，班头甲、乙摆开临时公案，丫头捧茶
　　　　打扇。
　　　　〔何妻扶何母上。

何　妻　（唱）　为糊口奴夫去贩运，

何　母　（唱）　我儿何不归家门？

何　妻　（唱）　今日乡邻传凶讯，
　　　　　　　　枯井之内有尸身。

何　母　（唱）　赶到南山把尸认，
　　　　　　　　但愿不是我儿身。

何　妻　（唱）　不知老爷怎审问，

何　母　（唱）　婆媳跪地参大人。
　　　　〔何妻、何母跪。

胡　图　哦，你老少二人想必是来看热闹的？起来，起来，站
　　　　在一旁去看吧！

何　母　老爷！
　　　　（唱）　民妇前来把尸认，

何　妻　（唱）　何时消愁才放心。

胡　图　哎！民间官司真多。你们家里死了什么人？

何　母　（唱）　我儿数日无音信，

何　妻　（唱）　死者何甲奴夫君。

胡　图　你怎么知道死者是你夫君呢？

何　母　（唱）　青布衣衫换过领，
　　　　　　　　肩头还有一补丁。

何　母　（唱）　纹银百两身边带，
　　　　　　　　禀告老爷知详情。

胡　图　张三，速将尸体移出井来，叫他婆媳前去认尸。
　　　　〔班头同衙役移尸出井，夫人惧怕，胡图察看，何母与
　　　　　妻抢上前去痛哭。

何　妻　夫呀！

何　母　儿呀！
　　　　〔牌子。
　　　　〔胡图上前察看。

胡　图　（唱）　无头男尸怕煞人，
　　　　　　　　尸首不全血淋淋。
　　　　　　　　果然是青衣布衫换过领，
　　　　　　　　肩上确有一补丁。

何　母　（唱）　补丁是我亲缝纫，
　　　　　　　　衣在人亡痛裂心。

何　妻　（唱）　夫君你一死家贫困，
　　　　　　　　丢下奴今后靠何人？

夫　人　老爷！（唱）　有尸无头难判审，

胡　图　（唱）　带上吴成要追根！
　　　　　　　　带吴成！
　　　　〔班头押成天上。

吴　成　叩见大人！

胡　图　胆大吴成，拦路抢劫，图财害命，还不从实招来！
　　　　〔何妻扑上前打吴成一耳光。

秦腔　无头案　WUTOUAN

149

何　妻　好贼呀！

　　　　（唱）　贼子做事太残忍，

　　　　　　　　你不该谋财杀夫君。

何　母　（唱）　上前与贼把命拼，

　　　　　　　　要你偿还我儿的身！

夫　人　快把老太太拦住，休要碰坏了她！

胡　图　吴成，胆大的吴成！你把人头藏到哪里去了？

吴　成　哎呀大人，小人实实没有行凶呀！

胡　图　哼哼！你说你没行凶杀人，这无头男尸从何而来？

　　　　〔吴成见尸，惊倒。

吴　成　哎呀！

　　　　（唱）　见尸体吓得我浑身冰冷，

　　　　　　　　吴成我跳进黄河也洗不清。

　　　　　　　　是何人伤性命投尸枯井，

　　　　　　　　害得我负冤屈苦受法刑。

　　　　　　　　只怪我酒醉后太得懵懂，

　　　　　　　　千张口难表白身把冤蒙。

　　　　　　　　戏言成真自嘲弄，

　　　　　　　　莫非我中了邪，遇了魔，撞倒瘟神冤难明。

　　　　哎呀老爷，小人没有杀人，怎知人头下落？

胡　图　嘿嘿，赃证齐全，事实俱在，你还敢顽固抵赖，不给你
　　　　点厉害，谅你也不会招。今天我要叫你知道马王爷
　　　　是三只眼，来啊！

众衙役　啊！

胡　图　大刑侍候！

众衙役　（举杖，呼堂威）威！

吴　成　大人，大人，我……

胡　图　你早点招了，免受皮肉之苦，人头在哪里，快讲！快
　　　　讲！

吴　成　（无可奈何地）唉……（把头调向一边）

夫　人　老爷，他说人头在这边呢！

150

胡　图	（对班头）快到左边搜来！	

〔班头甲、丙押吴成左边搜下，复上。

班　头	禀老爷，没有。
吴　成	（气愤地把头又调向另一边）唉……
夫　人	老爷，他又说人头在那边呢！
胡　图	快去搜来！

〔班头押吴成搜查右边，复上。

班　头	禀老爷，还是没有。
胡　图	（拍惊木）吴成，我看你活烦了，竟敢戏耍本县。我再问你，人头哪里去了？
吴　成	唉呀大人，我没有杀人，你就是把我打死，我也交不出人头来。
胡　图	哎呀，我不信你猫不吃糨子，来呀！给我夹起来！
衙　役	啊！

〔四衙役举刑具夹吴成。

夫　人	哎呀老爷，听说上起夹棍疼得很呢。
胡　图	不把他整疼，他就不肯招呀。
夫　人	使不得。先不忙用刑，我有话说。
胡　图	来呀！不忙用刑。吴成你听到没有，夫人有话说呢。
夫　人	（唱）　吴成杀人心惶乱，
	提心吊胆山林钻。
	不走大路满山窜，
	人头不知扔哪边。
	老爷宽怀给期限，
	寻头归案限三天。
	你胸怀仁慈发善念，
	民之父母好清官。
胡　图	对对对，夫人言之有理，难得呀难得。吴成。
吴　成	大人。
胡　图	本县以宽大为怀，限你三日寻头归案，你看如何？
吴　成	倘若寻找不到人头呢？

胡　图	找不到人头，管叫你筋断骨裂、血肉横飞，那个时候你就别怪老爷无情了！	
吴　成	这个……	
夫　人	你不要狗咬吕洞宾，不识好人心！	
胡　图	给我押了下去！	

〔班头押吴成下。

何　妻何　母	苦啊！	
夫　人	老爷，何家婆媳二人还在哭呢！	
胡　图	（唱）　可怜她豆蔻青春成孤雁， 　　　　可怜她白发苍苍好凄惨。 　　　　何甲不幸遭祸患， 　　　　你婆媳哭死也枉然。 　　　　你二人暂且回家转， 　　　　本县我一定为民来伸冤。	
何　妻	老爷。 （唱）　实指望白首永相伴， 　　　　恩爱夫妻到百年。 　　　　如今冷落成孤雁， 　　　　苦守残灯泪不干。 　　　　丈夫何甲被人害， 　　　　婆媳生活断了源。 　　　　奴家无力把家管， 　　　　衣食重担怎承担？ 　　　　母独妻寡无人问， 　　　　天不照应地不怜！ 　　　　即就是千刀万剐仇人斩， 　　　　民妇今后也难安。	
夫　人	不要哭，不要哭！ （唱）　只要官司一了案， 　　　　何妨另把高枝攀。 　　　　我与你做 媒牵红线，	

重做新妇把家安。

胡　图　夫人，何甲的头还找不到，案情没有弄清，你怎么想
　　　　当红娘哟！

夫　人　这是我们妇人家的事，你少管！

何　妻　（唱）民妇年轻少主见，
　　　　　　　　还望夫人多周全。

何　母　老爷，夫人，不可呀！
　　　　（唱）三从四德立规范，
　　　　　　　　好马岂能配双鞍？

夫　人　少说废话，你儿子死了，不叫媳妇改嫁，你能养活她
　　　　吗？

胡　图　何甲媳妇！

何　妻　民妇在。

胡　图　夫人想让你择夫改嫁，你可愿意？

何　妻　愿从夫人发落。

胡　图　好。

何　母　（哭）苦呀！

夫　人　老爷，你看她婆媳二人怪可怜的，你要帮她们想个办法
　　　　呀。

胡　图　夫人菩萨心肠，实在难得。只要获得人头，本案一结，
　　　　下官一定发落，叫她们婆媳二人各得其所也就是了！

夫　人　何家婆媳，谢过老爷。

何　妻
何　母　多谢夫人老爷。（下）

胡　图　来呀！传话下去，找到人头者，赏钱一千。

张　三　是。

胡　图　回衙！

第六场　找　头

〔山岗起伏,天暗欲雨。

〔吴成内唱:锁镣铐强挣扎山间行走。

〔班头张三、班头丙押解着吴成一颠一跛地上。

甲
乙　班头　　走!

〔班头打吴成,吴成跌倒,艰难地站起来。

吴　成　(唱)　步步血恨如云泪水难收。

　　　　　　　弃功名归田园简行衣素,

　　　　　　　守本分倒成了阶下囚徒。

　　　　　　　悔不该太高兴过量饮酒,

　　　　　　　悔不该出戏言惹祸根由。

　　　　　　　到如今满腹忧愁自己受,

　　　　　　　苍天应知真情由。

　　　　　　　何时展彻眉尖皱,

　　　　　　　恨满南山怨满丘。(擦泪)

张　三
班头丙　　快走!

吴　成　二位差哥,你看我带着这么重的刑具,终日奔跑在群
　　　　山之间,哎,我实在走不动了。

班头丙　你走不动了,我们也被你拖垮了。少啰嗦,快起来,
　　　　找人头!

吴　成　二位差哥,行个好吧! 把刑具给我松一松,我才走得
　　　　动啊!

张　三　(伸手)拿来!

吴　成　拿什么?

张　三　钱嘛！

吴　成　我贫寒人家,哪有钱啊?

张　三　哎,人常说,刑要松,拿钱轰。没钱,你就带着。

吴　成　那么有了钱,朝廷的法度就不要了吗?

张　三　你真的是个磁锤,连这点道理也不懂。常言说得好,有钱能买鬼推磨。只要有钱嘛,王母娘都能买来当丫头,那人间的法度能顶个屁!

吴　成　人总是还要讲点良心呀!

班头丙　良心?良心是红的还是白的?良心多钱买一斤?我们衙门里的人,哪一个不是先把心瞎了,才来端这个饭碗的啊?

张　三　少废话,快给我们找人头!(举棍)走!

吴　成　(唱)　无钱只好把王法受,
　　　　　　　刑棍阵阵身上抽。
　　　　　　　有钱通神天下走,
　　　　　　　无钱受苦性命休。
　　　　　　　何一日苍天显身手,
　　　　　　　澄清宦海除民忧。

〔班头催打,吴成慢行。

吴　成　(唱)　山涧小径急奔走,
　　　　　　　云锁雾霾更加愁。(吴成跌倒,复起)

张　三　(气喘吁吁)好你个吴成,整得我几天来口干舌燥,饥肠咕噜,在这南山之上转来转去,连一根头发都没找着,你这不是把我们当猴耍哩吗?

吴　成　哎,苦啊!

班头丙　杀人夺财,投尸枯井,是你自己亲口讲的,你怨哪个?

张　三　不是我们硬要逼你,眼看限期就到,到时候无头献上公堂,老爷发了威,只怕你招架不住!

吴　成　我到何处去找吗?唉!

班头丙　吴成,想你杀人之后,必是逢岩跳岩,逢坎跳坎,将人头乱扔乱丢,你好好地想一想嘛!

155

吴　成　差哥,我吴成吃了冤枉官司,哑吧吃黄连,有口说不清。我,唉,冤枉!

张　三　我们一催,你就想翻供,在大堂上你红口白牙说的话算数不算数,有本事给老爷讲去! 快走! 快走!

〔吴妻提饭篮上。

吴　妻　(唱) 提篮送饭南山走,

　　　　　　顾不得路滑越深沟。

　　　　　　荆棘儿撕破衣衫袖,

　　　　　　与奴增添万重愁。

　　　　　　求求菩萨多保佑,

　　　　　　与郎昭雪伸冤仇。

　　　　　　(哭叫)大郎!

吴　成　娘子!

〔吴妻哭叫着扑向吴成,班头阻拦。

张　三　人命要犯,岂容你随便接近?

吴　妻　我是给我丈夫送饭来的,请二位上差行个方便吧。

张　三　啊,送饭来的? 有违禁之物没有,拿过来叫我检查检查。

吴　妻　请上差查看。

张　三　(拿过饭篮查看)稀饭一碗,咸菜一点,(闻)还香喷喷的。哎,你怎么不煮几个鸡蛋,拿点腊汁肉来?

班头丙　(抢过饭篮)你拿过来吧,吴成,你屋里家给你送饭来了。(将饭篮放在吴成面前)

吴　成　唉呀,娘子,为夫含冤,怨气填胸,哪里吃得下啊!

班头丙　吃不下去? (笑) 哈哈……吃不下就好! (一想)这样吧,我帮你把它报销了,免得你提回去沉腾腾不好走,好吧!

张　三　此处无人,容你们夫妻一见,有话捡重要的说,快点啊!

〔班头、张三下。

吴　成　娘子,我的妻呀!

吴　妻　　大郎,我的夫君呀!（二人坐巨石上痛哭）
　　　　　（唱）　见大郎容憔悴面色消瘦,
　　　　　　　　　奴心中浇滚油苦泪长流。
　　　　　　　　　平地里惊雷起风狂雨骤,
　　　　　　　　　洪浪卷翻破船沉了孤舟。
　　　　　　　　　实想说咱夫妻合鸣白首,
　　　　　　　　　谁知晓横祸来恩爱全休。
　　　　　　　　　怕只怕冤沉海底法难宽宥,
　　　　　　　　　屈死了大郎你积怨如丘。
　　　　　　　　　我情愿伴郎君同受苦刑把罪受,
　　　　　　　　　我情愿陪大郎九泉之下分君忧!

吴　成　　（唱）　贤德妻且莫可泪湿衣袖,
　　　　　　　　　您悲痛吴成我愁上加忧。
　　　　　　　　　只怪我饮酒后戏言荒谬,
　　　　　　　　　遭奇祸连累你九泉含羞。
　　　　　　　　　枯井里投尸首谁下毒手?
　　　　　　　　　怎知晓百两银竟成罪咎?
　　　　　　　　　到如今纵有千张口,
　　　　　　　　　难辩冤屈把根究。
　　　　　害得你孤孤单单、凄凄凉凉、难把日月度,害得你伶
　　　　　仃孤苦、悽悽惨惨、怎样风浪荡孤舟。
　　　　　　　　　无依无靠难糊口,
　　　　　　　　　日日夜夜泪中沤。

吴　妻　　（哽咽地）夫呀夫呀,为妻已愁肠寸断,你你你,不必
　　　　　再说了! （哭）
吴　成　　（接唱）我死后——
　　　　　　　　　你不拘俗礼结婚媾,
　　　　　　　　　另选忠厚配鸾俦。
　　　　　　　　　莫找那轻浮子弟好饮酒,
　　　　　　　　　重添此恨悔难收。
　　　　　　　　　新欢后——

偶去荒郊信步游，

到我坟上走几周。

面对荒坟添把土，

一杯清酒消我忧。

也不枉恩爱夫妻同盟连理咒，

瞑目九泉万事休。

吴　妻　（唱）大郎莫要泪长流，

此情景把妻愁肠揪。

双膝跪倒把天地求，

为吴郎倒悬灾祸收。

祈降洪恩把郎救，

吴　成　（唱）天地茫茫雾难收。

吴　妻　（唱）生离死别怎忍受，

吴　成　（唱）肝肠碎裂痛心头。

吴　妻　（唱）我孤雁哀鸣失配偶，

吴　成　（唱）鱼水之情难抛丢。

吴　妻　（唱）从今后——

我孤孤伶伶听更漏，

吴　成　（唱）你悲悲切切度春秋。

吴　妻　（唱）独对青灯空房守，

吴　成　（唱）风风雨雨卧荒丘。

吴　妻　（唱）天地有灵将我夫妻救，
吴　成

平冤拆狱何日酬！

〔张三、班头丙上，推开吴成与其妻。

张　三　怎么还没有说完吗？哪有这么多废话！吴家娘子，
饭篮子在此，赶快回去，我们还要找人头呢。

吴　妻　（哭）苦呀！

张　三　别哭，别哭，留点眼泪以后再哭。快走！

吴　妻　差哥……

班头丙　不愿走，那你就帮我们找人头，找到人头可领赏钱一
千。

吴　妻　大郎!

张　三　（催吴成）走!

吴　妻　大郎!（追）

吴　成　娘子!娘子!……

　　　　〔二班头押吴成下。

吴　妻　大郎,大郎!……

　　　　〔吴妻膝行追赶,哭倒在地,王祖德上。

王祖德　（唱）　但愿井尸早结案,

　　　　　　　　今后再不受牵连。

　　　　原是嫂嫂在此,小弟有礼了!

　　　　〔吴妻转过脸来,见是王祖德,霍然站起。

吴　妻　哦,原来是你,秀才你做的好事呀!

王祖德　唉,尊嫂呀!

　　　　（唱）　只怪我胆小怕事见识短,

　　　　　　　　我不该出首去报官。

　　　　　　　　小弟做事违心愿,

　　　　　　　　夜不成寐泪如泉。

　　　　　　　　吴兄不幸图圄陷,

　　　　　　　　我无义之名怎承担?

　　　　　　　　同窗好友情相连,

　　　　　　　　恨不能将身替换去坐监。

　　　　　　　　仁兄受罪不忍见,

　　　　　　　　我五脏六腑似箭穿。　（哭）

吴　妻　（唱）　秀才知错泪如线,

　　　　　　　　抱怨人家心不安。

　　　　　　　　找头归案限期满,

　　　　　　　　嫂嫂心急似油煎。

王祖德　尊嫂啊,小弟也为此事来到南山。

吴　妻　秀才贤弟,你来南山也为此事?

王祖德　是啊,县大老爷传谕下来,要全城百姓都来找人头,

　　　　小弟也是来替吴兄找头来的!

159

吴　妻　啊,你相信我丈夫能行凶杀人吗?

王祖德　唉,事到如今,管他真的也罢,假的也罢,井尸银两俱
在,吴兄自己都说它不清,你我更是无法分辩。当务
之急,寻头归案要紧。即使井尸不是我那吴兄所杀,
只要人头找到,大案可结,县衙必然行文州府,行文
往返周折,吴兄尚可拖延一些时日,且免去刑讯之苦。
如果找不着么,唉……

吴　妻　又怎么样?

王祖德　必然重刑敲打,罪上加罪,这么三日一敲,五日一逼,
恐怕经不住几敲几打几逼,我那吴兄他、他、他、他要
活活毙于刑杖之下了!

吴　妻　哎呀,秀才兄弟,为嫂方寸已乱,你将何言教我?

王祖德　尊嫂呀,圣人有云:宁可信其有,不可信其无。你我
何不在这山前山后、山左山右仔仔细细寻找?找着
人头献至公堂,吴兄少受皮肉之苦,尊嫂也尽了夫妻
之情,小弟我也算尽了朋友之义了。

吴　妻　你看这南山,峰峦重迭,密林深广,公差押着大郎,找
了数日,尚未找着,你我如何寻找呀?

王祖德　吴兄如果行凶杀人,必择小道而行。你我何不分头
寻找,专寻羊肠小道、路旁草丛,也许皇天有眼,助我
们找着人头,也未可知。

吴　妻　如此你我二人分头找来!

王祖德　尊嫂,请你从此上山,小心查寻,小弟绕往山后去找。
告辞了!

吴　妻　有劳秀才兄弟!

〔向王祖德拜谢,王祖德下。

吴　妻　待我慢慢地找来呀!（大段舞蹈）

（唱）　寻人头闯南山秀才指点,

强忍着两眼泪满腹痛酸。

山路崎岖旁深涧,

峡谷悬岩一线天。

羊肠小道草丛看，

哎呀！

草中何物血斑斑？

一步一惊细察看，

见人头吓得我心惊胆颤两目眩。

大着胆拾人头公堂去献，

免得大郎受摧残。（停步，思索）

哎呀不可！

（唱）　我把人头公堂献，

岂不是假案成真难伸冤？

倘若不把人头献，

大郎他罪上加罪、杖下毙命更凄惨！

罢罢罢！

无奈何献人头县衙投案，

免刑讯少受折磨顾眼前。

（哭叫）大郎呀夫啊！妻替你献头来了！（舞蹈，下）

第七场　辨　奸

〔大堂。胡图、夫人及丫环上。

胡　图　（念）　初次学剃头，遇着串脸胡。

夫　人　（念）　只要刀子快，全不费功夫。

张　三　（上念）脚板打了几个泡，

扭了大腿伤了腰。

班　头　禀老爷、夫人。

胡　图　可将人头找到？

班　头　连头发也没找到一根。

班头乙　（上念）吴成做事太可恼，

奔走临郡掉了膘。

（跪）回禀老爷、夫人。

胡　图　你去临郡情况如何？

班头乙　老爷、夫人请听！

　　　　（念）临郡找到张东林，

　　　　　　　查问银两细追根。

　　　　　　　听说吴成受刑法，

　　　　　　　东林哭得泪淋淋。

　　　　　　　他言说：表兄吴成家贫困，

　　　　　　　临行赠了百两银。

　　　　　　　日夜兼程苦受尽，

　　　　　　　不敢说谎句句真。

胡　图　班头，升堂！

　　　〔众衙役上，列队站班。

众衙役　（呼堂威）啊——！

胡　图　带吴成！

张　三　带吴成！

吴　成　（上）叩见老爷！

胡　图　吴成限期已到，你迟迟不交人头，莫非还要戏耍本
　　　　县？

吴　成　大人哪，请求老爷再宽限几日，容小人找头归案。

胡　图　你说了个谎话！你说得比唱得还好听！不给你一点苦
　　　　头，你也不知道本县的厉害，来呀！

众衙役　啊！

胡　图　（拍惊堂木）与我打打打！

　　　〔众衙役欲打吴成。吴妻内喊：民妇献头！

胡　图　谁在外边喊叫哩？

张　三　（看）老爷！吴成之妻，阻刑献头！

吴　成　（一惊）啊！

胡　图　带上来！

张　三　带上来！

〔吴妻提篮上。

吴　妻　民妇叩见大人,人头献上!

胡　图　人头从何而来?

吴　妻　南山找来的。

胡　图　找了多久?

吴　妻　一个时辰。

胡　图　哦? 吴成在南山找了几日没有找到,偏你轻易获得,莫非有诈? 我看你是知情不报。

夫　人　人头是从你家里拿来的吧! 你别欺哄老爷!

吴　妻　民妇不敢。

胡　图　那你是怎么找来的?

吴　妻　多亏王秀才的指点。

胡　图　哪个王秀才?

吴　妻　本县知名秀才王祖德。

胡　图　哦,他是怎样指点你的?

吴　妻　大人请听。(牌子)

胡　图　原来如此。念你献头有功,赏钱一千。

吴　妻　大人,民妇但求为夫明冤,不愿讨赏!

胡　图　什么什么……

吴　妻　但求大人笔下超生。

胡　图　啊!

夫　人　这个好傻,给钱都不要。

胡　图　夫人, 要是我们这些在朝廷当官的, 不日鬼弄棒槌,都像她那样不贪财,天下就太平了。

夫　人　天下太平了,你就当不成官了。老爷人头已获,赶快结案吧!

胡　图　对对对,结案,结案。班头,将吴成夫妻带下去,传何家婆媳上堂。

〔何母、何妻上。

何　母　叩见老爷、夫人!

胡　图　人头归案,尔等前去认来!

何　妻	（哭）	我的夫呀！
何　母		我的儿
胡　图	可曾看明？	
何　妻	正是我夫首级！	
何　母	儿	

胡　图　　本县立即行文上司，待批复下来与你们伸冤雪恨也就是了。

何　母　　多谢青天大老爷。

何　妻　　哎呀，好苦呀！

夫　人　　老爷，人家还在叫苦呢！

胡　图　　儿子夭折，丈夫归天，谁不难过，让她婆媳多哭几声。

何　妻　　民妇在等老爷的发落。

胡　图　　哦！

夫　人　　老爷，那天在南山你曾答应此案一结，她婆媳二人各得其所嘛！

胡　图　　还是夫人的记性好。老太太，本县有个事情要同你商量商量。

何　母　　请大人吩咐。

胡　图　　何甲已死，丢下你婆媳二人，想必日月难过。本县有心将你媳妇当堂高价发卖，身价一百两，银归母得，媳妇改嫁，老少有益，各得其所，你看如何？

何　母　　大人，此言差矣，老婆我虽然家贫如洗，可也不是靠卖媳妇发财的人。

胡　图　　嗬，有志气！（伸拇指）

夫　人　　哎，老婆婆你别不识好歹，这件事情恐怕就由不得你了。何家媳妇！

何　妻　　夫人。

夫　人　　老爷要帮你改嫁，你可愿意？

何　妻　　承蒙老爷、夫人如此惜恤，民妇情愿从命。

夫　人　　何家老婆，你媳妇愿意改嫁，你还有何话说？

何　母　　我儿新死，她热孝在身，马上改嫁于理不合，民妇万难应允。

胡　图　是啊,热孝在身,恐怕不妥。

夫　人　(对胡图)这事不要你管。何家老婆,难道你要她守
　　　　一辈子的寡呀?

何　妻　苦呀!

夫　人　你这老婆咋不讲理呢? 你要晓得老爷的脾气不好!

何　母　民妇没犯法,我怕什么?

胡　图　不听老爷我的话就是犯法!(拍惊堂木)你到底答应
　　　　不答应?

何　母　不答应。

胡　图　来呀!

众衙役　啊!

胡　图　(抓签在手,又不扔下)给我打打打!

众衙役　(呼堂威)威!(举棍,何母吓倒在地)

何　母　大人息怒,民妇答应就是了。

胡　图　早该如此。

夫　人　自找苦吃。

胡　图　(对何母)起来,起来。班头传话下去,本县发卖何甲
　　　　之妻,身价纹银一百两,有买妇者当堂付银。

班　头　下边听着,大人传谕:发卖何甲之妻,身价纹银一百
　　　　两,有买者把银子拿来!

　　　　〔内:王祖德:来了!

王祖德　(上跪)生员王祖德参见大人。

胡　图　不必多礼。

王祖德　谢过大人。

夫　人　秀才,多亏有你的指点,吴成之妻才寻来人头归案,
　　　　你是有功之人呀。

王祖德　夫人过奖了。生员为朝廷尽忠,为父母尽孝,为朋友
　　　　尽义,是我们读书人的本分嘛。

胡　图　难得呀难得!

夫　人　可敬呀可敬!

王祖德　岂敢呀岂敢!

165

何　母　秀才,就该给我婆媳做主啊!

胡　图　哦,你们也认识吗?

何　母　秀才疏财仗义,惜孤济贫,誉满乡里,没有人不知道他的。

夫　人　疏财仗义,惜孤济贫?

胡　图　原来如此,秀才上得公堂,莫非要打官司?

王祖德　闻听大人传谕,生员是来买妇的。

胡　图　啊,你是来买布的?秀才,这是县老爷衙门,不是布匹店,你走错门了。

夫　人　老爷,人家是来买妇的。

胡　图　哦哦哦,你是来买妇的?

王祖德　正是来买妇的。

胡　图　哎,秀才,你是绅士之家,宦门之后,买一贫家之妻、再嫁之妇,难道不怕屈身了吗?

夫　人　是啊,门不当,户不对。秀才,你要三思啊!

王祖德　怜孤惜寡,圣人所教,恻隐之心,人皆有之。生员买媳也是为善积德啊。

胡　图　善哉善哉。秀才有怜孤惜寡之心,本县亦有成人之美。何家媳妇!

何　妻　民妇在。

胡　图　王秀才要买你,你可愿意?

何　妻　残花败柳,秀才如不嫌弃,我愿为奴做婢。全凭大人做主。

夫　人　秀才,你可不要后悔哟!

王祖德　君子一言,驷马难追。生员愿当堂具结。

夫　人　好呀好。

胡　图　交出银两,当堂画押。

王祖德　遵命。

〔吹打、画押,并交出银两。

胡　图　百两纹银交于何母。

何　母　(接银,哭泣)儿啊!……

胡　图	秀才,井尸一案,人赃俱获,囚犯如何处治为好?
王祖德	申报上司,秋后处斩!
胡　图	判斩恐怕重了吧!
王祖德	大人哪,杀人抵命,欠债还钱,古今定理,何重之有?
夫　人	说得有理。
胡　图	秀才,吴成与你幼年同窗,情深义厚,你怎忍心看他变成刀下之鬼呢?
王祖德	哎呀大人哪! 学生熟读圣贤书,深明大义,素知公理,岂敢营私废公,徇情枉法? 难道大人要学生替杀人犯辩解不成吗?
夫　人	讲得好。
胡　图	好极了。带吴成夫妇。
吴　妻 吴　成	(上,跪)叩见大人。
胡　图	井尸一案,真相大白。真正杀人凶手你们可知谁呀?
王祖德 何母、妻	真凶吴成,这有何疑?
胡　图	是吴成?
众	是吴成。
夫　人	老爷,你的废话太多了。
胡　图	(大笑)哈哈哈……杀人凶手,并非吴成!
众	啊? 不是吴成,又是哪个?
胡　图	(走下公堂)这杀人的真凶嘛,(指王祖德与何妻)就是他她!
王祖德 何　妻	(惊倒在地)老爷,你你你……你怎么冤枉起好人来了?
胡　图	呸! 升堂!
众衙役	(呼堂威)啊……
	〔王祖德与何妻颤抖不已,吴成夫妇含泪合掌拜天,夫人有些不解。
夫　人	啊!
胡　图	(唱)　井案有了头升堂开审,

听我来断一断案情假真。

王祖德
何　妻　冤枉！

胡　图　再胡喊叫我就打嘴了！（指王祖德、何妻）你俩听着！
　　　　（唱）有几件疑难事本县要问，
　　　　　　　说不清休怪我重刑如身。

夫　人　对，说清楚了，就叫你俩结成夫妻。

胡　图　（指王祖德）我问你：
　　　　（唱）那吴成出戏言谋财杀人，
　　　　　　　你报假案诬好人是何居心？
　　　　　　　闹公堂逼搜井缘何卖劲？
　　　　　　　你进山人头现什么原因？

夫　人　你说啊！

胡　图　（指何妻）枯井里尸未出你就认准，
　　　　　　　怎知道那尸体是你夫君？
　　　　　　　那何甲习贩运银钱缺困，
　　　　　　　他身上哪来的百两纹银？

夫　人　是啊，你说嘛。

何　母　那百两银子本是王秀才帮我儿做生意的！

何　妻　这个……

胡　图　（唱）
　　　　　　　你见尸假伤心干嚎一阵，
　　　　　　　哪有个尸未寒匆忙嫁人？

夫　人　对，对呀！

何　妻　（拉王祖德衣襟）秀才，这……

王祖德　大人，这不关我的事。

胡　图　（冷笑）没有你，这台戏就唱不成！
　　　　（唱）这一个玉娇姿杨花水性心肠恨，
　　　　　　　那一个伪君子尔雅温文虎狼心。
　　　　　　　你二人早就在一起鬼混，
　　　　　　　被何甲发觉后暗生恶心。
　　　　　　　赠银两诱何甲出外贩运，

在南山杀了他枯井投身。

那吴成说戏言你本不信，

李代桃报冤案嫁祸于人。

本县我装糊涂巧布迷阵，

你弄鬼老爷我就要装神。

（走近夫人）

贤夫人无意中帮我用劲，

使他们摸不着水浅水深。

你欺我新官初上任，

看不透你是鬼来还是人。

甭看我模样长得笨，

心明如镜脑不昏。

我火眼金睛看得准，

你白骨女妖难逃身。

父母官清正百姓顺，

为人处事记谦逊。

生为万民消怨恨，

不秉公办事不是人。

你狐狸尾巴未夹紧，

露了蹄爪豺狼心。

阴险毒辣心残忍，

狠不得剥你皮，抽你筋，

正典律刑，剪除坏种为民出气把冤伸！

众	青天大老爷！
胡　图	（拍惊堂木）老实招来，免受皮肉之苦！
王祖德 何　妻	大人神明，件件属实，恳求法外开恩！
胡　图	（学王祖德语）老爷我熟读圣贤书，深明大义，素知公理，岂敢营私废公、徇情枉法？难道你要我替杀人犯辩解不成吗？
王祖德	小人认罪伏法。
胡　图	谅你也不敢抵赖，画押上来。

〔王祖德、何妻画押。

胡　图　来呀!

衙　役　啊!

胡　图　把奸夫淫妇重责八十,打入死牢。

王祖德
何　妻　大人饶命吧。

〔胡图挥手示意,衙役押王祖德、何妻下。

胡　图　夫人,那一百两银子……

夫　人　当然给人家还。丫环把那银子拿来。

〔丫环上,取出银袱递给夫人,夫人递给胡图。胡图、
夫人走下公案,将银子交给吴成。

胡　图　尔等回家去吧!

众　　　多谢青天大老爷!

〔胡图扶起吴成,夫人、丫环扶起吴妻、何母。胡图及
夫人送行。

胡　图
夫　人　慢走!慢走!(众下)

胡　图　夫人,你看我这案子断得怎么样?

夫　人　老爷,你是红萝卜调辣子,吃出又看出呀!

胡　图　我夜明珠不放光,你把我当一块烂石头哩。为民父
母心要公,胡作非为是畜牲。夫人请。

夫　人　老爷请。

〔胡图洋洋自得地欲下。

夫　人　(嗔怪地)嗯——

胡　图　(躬身施礼)夫人,请。

〔夫人下。

〔胡图急跑下。

——剧　终

演出单位

西安尚友社

西安三意社

西安市五一剧团

杨门女将

根据同名京剧移植

刘养民　移植

剧情简介

　　天波府喜气盈盈，年满百岁的佘太君正在为镇守边关的孙儿杨宗保举办五十寿庆，忽传噩耗，宗保拒敌，身入绝谷探道，不幸阵亡。这时朝廷畏惧强敌，意欲求和。佘太君力抑悲痛，率领居孀的儿媳、孙媳和重孙杨文广等，慷慨激昂地驳斥了主和派的谬见，凛然挂帅，全家出征。

　　阵前，进犯边关的西夏王文大败，退至老营，凭借天险顽守，并设计欲将文广诓进绝谷，借以威胁杨家。其计为佘太君、穆桂英识破，他们根据宗保生前绝谷探道的遗言和马童张彪的陈述，证实葫芦谷内确有栈道，可以飞越天险，奇袭敌营。于是穆桂英请求将计就计闯进谷去，佘太君准其所请，并将宗保坐骑白龙马赠给文广，以壮其行。桂英母子、杨七娘等闯进绝谷之后，踏遍群峰，历尽艰险，几经波折，终在识途老马的引导、谷内采药老人的帮助下，攀上了栈道。这时西夏王文将谷口围住，扬言纵火威胁太君。太君不为所动，忽见敌营内冲天火起，知桂英等奇袭成功，遂率兵猛冲敌营，里外夹攻，一举歼灭了西夏兵将。

场　目

秦腔
杨门女将
YANGMENNÜJIANG

人 物 表

佘太君

穆桂英

杨文广

柴郡主

杨七娘

杨八姐

杨　洪

焦廷贵

孟怀远

宋仁宗

寇　准

王　辉

张　彪

采药老人

王　文

王　翔

魏　古

众女将

丫环、家院、太监、宫娥、武士、宋兵

西夏众兵将

序 幕

〔边关。

黄昏。

〔战鼓声、胡笳声中,西夏王文在"王"字旗下率儿子王翔及番兵将,一窝蜂冲上,杀气腾腾侵犯宋朝边境,他们拥到边关,向前观望,王文纵声大笑。

王 文 （念） 铁骑围边关,

指日取中原。

〔报子上。

报 报。(至王文面前跪下)

王 文 何事?

报 宋朝元帅杨宗保窥探葫芦谷,被我军暗箭射死。

王 文 再探!

报 得令!(转身跑去)

王 文 哈哈哈,啊哈哈哈! 众将官,攻下边关,直取中原,奋勇杀敌!

众 杀!

〔王文率众冲杀而下。

第一场 边 关

〔夜路上星光惨淡,雾气弥漫。

〔焦廷贵、孟怀远上。

焦廷贵
孟怀远 可恨西夏王文兴兵犯界,宗保元帅中箭身亡,我二人飞马加鞭奏明朝廷得知了!

孟怀远 (唱) 西夏无故来犯境,

焦廷贵 (唱) 宗保元帅竟捐生。

孟怀远 (唱) 边关告急军情紧,

焦廷贵 (唱) 披星戴月搬救兵。

〔二人勒马、骑马而下。

第二场 寿 堂

〔寿堂。

〔喜乐吹奏声中,红烛高烧,"寿"字居中,天波府中,正为庆贺宗保五十寿辰,大摆喜筵,悬灯结彩,喜气盈盈。丫环、家院上,手托餐盘,将杯、盏分摆桌上,摆设已毕,站立中堂,弓腰侍候。

众 有请少夫人。

〔众分两旁,行弦中,穆桂英满面春风亮相,慢步走进寿堂。

穆桂英 (唱) 红烛高烧在寿堂,

〔众向穆参礼庆贺,穆桂英挥手众退下,桂英高兴地环视左右。

穆桂英　（唱）　悬灯结彩好辉煌。

　　　　　　　　宗保诞辰心欢畅,

　　　　　　　　天波府内喜气扬。

　　　　　　　　可笑我弯弓盘马巾帼将,

　　　　　　　　传杯摆盏内外忙。

　　　　　　　　想当年结姻缘穆柯寨上,

　　　　　　　　数十年如一日情意深长。

　　　　　　　　瞩目边关心向往,

　　　　　　　　满面春风贺夫郎。

〔行弦中,柴郡主上,进寿堂。

柴郡主　（接唱）人逢喜事精神爽,

　　　　　　　　闭门庆寿慰高堂。

穆桂英　参见婆婆。

柴郡主　桂英免礼,寿筵可曾摆好?

穆桂英　俱已摆好,婆婆请看。

〔郡主审视,杨洪上,进入寿堂。

杨　洪　稀客来啦,哈哈哈,夫人、少夫人。

柴郡主　老管家。

杨　洪　今有焦廷贵、孟怀远两个娃娃打从边关回来了!

柴郡主　想是祝贺来了,快快有请。

杨　洪　有请啊! 待我报与太君知道!

〔焦廷贵、孟怀远匆匆上,走进寿堂。

孟怀远　夫人嫂嫂在哪里? 夫人嫂嫂在哪里……（柴、穆迎上,见二人神色惊慌,一惊）夫人、嫂嫂!

柴郡主　（连问）你二人为何身穿素服? 面带愁容?

焦廷贵
孟怀远　这……

穆桂英　（急问）莫非宗保他……

焦廷贵
孟怀远　这……

柴郡主 穆桂英	你快快讲来!
焦廷贵 孟怀远	夫人、嫂嫂呀!
孟怀远	可恨西夏王文兴兵犯境。
焦廷贵	宗保大哥中贼埋伏。

〔柴郡生、穆桂英怔住。

孟怀远	他他他中了贼人暗箭!
焦廷贵	伤重身亡!(二人痛哭)
柴郡主 穆桂英	哎呀!(悲痛已极,难以支撑,郡主昏晕过去,桂英扶 其落坐,四人悲恸)
穆桂英	(唱) 惊闻噩耗魂飞荡,

〔穆桂英、柴郡主离座,走至堂前,四人痛哭。

穆桂英	夫啊!我夫啊!夫啊!
柴郡主	儿啊!我儿啊!儿啊!
焦廷贵	元帅……大哥,元帅啊!
孟怀远	元帅……大哥,元帅啊!
穆桂英	(唱) 恰好似万丈高崖坠身汪洋。 　　　　痛我夫出师未捷身先丧,
柴郡主	(唱) 叹杨家一线单传又无下场。
穆桂英	(悲愤已极,甩袖走前一步) (唱) 禀太君即刻间发兵点将,
柴郡主	(忙制止) (唱) 且不可失常态急坏了高堂。 (又向焦、孟)你二人速去更衣。

〔杨洪走上。

杨　洪	夫人,太君吩咐,请焦孟二将一同入席。
柴郡主	知道了。(挥手令焦、孟、洪退下)
焦廷贵 孟怀远	是!(欲下)
柴郡主	转来,少时见了太君,酒要少饮,话要少讲。
焦廷贵 孟怀远	遵命!(下)

〔桂英正在悲恸不已，忽然传来一阵喜乐之声，郡主忙示意桂英拭泪，二人转过一边。喜乐声中，大、二、三、四、五、八夫人分排两行走入寿堂，八姐、九妹搀扶太君走来。

佘太君　哈哈哈！

（唱）　为孙儿庆生辰满心欢畅，

　　　　百岁人喜的是四代同堂。

　　　　似这等花团锦簇杨门少见，

〔桂英与郡主强作欢颜，从后面走来。

穆桂英　太君！

柴郡主　（参礼）婆婆！

佘太君　（接唱）只可惜宗保出征远走边疆！

柴郡主　寿筵齐备，就请婆婆入席！

佘太君　怎么不见七娘，文广呢？

柴郡主　想是又在后花园练武？

〔吹牌子。文广上，向外招手。

杨文广　七祖母，你快点啊！（七娘跑来，二人边走边比划，研究战术，跑到太君跟前）参见太祖母。

杨七娘　参见太君。

佘太君　看你只顾习武，连你父帅的生辰都不顾了。

杨文广　哎，太祖母，你听我说啊，刚才我七祖母教了我一手绝招——梅花枪。练好梅花枪，杀敌保边疆，日后等我父帅告老还乡，我还要凭本领争个小元帅当当。

佘太君　哎呀呀，看你的雄心么，倒也不小啊！

杨七娘　太君，我这个徒弟就是有志气！

佘太君　哈哈哈！

众　　　请太君入座。

佘太君　好，一同入座。

〔喜乐声中，众夫人簇拥太君入座，一个丫环手托盛满红色绒花的托盘走进寿堂，将托盘捧至太君桌前，太君取花，丫环托盘跪堂中，众夫人取花，转身归座。

佘太君、众夫人欣喜地簪花。郡主、桂英忍痛簪花。

佘太君　哈哈哈……

〔焦廷贵、孟怀远入寿堂。

焦廷贵
孟怀远　孙儿等叩见太君！众家伯母、婶娘。

佘太君　哦！二位孙儿到了，快快入席。

众　　　请坐。

焦廷贵
孟怀远　请坐。（二人坐）

佘太君　怀远、廷贵，你二人不在边关，回来作甚？

焦廷贵　这……我二人……

柴郡主　（急忙上前掩饰）他二人乃是为了宗保寿辰而来。（示意焦、孟，二人会意）

焦廷贵　哎！宗保大哥……

孟怀远　（忙接过话去）军务繁忙，特命我二人回府与太君叩头。

佘太君　哦，原来如此……今日是宗保五十寿辰，全家闭门祝寿，大家不必拘礼，定要尽欢而散。

杨七娘　太君放心，有我七娘在此，管保他们谁也不会拘拘束束的。

佘太君　哈哈哈。

柴郡主　文广，还不与你太祖母敬酒。

杨文广　哎！（举杯敬酒）祝太祖母再活一百岁，长生不老。

〔众夫人举杯。

众　　　祝太君长生不老！

〔众人一饮而尽，桂英与郡主举杯未饮。

佘太君　文广，你焦、孟二位叔父与你父乃患难世交，共守边关，理应先敬他二人一杯酒！

杨文广　哎！（走至二人桌前）二位叔父，来来来，你喝，你喝呀。（向二人敬酒）

柴郡主　（一旁劝阻）啊！二位贤侄，风尘劳碌，就只饮此一杯吧！

180

焦廷贵 孟怀远	（二人相视无奈）好！只此一杯！（一饮而尽。七娘 听说忙拿酒杯,酒壶至焦、孟桌前）
杨七娘	什么？只此一杯,那可不成。你听我告诉你们,你爹 当年好酒量,儿子应当比爹强,小杯不够换大斗,后 面还有好几缸！来来来,多喝几杯,喝吧,多喝几杯, 喝吧！
	〔郡主暗示焦、孟再喝一杯。
焦廷贵 孟怀远	喝！
杨七娘	好,好！来来来,再干一杯！（二人推辞,正在为难之 际,桂英站起解围）
穆桂英	文广还不快与众家祖母敬酒！（一句提醒了七娘,拿 起酒壶）
杨七娘	哎呀！瞧,咱们怎么把寿星婆给忘了！文广听令！
杨文广	在！
杨七娘	寿酒一杯祝贺你母！（桂英惊愕住）
杨文广	得令,（接一杯转身,在桂英面前跪下,举杯）啊！母 亲,今是父帅寿诞之日,孩儿敬酒一杯,请母亲赐饮。 〔桂英凝视酒杯,缓缓站起来,抬头看郡主,郡主暗示 桂英接杯,桂英只得接杯,勉强饮下。
穆桂英	啊,儿呀！快与你众家祖母敬酒。
杨文广	哎！
杨七娘	慢慢慢,文广,你还没给你父帅敬酒啊！
杨文广	父帅不在啊！
杨七娘	哎！请你母亲给代饮了吧！
	〔桂英闻言震惊。
众	是呀！理应桂英代饮。（文广举杯）
杨文广	啊,母亲,这杯寿酒,孩儿敬父帅,请母亲代饮,儿愿 父帅福体康宁,永镇边疆。（说罢,在堂前举杯跪定, 桂英全身震颤,立起,走至文广身前,凝视杯中酒）
穆桂英	（唱）　眼望着杯中酒珠泪盈眶, 　　　　痴儿语似乱箭穿我胸膛。

　　　　　　一霎时难支撑(接过酒)悲声欲放,

〔郡主见众注意桂英,急快示意,佘太君左右观察一
　下起疑。

穆桂英　(接唱)我只得忍酸泪把苦酒来尝。

　　　　　(一饮而尽,实难支持,摇摇欲倒)

众　　　(惊立)桂英!(文广、七娘上前扶住)

穆桂英　(掩饰)喔!不妨事,不妨事……

柴郡主　(急忙掩饰)桂英连日劳累,空心饮酒,怕是醉了。文
　　　　　广,快扶你母亲进房歇息去罢。

杨七娘　来来来,我跟你一块扶她回去!

〔七娘、文广挽扶桂英走出寿堂,佘太君一直注意席
　前动态,她望郡主,又望焦、孟二将,不禁更加疑惑起
　来。

佘太君　啊!

　　　　　(唱)　桂英儿平日里颇有酒量,

　　　　　　　　为什么一杯酒醉倒在庭堂。

　　　　　　　　郡主她支支吾吾精神何迷惘,

〔柴郡主避开佘太君目光,心神不定。

佘太君　(唱)　焦、孟将吞吞吐吐神态更失常。

〔焦、孟对视不安。

佘太君　(唱)　莫不是风浪突起在边关上,

　　　　　　　　这件事必须要细问短长。

　　　　　郡主!

柴郡主　婆婆。

佘太君　桂英可是真醉了!

柴郡主　怕是真的!

佘太君　她莫非有什么心事在怀?

柴郡主　(支吾地)不会,不会。

佘太君　不会?你呢?

柴郡主　我么……啊婆婆,只因两个侄儿,一路辛苦,媳妇怕
　　　　　他饮酒过多,醉后出事啊!

佘太君	是啊！我正要问你，怀远、廷贵平日最喜饮酒，今日又是宗保生辰，反而这样推三推四，你又从中阻拦，分明有难言之隐，（焦、孟更加惊慌）莫非这边关上……
柴郡主	婆婆……
焦廷贵	（沉不住气）这……这边关之上……（孟忙向焦示意）无有什么。
佘太君	无有什么？
焦廷贵	这……啊！无有什么！
柴郡主	（急忙站起来掩饰）廷贵吃醉了，（向孟暗示）快搀他下面歇息。
孟怀远	是！（二人正欲溜下）
佘太君	且慢！（二人停步）焦、孟二将，我来问你，你二人不在边关回来作甚？
焦廷贵 孟怀远	这……
柴郡主	（急忙走到太君身旁替焦、孟辩解）他二人实为宗保寿……
佘太君	为娘未曾问你。廷贵！
焦廷贵	（紧张地）在！
佘太君	近前讲话！
焦廷贵	啊……（犹豫不前，转头向孟）
佘太君	还不快来！
焦廷贵	喳！
佘太君	（见焦、孟二将神态更加怀疑，进一步追问）廷贵，我来问你，你二人不在边关，到底回来作甚？
焦廷贵	（学柴说）我二人实为大元帅寿辰而来。
佘太君	我再来问你，宗保他在边关可好？
焦廷贵	这……
孟怀远	太君放心，元帅安泰。
佘太君	哼！廷贵，你讲宗保他……他在边关可好？
焦廷贵	（学孟说）太君放心，元帅安泰。

佘太君　（进一步追问）你二人此番进京，可是元帅亲自差遣？

焦廷贵　正是元帅亲自差遣！

佘太君　可有家书前来？

焦廷贵　啊！这……

佘太君　讲！

焦廷贵　（焦灼地无言可答,回头看孟,孟摇手示意）并无家书前来！

佘太君　既无家书,临行之时,他又是怎样嘱咐与你？

焦廷贵　（脱口而出）他临终之时……

孟怀远　他临行之时……

佘太君　（斥孟）住口！廷贵,你、你讲！

焦廷贵　哎呀！太君！元帅他……

佘太君　（逼问）他他他他,他怎么样？

焦廷贵　他他他他……

佘太君　讲讲讲讲……

焦廷贵　他他他,他为国捐躯了！
　　　　〔佘太君震惊,众人皆惊,寿堂中一时寂静无声,焦、孟跪下,哀乐起。

柴郡主　（跪倒地上,痛哭）婆婆。
　　　　〔众人慢慢地将头上红绒花摘下。柴扔地上。佘太君身摇手颤,将头上红花摘下,众痛哭,佘老泪纵横。

佘太君　（唱）　听一言如雷震魂飞目眩,
　　　　（离开座位,摇晃着起身走前）

柴郡主　（跪地）婆婆,恕媳妇隐瞒之罪！（说罢双手扑前,佘竭力忍住悲痛,把柴扶起来）

佘太君　媳妇你回房休息去罢！

柴郡主　媳妇遵命！（转身欲走）

佘太君　且慢,文广年幼,你不要对他多讲。

柴郡主　（忍泪）是！（又不放心地看看太君）婆婆保重。
　　　　〔佘默默挥手,柴迟疑地望着太君,欲慰无言,心酸地掩面急转身走出寿堂,佘站立寿堂之中。

佘太君 八姐、九妹取大杯伺候!

〔八姐迟疑了一下,取来大杯,二人走到佘身旁,看见佘的神态,不敢斟酒。

八姐九妹 (担心地)母亲保重!

佘太君 (严肃地)斟上!

〔八姐忍泪斟酒,佘端着酒杯,向堂前走了两步,众媳妇掩面揩泪,也随之上前,佘走了几步停止,她凝视着酒杯。

佘太君 (接唱)愿孙儿饮此杯神游九天,

宗保,孙儿呀,你今五十寿辰,为国尽忠,竟然不在,你不愧是我杨门的好子孙,你对得起列祖、列宗、尔父、尔母,你是祖母的好孙子,你、你要痛饮一杯!

(唱) 举起了这杯酒心中酸痛,

谁料想白发人祭奠后生。

众儿郎为国捐躯把命倾,

只剩下小孙儿一脉单传继祠宗。

实指望继意志把烟尘扫净,

可叹你遭暗算身丧边城。

杨家将岂能容敌骑纵横,

巾帼将经百战个个英雄。

众家媳妇俱英勇,

还有那大破天门阵的穆桂英。

老身虽然百岁整,

心雄万夫武艺精。

要向宋王把命请,

带领着杨门女将老老少少,

一个一个去出征。

哪怕它高山峻岭多险境,

我也要亲自挂帅统率三军驰骋赴边庭。

哪怕它贼兵多枭勇,

185

　　　　不在老身眼目中。

　　　　任凭他西夏王文多蛮横，

　　　　我定要马踏银川为国雪耻，

　　　　为孙报仇气才平。

　　〔佘悲痛万分，高举酒杯，洒酒庭前。文广、七娘匆匆

　　　跑进寿堂，文广双腿跪在太君面前啼哭。

杨文广　太祖母，我要与父帅报仇……

杨七娘　太君，我要与宗保报仇……

众　　　就请点兵传将，杀敌保国。

佘太君　尔等稍安勿噪。文广，太祖母自有道理！（痛心地扶

　　　　起文广）焦孟二将！

焦廷贵
孟怀远　在！

佘太君　速将此事奏与圣上知道。

焦廷贵
孟怀远　遵命！（二人应声下）

佘太君　正是！国恨家仇终当报，

　　　　　　　不灭敌寇恨怎消。

　　〔佘下，众随之拥下。

第三场　金　殿

寇　准　（念）　忙将宗保捐躯事，

王　辉　（念）　上殿奏与万岁知。

寇　准　王大人，西夏犯境，宗保身亡，你我速速鸣钟击鼓，早

　　　　报万岁得知。请！

　　〔金殿内，钟鼓齐鸣，四太监、众宫女簇拥仁宗匆匆上

　　　殿。

众　　　呵！

仁　宗　（念）　金钟玉鼓响连天，

不知所为何事端。

何人鸣钟击鼓？

内　侍　何人鸣钟击鼓？

寇　准
王　辉　臣_{寇准}^{王辉}有本启奏。

仁　宗　上殿面奏！

寇　准
王　辉　领旨，(二人走向前去)臣_{寇准}^{王辉}见驾，吾皇万岁！

仁　宗　平身！

寇　准
王　辉　万万岁！

仁　宗　二卿鸣钟击鼓有何本奏？

寇　准
王　辉　臣启万岁，大事不好了。

仁　宗　何事惊慌？

寇　准　万岁，西夏王兴兵犯境，杨元帅为国身亡。

王　辉　焦、孟二将搬兵求救，请万岁早作主张。

仁　宗　(一惊)不想贼兵如此猖獗，倘若长躯直入，汴京休矣，二卿速速为孤决策！

王　辉　臣启万岁，我朝连年征战，兵微将寡，府库空虚，如今贼兵锐气方张，难于力敌，倘若一败再败，大局不可收拾矣！

仁　宗　依卿之见？

王　辉　依臣之见，不如暂时求和，以保万全。

寇　准　哎呀万岁呀！苟且偷安，乃误国之道，万万使不得。

仁　宗　依卿之见呢？

寇　准　依臣之见，速发大兵边关解围。

仁　宗　这……

王　辉　寇天官，谋国之道，持重为是啊！

寇　准　王大人，你平日自命持重倒也罢了，如今边关告急，不思破敌之策，反而倡议求和，还说什么持重二字，我看你是饮鸩止渴。

王　辉　啊！我看你呀！也无非是纸上谈兵。

寇　准　你只知自保！

王　辉　你不顾大局！

寇　准　你不顾大局！

仁　宗　唉！慢慢慢，二卿不必争论，寇卿替孤传旨，看看满朝文武，可有人愿挂帅出征。

寇　准　臣领旨。万岁有旨，满朝文武听着，今有西夏王兴兵犯境，杨元帅为国身亡，如今边关危急，若有哪家大臣愿挂帅出征，解救边关，请来接旨。

王　辉　皮槌打鼓不响。

寇　准　若还得胜，还朝定有封赏。

　　　　　〔众将官俯首，无人应声，众大臣默然，亦无人应声。

寇　准　哪个接旨？

王　辉　（走到寇身旁，嘲笑地）嘿嘿，外甥打灯笼，照舅！

寇　准　（气愤地）呸！

　　　　（唱）　往日里讨赏把爵晋，

　　　　　　　　争先恐后上龙庭。

　　　　　　　　今日边关风云紧，

　　　　　　　　装聋作哑不应声。

　　　　　　　　一时之间难复命，

　　　　　　　　何人挂帅去出征。

　　　　　　　　低下头来暗思忖，

王　辉　寇天官，方才我道你是纸上谈兵，你看看如何？

寇　准　嘿嘿！

　　　　（接唱）到如今也只好到杨府搬兵。

　　　　　　　　臣启万岁，传旨已毕，满朝文武无人应声。

仁　宗　唉，既然如此，也只好是求和了。

王　辉　（得意地）是啊，是啊，是啊！

寇　准　且慢，万岁休得惊慌，臣保一家，可以挂帅出征破敌。

仁　宗　但不知是哪一家呢？

寇　准　就是那杨门女将。

王　辉　嘿嘿，哎呀呀，如今杨家一门孤寡，老的老了，小的还小，怎能担此重任啊？

仁　宗　是啊！

寇　准　不然,杨门虽然一门孤寡,佘太君老谋深算。

王　辉　不错,老太君比我还年长三十岁呢!

寇　准　穆桂英不让当年。

王　辉　嘿,眼前再有天门阵啊,只怕她也无能为力了。

仁　宗　是啊,杨家满门,退隐已久,非比去年,怎能担此重任,
　　　　依孤看来,还是求和为是。

王　辉　看啊!

寇　准　这个!（考虑片刻）求和也罢,出征也罢,只是杨家世
　　　　代忠良,八房只存宗保,如今为国身亡,万岁纵然要
　　　　和,也该到杨府祭上一祭,与太君讲上一讲,一来昭
　　　　宣圣上恤忠之德,二来要太君体谅万岁求和之苦,也
　　　　免得作忠良的寒心哪!

仁　宗　这……

王　辉　寇大人讲得倒也有理,杨元帅为国尽忠,理当有此一
　　　　祭,也理当有此一讲。佘太君素以大局为重,自能体
　　　　念朝廷的苦心哪!

仁　宗　事到如今,也只好如此,二卿随孤陪祭。内侍。

太　监　有。

仁　宗　摆驾天波府。

太　监　摆驾天波府。

众　　　啊!

　　　　〔众人走下殿,仁宗离座走下殿。

仁　宗　（唱）　满朝中无一人为国捍患,
　　　　　　　　且到那天波府祭奠英贤。

第四场　灵　堂

〔哀乐声中,天波府内灵帷低垂,素幛奠字下,陈设杨宗保灵牌,一对白烛惨淡无光,文广身穿孝服,跪在灵桌前叩拜,柴郡主坐在一旁,穆桂英站在灵桌旁。

〔内喊:"圣驾到。"太君从后堂走进灵堂,穆、柴过去搀扶太君。

佘太君　郡主、桂英随我接驾。(二人搀扶太君走前,仁宗、寇准、王辉进灵堂,太君等迎上。)老臣接驾。

仁　宗　太君免礼。(郡主向前一拜)皇姑平身。

王　辉　啊!老太君!

佘太君　王大人。

寇　准　太君!

佘太君　大人。

〔众人进入大庭。

仁　宗　二卿替孤上香。

〔寇准到灵位前上香,穆、文广在灵旁还礼,仁宗焚香完毕落座,文广到仁宗面前跪拜,又向寇、王示礼。

佘太君　(向柴、穆、文广等)尔等退下!(众退下)

仁　宗　咳,可恨西夏兴兵犯境,宗保元帅捐躯沙场,朝廷失此栋梁,孤心实为痛悼。

佘太君　为国尽忠,虽死犹荣,只是边关危在旦夕,不知万岁何日发兵,以救燃眉。

仁　宗　(越发为难地)这……是啊,燃眉之急,势不可缓,孤有意……(目视王辉,示意命他转告。)

佘太君　哦!老身明白了,啊万岁,朝廷有何为难之事,只要万岁作主，老身无不遵从。

仁　宗　太君，此话当真？

佘太君　焉有虚谎。

仁　宗　若得如此，孤心安矣！

王　辉　我晓得太君是顾全大局的呀！

寇　准　哦，老太君，如此说来，你也愿与西夏求和？

佘太君　哦，怎么要与西夏求和？

寇　准　是呀，万岁此来，一非调兵遣将，二非商议出征，皆因
　　　　宗保殉国，朝野震动。如今贼兵锐气方张，纵然出战，
　　　　也必败无疑，因此，圣上听取一家大臣的高见，有意
　　　　暂让一步，前去求和。

佘太君　（一怔）啊，怎么，要与西夏求和？

寇　准　正是。

佘太君　（气极）寇大人，这是你的主意？

寇　准　（讽刺地）唔，不，不，不，这是王大人的高见。（向佘
　　　　做手势）太君，你总要以大局为重呀！

王　辉　（欲解释）啊！寇大人你怎么煽起火来了。

寇　准　我实话实说嘛！

王　辉　哎！

佘太君　（气得浑身抖颤）啊，万岁，此乃误国之道，万万使不
　　　　得！

仁　宗　太君啊！

　　　　（唱）　求和西夏非本愿，
　　　　　　　怎奈是选将求帅……

王　辉　（急忙走到仁宗身旁帮腔）
　　　　（接唱）难、难、难。

佘太君　大人！
　　　　（唱）　说什么无有良将选，
　　　　　　　说什么求帅难上难。
　　　　　　　还未出兵先丧胆，
　　　　　　　一叶障目忘泰山。

　　　　　　　　只要朝中一声唤，

　　　　　　这挂帅……

寇　准　啊，太君，怎么样？

佘太君　（唱）　我佘太君一身承担。

寇　准　（对仁宗）嘿嘿，有了帅了。

王　辉　（讥笑地）哎呀！自古哪有百岁挂帅之理，老太君，你
　　　　不要义气用事了。

寇　准　太君虽为百岁，耳不聋、眼不花、身体康健，正好挂得
　　　　帅印！

王　辉　老太君挂不得帅印！

寇　准　挂得。

王　辉　挂不得！

寇　准　挂得，挂得，挂得！

王　辉　挂不得、挂不得，挂不得！（走到仁宗身旁）啊，万岁！
　　　　太君挂得挂不得？

仁　宗　这……太君么！（一看太君，佘怒在一旁）嗯！挂得！
　　　　挂得！

寇　准　（对王辉）嘿嘿，如何？

王　辉　好么，就算老太君挂得帅印，只是缺少能征惯战的先
　　　　行。难道叫老太君亲自冲锋陷阵不成？

仁　宗　着啊！

佘太君　大人啊！

　　　　（唱）　杨家的先行官天下少见，

王　辉　太君，有先行？

寇　准　是啊！有先行。

王　辉　现在哪里？现在哪里？

寇　准　自然有啊！

〔穆桂英挺身而出，凝视王辉。王一怔，惊退。穆走向王辉。

王　辉　（惊）浑天侯……

穆桂英　（冷笑）大人哪！

　　　　（唱）　你听说西夏吓破胆，

　　　　　　我看那王文也等闲。
　　　　　　你要向番王递降表，
　　　　　　我要杀敌救边关。
　　　　　　太君若是挂了帅，
　　　　　　穆桂英愿作先行官。
　　　　　　跃马横枪丧敌胆，
　　　　　　管叫那捷报一日有三传。

寇　准　好啊！
　　　　（唱）当年威风犹未减，（拦辉）
王　辉　唉！
　　　　（唱）光杆牡丹也枉然。
寇　准　不然。
　　　　（唱）岂不知杨门女将都善战，
王　辉　（唱）有道是去年皇历不能翻。
寇　准　王大人，你讲些什么？
王　辉　方才大人说杨门女将都善战，话么倒也不错，可惜
　　　　呀！可惜，这是三十年前的事儿了啊！
寇　准　如今呢？
王　辉　如今哪！只怕她们也与我一样啊！她们哪！都是年
　　　　迈无用了！不敢出征了！
寇　准　（故意地）哎，王大人，你讲些什么，我未曾听见，来来
　　　　来，你高声些！
王　辉　我说她们都（凑近寇，大声喊）老迈无用了。不敢出
　　　　征了！
杨七娘　（内）杨门女将来也！
　　　　〔王一听怔住，七娘率领大、二、三、四、五、八众夫人
　　　　及八姐九妹等冲进灵堂，众气势汹汹走到仁宗面前
　　　　施礼。
众　　　参见万岁！
仁　宗　（有点慌张）呃呃！平身！平身！
众　　　谢万岁！（站立一旁）

寇　准	哈哈哈。
杨七娘	（逼近王辉）王大人，你道杨门女将老迈无用，可知俺杨七娘的本领？
众	众女将的威名？
	（唱）　冲锋陷阵经百战，
	你敢把俺杨七娘……
众	（唱）　众女将来小看？
	〔七女子手指王，王惊退，速连作揖。
王　辉	哎呀呀，老朽怎敢，只是一门女将，十二裙钗，两军阵前，岂不被西夏耻笑啊！岂不被西夏耻笑啊！
杨文广	（内）休道杨门无有儿郎，俺杨文广来也！（冲进堂来，柴跟上）
	（唱）　还有俺杨文广英雄少年。
柴郡主	文广，圣驾到此，休得放肆！
寇　准	不不，文广虽小，壮志可嘉，圣上不怪。（向仁宗）万岁不怪吧？（看仁宗）
仁　宗	哦哦，孤王不怪。
寇　准	万岁不怪。文广，有话就讲，讲！
杨文广	万岁，俺杨家要帅有帅，要将有将，一门忠勇，盖世无双，刀斧不惧，就是不能求和，请赐圣旨一道，容俺杀敌保国。
众	解救边关！
仁　宗	这……（看寇准、王辉）
王　辉	（急阻止）老夫人，少夫人，我的众位夫人啊！军国大事，非同儿戏，挂帅出征，非是空谈。与杨元帅报仇事小，这朝廷的安危事大呀！
佘太君	怎么讲？
王　辉	与杨元帅报仇事小，这朝廷的安危事大呀！
佘太君	（冷笑）哼哼哼……王大人，你好小量我杨家也！（站起）
	（唱）　一句话恼得我火燃双鬓，
杨七娘	哈哈哈！（走向王辉）王大人，照你这样说，我们是为

了报私仇吗?

佘太君 （阻止）嗯!

（唱） 且慎言莫乱测忠良之心。

〔王辉连连摆手,表示不敢如此设想。

佘太君 （唱） 自杨家火塘寨把大宋归顺,

〔仁宗连连点头。

佘太君 （唱） 为江山称得起忠烈一门。

〔寇竖起拇指连连称赞。

佘太君 （唱） 恨辽邦打战表兴兵犯境,

杨家将请长缨慷慨出征。

众儿郎齐奋勇冲锋陷阵,

令公他提金刀勇冠三军。

父子们赤胆忠心为国同效命,

〔六娘二娘悲愤站立。

佘太君 （唱） 金沙滩拼死战鬼泣神惊,

〔众女将威风凛凛站在一旁。

佘太君 （唱） 众儿女志未酬疆场饮恨,

〔柴静肃深思,悲愤低头。

佘太君 （唱） 洒碧血染黄沙浩气长存。

〔七娘激忿注视。

佘太君 （唱） 两狼山被贼兵层层围困,

李陵碑碰死了我的夫君。

〔仁宗、寇准、王辉感叹,文广火燃双眉。

佘太君 （唱） 我杨家出生入死何足论,

忠心耿耿保宋民。

与辽虏转战数十春,

杨家的威名天下闻。

以血还血伸仇恨,

誓御边患除祸根。

哪一阵不伤我杨家将,

哪一阵不死我父子兵。

可怜我三代伤亡尽，

单留宗保一条根。

到如今宗保边关把命殒，

只落得孤寡一门我也未灰心。

说什么朝廷安危当审慎，

难道说老身存私心。

杨家报仇报不尽，

哪一阵不为江山与黎民。

众　　　（群情激怨地）万岁！

杨七娘　（唱）　若要求和俺不允，

众　　　（唱）　出征，出征，快出征！

仁　宗　呀！

　　　　（唱）　惊天动地喊出征，

　　　　　　　　忠勇杨门非虚名，

　　　　　　　　心有余愧主意定。

王　辉　（凑上去）啊！万岁！事非小可，万岁要谨慎呀！谨
　　　　慎！

佘太君　王大人，你敢误国不成！

王　辉　啊，老太君，老朽一生饱经风险，凡事万无一失，老太
　　　　君此番出兵，若不败于西夏，下官愿摘这顶乌纱帽，
　　　　从今以后，子孙三世永不入朝为官。

杨七娘　王大人，这话可是你说的！

王　辉　决不反悔！

寇　准　王大人，你敢和我击掌？

王　辉　我与你击掌如何！

佘太君　哼！我杨家只知忠心保国，哪有乌纱可摘，但求万岁
　　　　信及老臣，臣一门愿战死沙场，断不容寸土有失，就
　　　　请万岁当机立断。

仁　宗　好啊！

　　　　（唱）　孤不求和就发兵……

王　辉　啊！万岁！

仁　宗　（斥责地）

　　　　（唱）　王爱卿再休把本动，

　　　　　　　险些误了孤的大事情。

王　辉　唉！（颓丧地）

仁　宗　（唱）　老太君一门多忠勇，

　　　　　　　甘冒风霜远出征。

　　　　　　　命你即日挂帅印，

　　　　　　　率领女将把贼平。

　　　　〔众夫人威武站起。

仁　宗　（唱）　但愿你马到功成解围困，

　　　　　　　早日奏凯回都城，

　　　　　　　孤在金殿把捷报等。

寇　准　啊，万岁，但放宽心，太君出征定能一战成功，万岁静
　　　　候佳音。啊！太君，此番出征，老朽虽然年迈，也要
　　　　与你押解粮饷，军前听用。

佘太君　怎敢劳动大人！

寇　准　理应如此。

佘太君　不敢当。

寇　准　（转向王辉，有意讽刺地）噢！王大人，想必你我一同
　　　　前往，料无推辞的了。

王　辉　唉！太君，万岁既已传旨，老朽怎敢不遵，只是西夏
　　　　军威浩大，锐气方张，太君你……

寇　准　哎，王大人，此事你就不必多虑了啊！

王　辉　哎，（叹息地）不不，人无远虑必有近忧啊！

仁　宗　太君哪！

　　　　（唱）　凯旋日孤亲自接你到长亭。

佘太君　多谢万岁！

仁　宗　摆驾回宫！

佘太君　送驾！

　　　　〔佘与众夫人送仁宗、寇、王出灵堂，转身回来。

杨文广　（急了）太祖母，还有我呢！

佘太君　你去?

柴郡主　(忙阻拦)战场交锋,非比寻常,文广年幼,自在家里为是!

七　娘　太君,文广虽然年幼,若论本领,不让其母,就让他去吧。

杨文广　太祖母,我一定要去杀敌保国。

柴郡主　啊!婆婆……

佘太君　(打定主意)你等不必争论,明日校场之上,文广与你母比武较量,老身自有安排。众家儿媳,此番出征,非比寻常,你等各自准备。

第五场　校　场

〔战鼓咚咚,帅旗飘扬,旌旗挥舞。

佘太君　(念)　浩荡荡领雄兵挂帅出征,
　　　　　　　　整乾坤还看我忠烈杨门。

众　　　啊!参见元帅!

佘太君　站立两厢!

众　　　啊!

佘太君　(念)　赤胆忠心发似霜,
　　　　　　　　百岁挂帅定边疆。
　　　　　　　　旗门分列桃花马,
　　　　　　　　杨门女将气昂扬。
　　　　　今日校场发兵,比武之后,即刻出征,七娘快快擂鼓,命桂英、文广上马。

杨七娘　得令!(擂鼓)桂英、文广上马!
　　　　〔穆跑上校场,文广速追上,两人在校场一阵交锋,文广吃力招架,郡主关注母子比武,两人对打一阵。

穆桂英　（唱）　适才母子来交锋，
　　　　　　　　我儿武艺果然精。
　　　　　　　　杨门有后心高兴，
　　　　　　　　足慰我夫在天灵。
　　　　　　　　二次再试儿本领，
　　　　〔二人对打，穆趁文广不防，一枪过去，将文广打了个
　　　　跟跄，七娘擂鼓，见文广被打败，急招手唤文广。文
　　　　广慌忙跑到七娘身旁，倾听七娘指点。
穆桂英　（唱）　抖一抖当年的老威风。
　　　　　　〔二人对打，桂英忘其所以，大显身手，郡主欢喜，七
　　　　娘一面擂鼓助威，一边替文广着急。桂英、文广二人
　　　　又战一阵，终被桂英打下阵去，文广退下，穆翻身追
　　　　下。
佘太君　（唱）　眼看桂英要得胜，
杨七娘　　　　　急得七娘汗淋淋。
柴郡主　　　　　看来文广定败阵，
佘太君　　　　　擂鼓三通定输赢。
柴郡主　桂英一定胜了！
杨七娘　只怕未必！桂英，文广，最后一合，赶快上马。
　　　　〔继续擂鼓，穆、文广上场，再次对枪，文打穆，穆退后
　　　　几步！穆猛一使枪，冲前几步，文广后退，穆打文广，
　　　　文广边打边退，穆一枪压住文广的枪，文广一把抓住
　　　　穆枪，站定。
杨文广　（着急地苦苦恳求）妈呀！孩儿要是不赢，就不能杀
　　　　敌保国了，你高高手，孩儿我就过去了。
穆桂英　（心有所动）这……
杨文广　（撒娇地）孩儿哪能打得过你呀！
穆桂英　（唱）　小娇儿为出征低声恳请，
　　　　　　　　凭本领闯战场娘不担心。
　　　　　　　　我这里暗思忖主意拿定，
　　　　〔文广不知桂英打的什么主意，又跑了过去。

杨文广　妈，你就让我这回吧！你就让我这回吧……（不觉大声说出来，穆唯恐太君、郡主知晓，忙用手暗示噤声）

柴郡主　（急喊）桂英不得相让！

穆桂英　（忙应声）媳妇不敢！（随即转身举枪，故作大声别人听）

　　　　（唱）　校场上比输赢……（到文广面前轻声地）

　　　　（唱）　我让儿三分。

杨文广　（高兴地）提防梅花枪。

〔佘已看出虚实来了，转眼看了看七娘，七娘也已看出，会意地点了点头。母子二人对打，母有意相让，被击落马，文广急走上前扶起，母对儿一笑。

众　　　好枪法！（郡主不悦）

佘太君　（高兴万分，哈哈大笑）哈哈哈……

　　　　（唱）　文广虽小好本领，
　　　　　　　　桂英的心意我看得清。
　　　　　　　　同去边关心放稳……

杨七娘　（喜出望外地把鼓锤一扬）六嫂，你看我这个徒弟怎么样？

柴郡主　（怔住）……桂英你为何败了？

杨文广　（得意地）孙儿的梅花枪用得好！

佘太君　（斥责地）不要这样得意哟！

　　　　（唱）　还不谢过儿娘亲！

杨文广　（向穆拜礼）孩儿多谢母亲。

焦廷贵　恭喜太君，贺喜太君，杨氏门中又出了少年英雄。

佘太君　哦！少年英雄。

孟怀远　一员虎将！

杨七娘　当年穆柯寨上，桂英一枪把我六哥挑下马来，今天文广也是这一枪，把桂英挑下马。

八　姐　这叫作有其母、必有其子。

众　　　一代胜似一代！

佘太君　哈哈哈。郡主，文广武艺不让其母，就带他前去！

柴郡主	就依婆婆！
佘太君	桂英、金娥听令！
杨七娘	儿媳听令。
佘太君	命你二人为征讨先锋！
七 娘穆桂英	得令！（退至两侧）
佘太君	众家儿媳听令！
众	听令。
佘太君	随从大军听候调遣。
众	听令！
佘太君	军旗浩荡起兵前往！
众	啊！

〔鼓角齐鸣，众上马，列队出征，杨洪牵马走到佘身旁。

佘太君	（高兴地）哦，杨洪，你也来了？
杨 洪	我跟随太君八十多年了，太君来，我能不来吗？
佘太君	你牵得住？
杨 洪	太君坐得稳？
佘太君	牵得住！
杨 洪	坐得稳！
佘太君	好！带马！（接鞭上马）

〔郡主、大娘、二娘跟随而去，两队人马排两列，佘在夹道中骑马走来，众随下。

第六场 对 阵

〔双方兵将鏖战上场，旌旗招展，列阵对峙，文广与王翔交锋对视，穆桂英、七娘、文广卫护佘太君立旁，王翔、魏古立在王文身侧。

王 翔	天波府老太君请了！

佘太君　西夏王请了！

〔王文轻蔑地向全营观望一番。

王　翔　（得意地）老太君，看你年过百岁，何必身入险地？依孤相劝，献出边关，免动干戈。

佘太君　（轻蔑地）嘿嘿，无故兴兵犯境，胆敢口出狂言，速速马前归顺，饶尔不死！

魏　古　哎呀呀，可笑宋朝无人，派了十二个老寡妇前来送命，杀之不忍，留之可憎，反敢在此摇头晃脑，叫我魏古好笑，哈哈哈……

杨文广　（激怒地）呔，西夏贼子，休发狂言，看你少爷取尔首级。

王　翔　答话者何人？

杨文广　元帅之子，你少爷杨文广。

王　翔　哈哈哈，黄口孺子，何足道哉，我儿听令！

王　翔　在！

王　翔　速擒文广，不得有误！

王　翔　遵命！

〔持枪冲向文广，文广不示弱，勇敢应战，一枪把王翔击退，王文大吃一惊，翔退到王文怀中，也暗自吃惊，文广欲上前，佘一边阻拦，一边下令。

佘太君　文广、七娘，与我擒贼！

王　翔　杀！

〔双方对阵，包抄而过，混战，王文与七娘双方招架开战，王文被七娘打败，七娘一枪刺去，王文逃走，七娘枪挑王文耳环，王文惊呆，七娘抖擞精神，又刺杀而来，王文力不能挡，僵持之中，王翔急上，挑枪应战，七娘追逐王翔，二人交战，王翔败退，王文部将一拥而上，向七娘扑来，七娘从容不迫地左右挑枪，击退王贼，七娘挥手喝令，众将士追击余将，追随而去。七娘旗开得胜，兴奋不已，挥舞金枪，无比英勇下。

〔王文等率从兵将狼狈退营中。

王　翔　军师呀！实指望将杨门众寡妇一鼓而生擒，不想被她杀得落花流水，我军败回飞龙山老营，不敢出战，哎呀这……

魏　古　大王不要烦恼，为臣有计在此！

王　翔　军师有何妙计？

魏　古　附耳上来！（向王耳语）

王　翔　（听）哦，诱兵计……免战高悬……葫芦谷……杨文广……这……军师可算我邦社稷之臣，儿郎们！从今以后，坚守老营，不准出战，违令者斩，哈哈哈。

第七场　巡　营

〔台上分营内外，营外层层营帐，火光点点，远处飞龙山及葫芦谷隐没云天，明月高悬，夜冷风寒，静肃营地，传来更鼓三声，杨洪掌灯同佘太君、八姐、九妹，在瞭望敌方地形，太君查看地势，阵阵寒风吹袭，挡不住太君杀敌的急切热情，太君迎风观察前方。

佘太君　（唱）　乘月光瞭敌营山高势险，

　　　　　　　百岁人哪顾得万里征鞍。

　　　　　　　冷夜西风白发凝霜杨家将誓保边关，

〔杨洪高举红灯，供作探道，佘观察地形。

佘太君　（唱）　贼王文凭天险坚守不战。

　　　　　　　妄想我粮草断进退两难，

　　　　　　　这一边飞龙山万丈高悬。

　　　　　　　那一边葫芦谷陡壁悬崖攀登难，

　　　　　　　（面对葫芦谷细心揣摩，似有所悟）敌兵前营扎在飞龙山口中，踞险防守，一时难攻贼兵，后营接连葫芦谷，哦！这葫芦谷！（对葫芦谷大感兴趣，悉心研究

其中奥妙之处）

（唱）　都道那葫芦谷峰绝路断。

为什么宗保孙儿乘深夜探绝山，

定有那奇谋妙算克险攻坚。

（自语地）唔，不错，若得一支奇兵闯入谷口，直奔东
南、飞越天险，直捣贼兵后营，然后里外夹攻，贼兵不
战自灭，唉！（极度兴奋，向八姐、九妹及杨洪，说自
己的战略见解，征询他们的意见）八姐、九妹、杨洪你
道是不是？

八　姐　　母亲高见！
九　妹

佘太君　　此乃宗保孙儿之功也。

（唱）　孙儿为国把忠尽，

壮志未酬难安息。

破贼必须使巧计，

出奇制胜灭残敌。

内外夹攻暗袭取，

料王文插翅也难飞。

（鼓打四更）回营去吧！（他们返身进帐，帐内烛光复
明，横案陈列一幅形势地图，八姐、九妹为太君卸下
披风，佘专心研究地势，考虑战略，挥手让她们各自
歇息）尔等各自歇息去吧！

八　姐　　是！（行礼后退下）
九　妹

〔杨洪端水侍候老太君下，佘对图凝思。

穆桂英　（唱）　老祖母为破敌秉烛达旦，

运筹帷幄费周旋。

杨　洪　（出帷遇见穆）啊！少夫人！

穆桂英　（轻声地）太君还不曾安歇么？

杨　洪　太君望敌营刚刚回营。

佘太君　（注意，抬头望营外）啊！杨洪，你与哪个讲话？

穆桂英　啊，太君不曾歇么？

佘太君　孙媳到了，快快进帐。

〔穆进帐参礼。

穆桂英　参见太君!

佘太君　少礼!

穆桂英　啊!太君,深夜不眠,想是筹思破敌之策?

佘太君　正是,你深夜进帐,敢是前来议论军情?

穆桂英　是!贼兵据险不出,以逸待劳,我军粮草不济,利于速战。

佘太君　利于速战,只是不能强攻呀!

穆桂英　是!为今之计,必须智取。

佘太君　哦!我且问你,这智取之道?

穆桂英　就是那葫芦谷。

佘太君　(惊喜)哦!……怎么你也看中那葫芦谷?

穆桂英　是啊!绝谷之中,确有栈道!

佘太君　(高兴地站起)哦,怎么绝谷之中确有栈道?

穆桂英　正是,莫非与太君所见相同?

佘太君　是呀!宗保探谷,岂能无因!

穆桂英　是呀!绝谷之内,确有栈道!

佘太君　绝谷之中,确有栈道?

穆桂英　正是。

佘太君　莫非宗保马夫张彪所言?

穆桂英　正是!

佘太君　这就对了!

穆桂英　太君哪!

　　　　(唱)　宗保绝谷身遇险,

　　　　　　　伏鞍涌血难尽言。

　　　　　　　他叫儿负起这千斤担,

　　　　　　　闯绝岭寻栈道直捣龙潭。

佘太君　好呀!

　　　　(唱)　宗保忠勇真堪羡,

　　　　　　　临危还要遗忠言。

　　　　　　　为祖母定叫他死无遗憾,

桂英!

穆桂英　太君!

佘太君　孙媳!

　　　　（唱）　待明天集众将来把令传。

　　　　〔穆点头称是，二人对图仔细研究布置。

第八场　定　计

杨　洪　禀太君，西夏差官求见。

佘太君　（内）升堂!（锣鼓喧天，男女将士分列两厢，佘太君
　　　　威风凛凛升堂入座）传西夏差官进见!

焦廷贵
孟怀远　差官进见!

差　官　（入帐参礼）参见老元帅!

佘太君　罢了。到此何事?

差　官　今有我家大太子，要与你家文广较量，约定今日在葫
　　　　芦谷前交锋对阵，有我家大王书信在此，老元帅请
　　　　看!

佘太君　呈上来!（七娘接过书信，转递呈给佘看信）哼!

差　官　启禀老元帅，我家大王还有言语拜上。

佘太君　讲!（轻蔑地听着）

差　官　我家大王言道，堂堂西夏，不欺孤寡，连日免战，并非
　　　　怯敌，（七娘、文广听说怒不可抑）今日男来就出战，
　　　　女来不交锋，敢来是君子，不来速退兵!

杨七娘　（摩拳擦掌，按捺不住，将差官一把抓住，踢倒在地）
　　　　去你娘的!

差　官　哎呀!我的妈呀!（急跑下）

杨文广　（被西夏的狂妄激怒）太君祖母，速快赐俺一支令箭，
　　　　待俺速擒贼入帐也!

（唱）　太祖母快传令容我出战，

杨七娘　（唱）　俺七娘丈八枪一马当先。

穆桂英　（唱）　分明是诱兵计须当检点，

〔传来一阵战鼓声，文广、七娘十分震怒，朝向帐外跃跃欲去，王翔在营外喊战："呔！杨文广听着，太子来到，尔命难保，缩头不出，真真好笑，好笑啊！"文广、七娘越发被激怒，摩拳顿足，太君反倒哈哈大笑！

佘太君　哈哈哈！

〔穆理解到太君意图，兴奋不止，立即提出作战计划。

佘太君　（唱）　笑王文派人来迎我入山，

穆桂英　（唱）　太君一言来指点。

恍然大悟在心间。

葫芦谷口有暗算，

要将文广困绝山。

诱兵之计将我骗，

将计就计来周旋。

顺水推舟虎穴探，

险中制胜把敌歼。

贼兵既来讨战，太君就该传令文广前去迎敌，孙媳二阵接杀，且看儿——

（念）　险中破敌继夫志，

出奇制胜越天关。

佘太君　好！

（念）　愿助儿等操胜券，

深思熟虑要周全。

穆桂英　是！

佘太君　传马夫张彪进帐！

焦廷贵
孟怀远　张彪进帐！

马　夫　（上念）杨元帅捐躯饮恨，

白龙马日夜长嘶。

参见太君，有何差遣！

佘太君	我来问你，葫芦谷内形势如何？
马　夫	启禀太君，这葫芦谷内，断涧悬崖，回峰百转，瘴气滚滚，野雾茫茫。
佘太君	当日你与元帅可是同登栈道？
马　夫	正是同登栈道。
佘太君	栈道之下，可是贼兵后营？
马　夫	正是贼兵后营。
佘太君	贼营可有人防守？
马　夫	并无防守！山穷水尽，绝处逢生，土人指引，才得栈道！
佘太君	（大喜）听你之言，绝谷之内果有人踪？
马　夫	荒林野涧，偶有人踪，茫茫绝谷，难得相逢！
佘太君	如今先锋意欲再探虎穴，你可愿意引路同行？
马　夫	太君，此乃元帅遗志，张彪万死不辞，倘若迷失方向，栈道难寻，俺张彪赴汤蹈火，死而无憾，怕的是孤军误困在绝山。

〔佘深谋虑远，一时难下决心。

穆桂英	（表示决心）太君哪！有道是不入虎穴，焉得虎子！任它峰回百转，野雾茫茫，宗保寻得着，儿就找得到！
佘太君	（见桂英决心甚大，追问措施）好，我来问你，儿等进谷之后？
穆桂英	连夜搜寻。
佘太君	探道之后？
穆桂英	偷渡天险。
佘太君	怎样破敌？
穆桂英	（果断地）里外夹攻。
佘太君	何以为号？
穆桂英	贼营起火为号。
佘太君	何人随行？
穆桂英	七婶母！
佘太君	哪个断后？

穆桂英　焦、孟二将。

〔焦、孟及七娘被桂英辩申随行,纷纷附和。

七　娘
焦廷贵　太君,我等赴汤蹈火,万死不辞!
孟怀远

佘太君　好啊!

　（唱）　桂英儿真个是英雄虎胆,
　　　　　闯虎穴入龙潭气壮河山。
　　　　　此去深谷把路探,
　　　　　边关安危一身担。
　　　　　我要儿凭智凭勇越天险,
　　　　　我要儿不出明晚捷报传。
　　　　　我要你烈火腾照照天堑,
　　　　　五人并骑飞马还,
　　　　　壮行色说不尽言语万千。

〔战鼓又响。

穆桂英　（急切地）太君哪! 贼兵又来讨战,儿拜别了!

〔众附和。

佘太君　且慢!

　（唱）　牵过了白龙马再跨征鞍。

〔卒下,牵马上。马长嘶。

佘太君　（念）　忠烈杨门一脉传,
　　　　　　　前赴后继探绝山。
　　　　　　　识途老马尽尔力,
　　　　　　　白龙马呀白龙马,
　　　　　　　破敌归来共凯旋。

　（毅然）文广!

杨文广　在!

佘太君　骑上你父的白龙马,（文广走上去拉过马）奋勇杀敌!

〔桂英等率领精锐部队拜辞,上马而去。

杨　洪　（上）禀太君,今有寇、王二位大人监军押粮至此。

佘太君　快快有请。

杨　洪　有请啊！

〔寇、王二位大人上,佘迎。

王　辉　啊！老太君！

佘太君　王大人！

寇　准　啊！老太君！

佘太君　寇大人！

寇　准　啊,太君,适才进关之时,看见桂英与文广等提枪跃马匆匆而去,不知往何处冲杀？

王　辉　是啊！

佘太君　出关杀敌去了。

报　子　(上)报！少将军追杀王翔,误入葫芦谷,正副先锋前去接应,一同被困！

佘太君　(微得意)好,再探！

寇　准　老太君,他母子被困绝谷,事非小可,就该速速派兵接应才是。

佘太君　大人不必惊慌！

报　子　贼兵围谷之后,王文扬言,限太君两日之内献出边关,如若不然,他就纵火烧谷。

佘太君　再探！

王　辉　(惊慌不已)哎呀,老太君哪！我知道西夏英勇难敌,你执意不信,如今他母子被困绝谷,就该速快派兵接应才是啊⋯⋯

佘太君　(胸有成竹,微笑,不等辉说完,便回答)王大人不必惊慌,请至后帐歇息,静候佳音。

〔王、寇不解,王被寇拉住随太君进大营去,众随下。

第九场　探　谷

〔深夜,葫芦绝谷,崇山迭岭,怪石林立,野雾迷漫。

穆桂英　（内唱)风萧萧,雾漫漫,星光惨淡。

〔四将士引路,文广、七娘相随而上,分列两旁,马童跟斗引穆,风驰电掣般跑上,远处传来鼓声、胡笳声,众站定亮相,先后变队形,穆站立队前察看。

穆桂英　（唱）　人呐喊,胡笳喧,

　　　　　　　　山鸣谷动,杀声震天。

　　　　　　　　一路行来天色晓,

　　　　　　　　不觉得月上东山。

〔山谷中,众搜寻,一阵风声,四将士左右列,马童翻引穆、文广、七娘站右列。

穆桂英　（唱）　风吹凉沙扑人面,

〔文广与两将士迎风向雾中探望。

穆桂英　（唱）　雾迷衰草不见边。

〔七娘与两将士也在雾中察寻。

　　　　　　　　披荆斩棘东南走,

〔四将士斩除荆棘开道,突然遇断涧,亮相勒马。

　　　　　　　（唱）　石崩谷陷马不前。

　　　　　　　　挥鞭纵马过断涧,

〔四将士翻跟斗飞跃山崖,文广飞马上崖,七娘骑马持枪,转转滚滚而飞马过涧,马童引穆,跃马过涧,峡谷中山石峭壁,道路难行,夜雾中文广的白龙马、七娘的马相撞斗起,一阵惊乱,终于鞭马停步,穆遥望前方。

穆桂英　（唱）　山高万丈入云端。

马　童	来到东南山麓！
穆桂英	（命令地）速寻栈道。
众	啊！（众在大雾中四处瞭望，未见栈道，马童回报穆）
马　童	崇山叠岭，栈道难寻。
穆桂英	越过了！（焦急地）
	（唱）　九回环峰俱找遍，
	一夜辛苦靴磨穿。
众	栈道难寻！
穆桂英	（唱）　四面八方来查看，
	〔众正要分散寻找，文广的马突然嘶叫，穆桂英一震。
穆桂英	（唱）　难道说识途老马待扬鞭。
	〔文广打马，马惊蹶，文广急勒缰上马，马驮文广颠跑，众追下，文广乘马惊扑过来，勒不住，只得听其奔驰，突然间马忽站住不动，文广加鞭，马嘶叫，仍不动。众急忙追上。
穆桂英	文广！
杨七娘	你别打它呀！
杨文广	好坏的畜生，刚才勒它不住，现在打它都不走。
穆桂英	呀！莫非老马识途，已是栈道不成，张彪前去看来。
马　童	啊！（走前查看作手势，惊喜不已）启禀夫人，当日元帅就在此下马，进入羊肠小路，寻找栈道！
穆桂英	（大喜）好！探明道路，引路前行。
马　童	是！（众向后看）前面无路，（又引众走）啊！绝壁难攀！哎呀，夫人！大雾弥漫，难以辨认，这便如何是好！
穆桂英	当日元帅是怎样寻找栈道的？
马　童	那日元帅也在此迷路，正在为难之际，见一老丈采药归来，问明路径，方能寻得栈道。
穆桂英	老丈现在哪里？
马　童	是他言道，深山古洞到处是家。
穆桂英	当日在此相遇，今日或得重逢，大家分头寻访再作道理。
众	啊！

〔众下分头找。内喊：老丈、老丈、老丈，你别跑啊！桂英大喜，采药老人逃上。

杨七娘　　呔，文广，捉住他。（七娘追赶，文广从另一方截住，老人返身欲跑，又被七娘拦住，老人跌倒，穆、七娘速扶起）哎哎哎，你倒是留点神啊！

穆桂英　　啊，老丈，你可曾与宋军指引道路？

　　　　　〔老人沉默不语。

杨七娘　　（急躁地）嘿，老头儿，问你话哩。

　　　　　〔老人表示自己是哑巴。

杨文广　　唉！原来是个哑巴！

穆桂英　　（失望地）这……

马　童　　（急急上）参见夫人！

穆桂英　　张彪前去看来，这一老丈，可是与元帅引路之人么？

　　　　　〔老人看见马童过来，故意躲闪不理。

马　童　　（仔细辨认）是！好像是他！

穆桂英　　他可是个哑巴？

马　童　　耳朵有点背，可并不哑呀？

杨七娘　　（生气地）哈哈，你竟敢装哑巴！（动手要打，被穆止住）

穆桂英　　呀！

　　　　　（唱）　走上前来把话论，

　　　　　啊，老丈，不必害怕，我等并非旁人，乃是宋军前来寻找栈道的。

马　童　　夫人，你大声点！他耳背！

穆桂英　　老丈啊！

　　　　　（唱）　我本是杨家将……

　　　　　（不觉得失声）啊！

穆桂英　　（唱）　你不必心惊。

采药老人　哎呀！

杨七娘
杨文广　　哎呀！哑吧说了话了！

采药老人　哈……

　　　　　（唱）　贼兵到此我不出声，

　　　　　　　　杨家将进山亲又亲。

　　　　　　　　我装聋作哑太不恭敬，

马　童　老伯伯，你还认识不认识我？

采药老人　（近前拭眼）哎哎，好像见过，（指穆）这是何人？

马　童　这是杨元帅的夫人到了。

采药老人　（急跪）哦！夫人。

穆桂英　老人请起！

采药老人　休怪我看不出，你是大破天门阵的穆桂英！

穆桂英　老人呀！

　　　　（唱）　入绝谷寻栈道还望指引。

采药老人　那个自然，那杨元帅呢？（左右寻望）

穆桂英　元帅他么！哎呀！老丈呀！

　　　　（唱）　可叹他中贼箭为国捐生。

采药老人　（受震惊，唱）

　　　　　　　　听说是杨元帅为国丧命，

　　　　　　　　不由得年迈人珠泪淋淋。

　　　　　　　　杨家将保社稷忠心耿耿，

〔众人注视倾听其诉说。

采药老人　（唱）　数十载为国家立下战功。

　　　　　　　　我老汉虽居深山中，

　　　　　　　　我听得明来看得清。

　　　　　　　　夫人你继夫志再探绝岭，

　　　　　　　　我也要表一表爱国忠诚。

　　　　　　　　抖一抖老精神忙引路径，

　　　　走啊！（老人穿过羊肠小道，曲折前行，众随后，老
　　　　人一滑，几乎跌倒，文广急扶起，继续前行，栈道前
　　　　万丈高山，就在脚下，老人站定，往前一望，指远处）
　　　　这就是栈道！

　　　　（唱）　悬崖上有栈道直捣贼营。

穆桂英　（大喜）众将官！

　　　　（念）　且喜寻得栈道，

何愁大功不成。

登悬崖,下绝岭,备火种,焚敌营,

胜似那邓艾渡阳平。

〔兴奋地亮相,率领众将士直奔栈道下。

〔杀声震天,鼓声大作,火光冲天,一片映红,八姐兴奋地跑上。

八　姐　禀太君,(佘率众挑灯上)敌营起火!(众惊喜,一齐观望)

众　　　敌营起火!

佘太君　(惊喜)怎么……是敌营?

众　　　是敌营!

佘太君　我的好孙媳……众将官,(众立)直奔飞龙山贼营,杀!(众将一拥而下)

尾　声

〔西夏营内火光映红,喊杀声连天,战鼓齐鸣,探子飞奔而来。

报　　　报!(王文惊慌失措地上)穆桂英偷渡栈道,火烧我营!

王　文　(魏古惊慌颤抖,王文怒踢报子)再探,速速救火!

〔众喊杀随下。穆桂英率领七娘、文广、马童及众将士等向王文营地冲杀而去,王文率番将企图抢救营房,不料中途遇见穆桂英等,双双相遇,一场鏖战,王文不敌败退,桂英等追下。

〔王翔率番将上,速速救火,途遇焦、孟二将率兵前来断后,双方遭遇,又是混战一场,王翔突出重围败下,焦、孟追下。

〔王文败逃与王翔的队伍会合，他们正企图会合反扑时，穆桂英与焦、孟将的两支队伍追赶而来，打乱王父子的队伍，溃逃混乱，执锤的番将与宋将对打，一番将被马童劈杀，由高崖上跌下，马童在山顶被番兵包围，击退番兵，跌身翻跃而下，参加崖下混战。迎救被围的宋将与番兵交锋，焦、孟将与番将交锋！双方将士持刀冲杀，四枪同时刺杀七娘，她发挥武力，击败番兵将，并在敌兵中飞舞金枪，杀死无数敌将敌兵，沉着地招架大刀。

〔男四宋将与番将酣战，番败宋追，焦、孟二将及其他追。文广与王翔展开搏斗，双方将士激战，王翔败。桂英追杀王文，双方交战三五回合，王文力不能挡，大汗淋漓，双方战士越战越勇，番败宋追。桂英枪挑王文败退，一群番将扑来，被桂英刺杀飞逃，跟斗、跑去。这时有许多番兵、番将持刀砍杀而来，桂英一人挡住无数番兵，银枪舞动，吓坏了番兵，纷纷逃跑。王翔冲杀上来，穆与王翔交锋未分胜败，架枪之时，王文跟文广追逃而过，桂英一枪刺杀，王翔翻跟斗逃，桂英赶上一枪，王翔惊叫，王翔丧命。

王 文　弓箭伺候。

〔王刚下，文广追来，双方展开大战，王见势不妙，乘机逃去。文广与番将们交锋，越战越勇，上头两番将向文广发箭，七娘突然出现，拔箭救文广。文广、七娘牵制敌兵相持苦战，王文亲自在山头向文广射箭，桂英赶来伸手接住箭，又一次救了文广，七娘一望山头，王文暗发弓箭追上，王见箭不中，又见七娘追杀，速快逃跑，被七娘追逼，王逃又遇桂英、文广，三人把王围住，紧紧逼近，王文惊慌万状，被桂英、七娘、文广刺死倒地。

众　（高呼）西夏人马，全部消灭！

众　啊！

〔宋营大帐外,鼓乐齐奏,杨字大旗高高升起,众将威风凛凛而出。

〔寇、王早已站营外,迎接大军归来,佘太君率郡主、大娘、二娘满面春风地迎上前去。文广、七娘欢喜地迎上前去。

穆桂英　(在太君前参礼)禀太君,西夏人马全部被歼。

佘太君　不义之师,焉得不败,此乃孙媳众将之功也!

众　　　太君谋略。

佘太君　哈哈哈!

〔寇、王亦向太君道喜。

寇　准　一门忠勇,捍卫边疆,可喜可贺!

王　辉　你们杀得好!哈哈哈。

寇　准　王大人!

王　辉　啊!哎!

寇　准　……这……(指王辉乌纱帽)

王　辉　(作不解地)这?

寇　准　你也太健忘了嘛!

王　辉　(这才明白过来)啊!尴尬地将自己的纱帽摘下。

众　　　哈哈哈……

佘太君　众将官!

众　　　有。

佘太君　歇兵三日,凯歌还朝。

众　　　啊!

〔齐奏鼓乐,众人高呼。

——剧　终

217

演出单位

西安尚友社

梨花狱

根据王杰夫同名京剧移植

杨 晨 移植

剧情简介

　　大周，天授年。徐敬业之反被平后，圣神皇帝武则天欲知朝野之事，铸铜匦立于洛阳四门。明诏宣谕：所言称旨，即予官封赠。诬告失实，不予究问。

　　梁王武三思，伙同来俊臣、郭弘霸等人，乘隙而入，欲废皇嗣，谋夺王位。他们捏造事实诬告朝廷李安静、狄仁杰等忠直之臣。

　　这一弊政，致使朝中直言敢谏之臣，多死于告密之下。《梨花反词》一案的败露，使武则天幡然悔悟。并亲书"诬告者必反坐"之明典，力堵谗言之路。

场 目

人 物 表

武则天　　圣神皇帝

狄仁杰　　鸾台待郎同平章事，朝称国老

李安静　　右卫将军

武三思　　春官尚书、爵封梁王

李成器　　皇孙

李翠环　　李安静之女

郭弘霸　　李安静帐下掌书记，后升监察御史

来俊臣　　御史中丞

韦团儿　　宫婢

李公公　　近侍太监

宫娥、武士、羽林军、刀斧手、众朝臣、犯官、郝象贤等

序　幕

〔幕启,疾风呼啸,浓云由头顶掠过。

〔一束强光照射铜铸龙匦。

〔羽林军各执兵刃,俨然警戒。

〔众宫娥拥簇韦团儿急上,打开龙匦,取出一叠密奏,锁于方盒之内。羽林军相随护下。

〔顷刻,刀斧手押郝象贤等犯官上,跪于龙匦前,来俊臣随上。

来俊臣　(宣旨)圣神皇帝诏曰:"据投书龙匦者告发,太子通事舍人郝象贤等,阴谋图反,叛逆朝廷。勒令,立即斩首示众!"来呀,推下斩了!

〔刀斧手押犯官下,郝象贤等呼冤不止。

(幕内合唱)

女皇欲知天下事,

告密龙匦立都城。

诬奏失实不究问,

从此盛开告密门。

朝在御前受宠信,

暮成刀下屈死魂。

于今一曲《梨花狱》,

犹见斑斑血泪痕。

〔歌声远去。

第一场

〔幕启，万象神宫则天楼，上设御屏、龙座。

〔宫娥、羽林军两厢肃立。韦团儿立于武则天身旁。

〔武则天身着衮服威坐龙廷。

武则天　（唱）　登龙位立神器大业天授，

振纲纪革旧制改唐为周。

蛾眉称帝古未有，

皆为世人贬女流。

看今朝朕挥翻云覆雨手，

创一个尧天舜甸光照九州。

〔狄仁杰、李成器、来俊臣等上，伏地参拜。

众　臣　臣等参见圣神皇帝万岁陛下！

武则天　众卿平身。

众　臣　谢万岁！

〔众臣两厢侍立，狄仁杰年迈站立不起。

武则天　皇孙成器！

李成器　孙儿在。

武则天　快快搀起国老，一旁赐座。

李成器　是。（搀扶狄仁杰）国老请起，一旁看座。

〔二宫娥端过绣墩，置于龙座一侧。

狄仁杰　啊呀，陛下驾前，安有老臣的座位！

武则天　国老年迈，又是朝廷重臣，不必过谦，快快坐了。

李成器　国老，这是陛下敬重国老，快快请坐。

狄仁杰　如此老臣谢座。

武则天　国老不必再拜了。

〔李成器扶狄入座。

武则天　（诙谐地）朕见国老跪拜，也觉得全身酸痛哪！（笑）众爱卿，国老年事已高，今后若非军国大事，不要烦扰国老。

众　臣　臣等遵旨。

李公公　（上）启禀万岁，右卫军李安静，大破吐蕃，得胜还朝，现在宫外候旨！

武则天　（大喜）哦，快快宣他进宫见驾！
　　　　〔李安静半戎装上。

李安静　（唱）　奉旨统兵破吐蕃，
　　　　　　　　旌旗猎猎凯歌还。
　　　　臣，李安静，托陛下洪福，大破吐蕃，复取四镇，回朝交旨。

武则天　好哇！
　　　　（唱）　将军沙场经百战，
　　　　　　　　纵马边关入海瀚。
　　　　　　　　朕赐功臣牌一面，
　　　　　　　　御酒三杯庆凯旋。
　　　　将军屡建奇功，朕赐记功金牌一面、御酒三杯与将军接风洗尘。皇儿，国老，代朕授勋赐酒。

狄仁杰　老臣遵旨。

李成器　孙儿遵旨。
　　　　〔李成器为李安静授戴金牌，狄仁杰捧酒与李安静。李安静接酒祭天地，跪拜谢恩。
　　　　〔四武士扛唐三彩大花瓶上，瓶中插大束梨花，武三思随上。

武三思　侄臣武三思参见陛下万岁！

武则天　平身。

武三思　谢陛下。

武则天　三思侄儿，眼下已是三秋九月，这束梨花从何而来？

武三思　陛下呀！
　　　　（唱）　陛下德威感四海，

天赐甘露降蓬莱。

俚臣幸游皇城外，

适逢梨花九月开。

春花秋放，实为陛下添福增寿，万寿无疆！

来俊臣 春花两度开放，可谓天降祯祥，臣愿陛下万岁、万岁、万万岁！

众　臣 （只得附和）万岁、万万岁！

〔狄仁杰缓缓站起，李安静屹立不动。

武则天 哈哈哈——（示意众臣站起，唱）

近日来落齿重生兆增寿，

又喜逢梨花开放在三秋。

芳气长春添锦绣，

庆升平君臣欢宴则天搂。

内侍！

李公公 奴婢在。

武则天 吩咐摆宴，朕与众卿观赏梨花，共庆升平。

李公公 是。（下）

武三思 陛下，适才满朝文武同声庆贺，李安静不贺不拜，傲然而立，似有居功欺君之心！

狄仁杰 （代为辩护）李将军甲胄在身，不便大礼。

来俊臣 观李将军之神色，莫非另有高见？

李安静 臣启陛下，如今已是深秋时节，草木黄落，唯梨花独放，非时而开，此乃时令颠倒阴阳失序，并非天将祯祥，臣，故而未曾拜贺。

武则天 （不悦地）嗯？

李安静 陛下……

〔狄仁杰暗示李安静勿再多言。

李安静 近年五谷不登，四夷交侵，烽烟未息，民劳财伤……

来俊臣 陛下，我大周天下鼎盛，万民安乐，李安静反说我主劳民伤财，不知是何用意！

李安静 来大人，如今百姓陷于水火，黎民困于烽烟，当今天下,并非太平盛世！你与梁王所奏,意在欺蒙圣上,居心叵测!

来俊臣　啊,陛下……

李安静　陛下。

（唱）　臣还朝本不该轻议朝政,
　　　　怎奈是骨鲠喉不吐不能!
　　　　梁王他承献媚居心不正,
　　　　说祥瑞粉太平欺蒙圣听。
　　　　他在朝树朋党暗中作梗,
　　　　欲行不轨窃东宫。
　　　　凭借陛下德威重,
　　　　陷害贤臣罪非轻。
　　　　望陛下信贤臣,远奸佞,永葆圣聪,
　　　　万莫听歌功颂德声!

秦腔
梨花狱
LIHUAYU

来俊臣　陛下。

（唱）　李安静中伤皇亲乱朝政,
　　　　诽谤梁王惑众听!

武则天　（勃怒）大胆!

（唱）　说什么疏贤臣近信奸佞,
　　　　分明是语谤意诽朕昏庸。
　　　　怎容尔乱朝纲大逆不敬——
　　　　羽林军,将李安静绑了!

李成器　（求情）祖母陛下——

武则天　多口!

狄仁杰　陛下——

武则天　（稍微冷静）来,摘下记功金牌!

（接唱）廷杖二十暂宽容!

〔羽林军摘下李安静记功牌,押下。幕内传出廷杖之声,群臣肃然。

武则天　撤去梨花宴,退朝!

〔众廷臣、宫娥、羽林军等肃然退下。

武则天	国老留步。朕杖责李安静,可应该么?
狄仁杰	冲犯圣驾,杖责几下,却也应该。
武则天	国老果真能体朕之用心。
狄仁杰	只是……陛下难道就不觉得梁王权太重乎?
武则天	朕与三思乃姑侄至亲,朕有意委为心腹。
狄仁杰	陛下,姑侄之亲为亲,父子之亲如何?
武则天	那自然是父子之亲胜过姑侄之亲。
狄仁杰	着呀,自古父子至亲,尚有子弑其父而谋位者,更何况侄之于姑耶?
武则天	(不觉懼然)……
狄仁杰	梁王自恃宗亲,怙宠生骄,不能容人。听说陛下欲立梁王为太子,继位皇室,可是当真么?
武则天	这——乃朕之家事,国老何必过问!
狄仁杰	陛下呀!

(唱)　立太子祭宗庙先王宠信,
　　　　怎能说家常事禁令咨询。
　　　　治州县任贤能尚须慎重,
　　　　何况是九五之尊继位人。
　　　　东宫皇嗣守安顺,
　　　　意欲废黜有何因?
　　　　一旦铸错乱方寸,
　　　　上危社稷下害民。
　　　　恕老臣知无不言言而不尽,
　　　　犯颜直谏秉忠心。

武则天	(沉吟地)国老请退,容朕思忖。
狄仁杰	老臣告退。(下)
武则天	(唱)　狄国老一席话将朕提醒, 　　　　立储事我还须三思而行。(下)

〔武三思暗上,韦团儿从屏风后闪出。

武三思	团儿姐,适才狄老儿与陛下讲说什么?
韦团儿	他说王爷器量狭小,不能容人,难以入主东宫!

武三思	哼,此老不除,毁我大计!
韦团儿	他为陛下倚重,只怕扳他不动,倒不如先从李安静下手,株连狄老儿!
武三思	嗯,言之有理,不知从何下手?
韦团儿	陛下最恨"谋反"二字,王爷何不告密龙瓯……
武三思	好、好!团儿姐,看不出你还心藏龙韬虎略之计,经天纬地之才,胜过俺须眉男子!
韦团儿	王爷过奖了,我乃小小宫婢,只会叠被铺床,有什么经天纬地之才。
武三思	团儿姐呀!
	(唱)　待来日继大统如愿以偿,
	怎能够还叫你叠被铺床。
	人间富贵同安享,
韦团儿	王爷,这话说得可真甜哪,只怕事过境迁……
武三思	(接唱)我一片真心对上苍!
韦团儿	王爷言重了。
	(唱)　团儿我从未有奢望,
	但愿得……
武三思	(坐上龙位)但愿得……
	(唱)　但愿得王封你权倾六宫压昭阳!
	〔李公公暗上,见状大惊,急忙隐匿一旁。
韦团儿	(跪拜)臣妾拜谢万岁赐封!
武三思	平身,平身!哈哈哈——

第二场

〔中幕外。

〔郭弘霸幕僚装束上。

郭弘霸　(唱)　可叹我书剑飘零穷潦倒,

幸遇上李将军收作幕僚。

破吐蕃我曾随军同征讨，

虽无功劳有苦劳。

将军他奏凯还朝受封诰，

弘霸我依附大树盼凌霄。

宫门外望眼欲穿待喜报——

〔中幕启。万象神宫外,侧设石狮,二武士执戟肃立。

郭弘霸探头探脑向宫内眺望。

武　士　（厉声喝道）呔,此乃神宫禁地,休得近前!

郭弘霸　嘿嘿,我乃右卫将军帐下掌书记郭弘霸是也。

武　士　什么掌书记不掌书记,此乃文武大臣出入重地,你站

　　　　远点!

郭弘霸　是,是。

武　士　再站远点!

郭弘霸　是。

武　士　（怒声喝道）再站远点!

郭弘霸　再往后,就无站足之地了! 哼!

　　　　（唱）　笑燕雀不识鹏程万里遥,

　　　　　　　　休看我掌书记位卑职小。

　　　　　　　　难道说郭老爷今生不能脱下蓝衫换紫袍!

　　　　哼哼,真乃岂有此理!

　　　　〔文武臣三三两两出宫,神情沮丧。

郭弘霸　朝班已散,想必李将军出来。

廷臣甲　唉,好好一个梨花宴,却是不欢而散……

廷臣乙　（制止）嘘……年兄!

廷臣丙　是非都因多开口,我们还是走吧!

　　　　〔众臣下。

李安静　（内唱）　直言遭祸受刑杖——

　　　　〔李成器扶李安静上,武士退下。

郭弘霸　（大吃一惊）啊,将军——

李成器　他是何人?

李安静　他乃为臣帐下掌书记郭弘霸。郭先生,快快拜见皇
　　　　孙小殿下。

郭弘霸　拜见小殿下。

李成器　先生免礼,将军!
　　　（唱）　小王我欲救不能暗心伤!
　　　　　　你为人耿直性豪爽,
　　　　　　真乃我朝一栋梁。
　　　　　　万望珍重细调养,
　　　（取出用黄绫包着的伤药）
　　　（接唱）这良药为卿治棒伤。

李安静　多谢殿下!
　　　〔郭弘霸忙接过伤药。

李安静　（唱）　往日里冲锋陷阵擒敌将!
　　　　　　血染征鞍也寻常。
　　　　　　今日无端受刑杖,
　　　　　　肉裂心寒两创伤。
　　　　　　禁不住痛彻心肺虚汗淌,
　　　　　　拜别殿下——

李成器　将军!
　　　（唱）　敬将军赤胆忠心立朝堂!
　　　　　　待小王送将军一程。（扶李安静下）

郭弘霸　（沮丧地）完了,完了,全完了!
　　　（唱）　有一番风雨敲窗破春梦,
　　　　　　落了个镜花水月一场空!
　　　（失神似地向回走）
　　　〔武三思、来俊臣乘马带校尉急上。郭弘霸与二人相
　　　　撞,坐骑惊嘶。

来俊臣　胆大狂徒,竟敢冲撞王爷马头,给我打!

校　尉　（举鞭)招打!

郭弘霸　且慢!我乃李安静将军帐下掌书记郭弘霸,帝辇之
　　　　下,怎敢凌辱斯文?

来俊臣　管你斯文不斯文，来，结实地打！

武三思　慢，你真是李安静帐下掌书记么？

郭弘霸　绝不虚假。

武三思　来得正好，校尉们，将此人带回王府！

校　尉　（挟持地）走！

武三思　哈哈哈……真乃天助我也！

第三场

〔中幕外。两校尉提着"梁府"灯笼上。

〔来俊臣挽着八分酒意的郭弘霸上。

来俊臣　郭先生，走好了！

郭弘霸　不妨事，不妨事——

　　　　（唱）　谢王爷推心置腹倾肺腑，

　　　　　　　　谢感王爷——

来俊臣　武王爷回府了，命下官来送先生。

郭弘霸　（唱）　感王爷谦恭下士礼遇殊。（一个趔趄，来俊臣急扶）

来俊臣　先生醉了？

郭弘霸　不醉，不醉呀！

　　　　（唱）　休看我脚下醉踏八仙步，

　　　　　　　　郭弘霸心头透亮不糊涂。

来俊臣　（唱）　望先生谨慎行事莫相误，

郭弘霸　（唱）　报知己我赴汤蹈火不含糊。

来俊臣　此事若能成功，郭先生定当青云直上，

　　　　日后你我就是同殿之臣了。哈哈哈……

郭弘霸　是呀，青云直上。同殿为臣！哈哈……

来俊臣　来，送郭先生回去。

郭弘霸　免送，免送。被人看破，反误大事。郭某不醉，大人

请回。

来俊臣　如此,恕不远送了!(拱手,与校尉下)

郭弘霸　(酒嗝忽涌)呃……

（唱）　往日里凌云有志恨无路,

　　　　浪迹江湖困穷途。

　　　　枉受了萤窗雪案十年苦,

　　　　辜负了悬梁刺骨读破万卷书。

　　　　谁料想因祸反得福,

　　　　好一似误入桃源天上都。

　　　　宴前观赏细腰舞,

　　　　左右相陪尽丽姝。

　　　　觥筹交错饮甘露,

　　　　武王爷为我亲执壶。

　　　　从此后改换门庭投新主,

　　　　犹如凤凰栖碧梧。

　　　　常言道权门自有通天路,

（醉态百出,忽触李成器赠与李安静的伤药,取出黄绫包裹,扔掉伤药,紧握黄绫）

黄绫——呵——

（唱）　你就是我郭弘霸光宗耀祖的升官符。

哈哈哈……(踉跄笑下)

〔中幕启。武则天书斋,侧设琴桌,上摆一架七弦琴,墙挂从李安静身上摘下的功记牌。金光耀眼。

〔武则天不住翻阅边报,蛾眉紧皱。

武则天　（唱）　告急文书似雪片,

　　　　可恨突厥犯边关。

　　　　戎狄乃为癣疥患,

　　　　虎视眈眈窥中原。

　　　　恨不能御驾亲征平寇乱,

　　　　教天下怀德畏威不敢污我锦江山。

　　　　靖烽烟事燃眉刻不容缓,

233

該命谁代朕出征赴边关?

（烦躁地抚琴排遣）

〔狄仁杰匆匆上，闻琴声不觉一怔。

狄仁杰　（唱）　原召我进宫议事平寇患，

　　　　　　　却传来琴弦之声出宫垣。

　　　　　　　倾耳听——指下似觉宫商乱，

　　　　　　　武皇她忧国之情裂琴弦。

　　　　　　　悄悄儿举步进宫院，

　　　　　　　辩明心曲徐进言。（立于一旁谛听）

武则天　哦，国老进宫来了!

狄仁杰　不敢惊动陛下。

武则天　国老可知此曲之名?

狄仁杰　好似陛下亲制"神宫大乐"曲。

武则天　嗯，国老以为如何?

狄仁杰　老臣不解音律，不敢妄言。只是觉得琴声之中，似有战马嘶鸣，金鼓之声。

武则天　（唱）　琴弦中卿闻金鼓声震阵，

　　　　　　　真可谓周郎顾曲善知音。

　　　　　　　都因为突厥侵扰把兵进，

　　　　　　　朕恨不率师疆场催敌魂!

狄仁杰　（唱）　平边乱何须陛下亲临阵，

　　　　　　　我朝中英才济济，不乏能征惯战臣。

武则天　（唱）　何人堪膺此重任?

狄仁杰　（唱）　陛下慧眼自识人。

武则天　（唱）　兵凶战危须谨慎，

　　　　　　　若错用汉李陵令朕寒心。

狄仁杰　（唱）　李陵变节诚可恨，

　　　　　　　也怪那汉武宠私亲!

武则天　（背唱）他那里借古讽今巧辞令，

　　　　　　　分明是话中另有弦外音。

狄仁杰　（背唱）她借机想让梁王掌军柄，

	旁敲侧击试我心。
武则天	（背唱）朕但愿委英才旗开得胜，
狄仁杰	（背唱）我当以举贤能卫戍国门。
武则天	国老！
	（唱）　佩帅印眼前有人可胜任。
狄仁杰	眼前有人？
	（唱）　问陛下此人莫非指老臣？
武则天	（唱）　老爱卿胸有韬略名远震，
	只可惜力不从心发如银。
狄仁杰	（唱）　臣保一人可胜任。
武则天	（唱）　爱卿举荐是何人？
狄仁杰	（唱）　此人就在咫尺近。
武则天	哦，与朕咫尺之近，乃是何人？
狄仁杰	这……
武则天	啊？
	〔二人不约而同，目光注视记功金牌。同上前欲摘。
狄仁杰	啊，陛下原来也是属意……
武则天	啊，爱卿原来也是保举……
武则天 狄仁杰	（同唱）沙场宿将李将军！
狄仁杰	（背白）真乃周郎与诸葛，破曹不离风与火。陛下，你我君臣可算得不谋而合？
武则天	不谋而合啊，哈……哈……只是李将军心受委屈，朕犹豫而难解决呀？
狄仁杰	老臣深知李将军为人，决不至因小忿而误大事。
武则天	不知他棒伤如何？
狄仁杰	待老臣过府一看便知。
武则天	如此就烦国老将记功金牌送去，代朕宣谕慰问关切之意。
狄仁杰	老臣遵旨！（拜辞出宫）哈……哈哈……
	（唱）　兴致冲冲出宫禁，
	可笑我自作聪明多疑心。

陛下她宽宏大度似尧舜，

好一个知人善任的有道明君。

（兴然跑下）

〔韦团儿捧出告密奏疏上，李公公暗上。

韦团儿　陛下，这是从龙瓯取来的密奏，陛下亲看。

武则天　念来朕听。

韦团儿　是，（故作一惊）啊，有人告发李安静久怀不轨之心，暗结皇嗣，欲图谋反！

武则天　啊，拿来朕看。（接密奏念）廷杖之后，衔恨于怀，亲撰梨花反词一首，反意已萌。（怒掷密旨，愤然徘徊）韦团儿，将那梨花反词念来！

韦团儿　是。（从密奏中取出花笺念）梨花词——

调寄《醉花阴》："丹桂香消金风起，百卉皆凋敝，偏是梨花开，独占风光，只恐非人意。何事天公违常例，却教桃代李？任尔乱阴阳，且喜凡间，毕竟留正气！"

武则天　（拍案怒起）好气矣！

（唱）　朕但虑外患犯边境，

谁知这复辟危机在内廷。

乱臣贼作反词含沙射影，

祸生肘腋震寰宫。

可笑朕明察善断枉自命，

孰料君侧尚未清。

告发者何人？

韦团儿　李安静帐下掌书记郭弘霸。

李公公　启奏陛下，郭弘霸乃与奴婢同乡，此人幼读诗书，只是时运不佳，幸遇李安静将军收在帐下，任掌书记之职。专管文书奏牍。

武则天　传旨，着郭弘霸为五品游击将军进宫回话！

李公公　是。（下）

〔郭弘霸身着官服上。

郭弘霸	（唱）	一纸密书告谋叛，
		随手捞来五品官。
		平步青云时运转，
		原来做官也不难。

〔李公公上引郭弘霸进宫。

郭弘霸　小臣郭弘霸参见陛下万岁！

武则天　郭弘霸，你告发李安静暗结皇嗣父子谋反，可是
　　　　实情？

郭弘霸　句句属实，不敢虚言，李安静酒后常对臣言……（欲
　　　　言又止）

武则天　为何不说？

郭弘霸　只恐亵渎圣驾，臣不敢说。

武则天　大胆奏来，赐你无罪。

郭弘霸　陛下。

　　　　（唱）　李安静对陛下常怀不满，

　　　　　　　　借酒发狂吐恶言。

　　　　　　　　说陛下废嗣篡位行独断，

　　　　　　　　宠私亲、杀贤臣天下不安！

武则天　（切齿地）哦！

郭弘霸　数年之前，满朝文武上表劝进，望陛下继位，李安静
　　　　自恃李唐功臣，坚不上表！

武则天　哼！

郭弘霸　廷杖之后，又与皇孙殿下以在宫门，暗中交接。继日
　　　　写下梨花反词一首，可见反叛之心已萌！

武则天　这可是李安静亲笔所题。

郭弘霸　字字皆是，绝无虚假。

武则天　你且起来，将这词意解与朕听。

郭弘霸　陛下请听。

　　　　（唱）　贞观之治化烟云，

　　　　　　　　大周腥风起杀声。

　　　　　　　　唐室旧臣诛殆尽，

　　　　　　皇嗣幽禁锁深宫。
　　　　　　李家天下武家坐，
　　　　　　朝野汹汹心不平。

武则天　听你所奏，都是实话吗？

郭弘霸　如有虚谎，甘受典刑。

武则天　（一反常态）郭弘霸，你可知罪！

郭弘霸　（一惊，跪倒）小臣不知罪犯哪条？

武则天　你穷愁潦倒，全仗李安静一力扶持。如今竟忘恩负
　　　　义，投书告密，卖友求荣，还要祸连皇嗣父子，分明陷
　　　　害好人欺蒙圣听，如不从实招来，立即处死！内侍，
　　　　传成器进宫对质！

李公公　是。（急下）

郭弘霸　陛下呀！
　　　　（唱）　患难相扶虽情深，
　　　　　　　　告密忠心报明君。
　　　　　　　　自幼读书常发奋，
　　　　　　　　仰慕高风学前人。
　　　　　　　　大义灭亲系古训，
　　　　　　　　臣耿耿赤心不染尘。

　　　〔李公公引李成器上。

李成器　（唱）　浑身筛糠心抖战，
　　　　　　　　两腿如铅移步难。
　　　　　　　　惊闻晴空天突变，
　　　　　　　　这才是屋漏偏逢雨连绵！
　　　　孙儿拜见祖母陛下！

武则天　成器，你父子竟敢勾结李安静通同谋反！

李成器　（大惊）啊？

武则天　朕念你年幼无知，只要从实招来，可免你一死！

李成器　祖母陛下，孙儿冤枉呵……

武则天　郭弘霸，上前对质？

郭弘霸　是，殿下，那日我亲眼目睹，你在宫门与李安静暗递

消息,勾结图谋,怎说冤枉!

李成器　你,你血口喷人!

郭弘霸　（取出黄绫）殿下请看,殿下用此黄绫包裹着反叛密书,亲送李安静,难道是假吗?

武则天　与朕呈来,（郭弘霸呈上黄绫）畜生! 如今人证物证俱在,还有何说!

李成器　啊,祖母啊!

（唱）　李安静受廷杖孙儿不忍,

　　　　取宫中金创药送与将军。

　　　　这黄绫原为包药用,

　　　　孙儿焉敢暗图谋利令智昏。

武则天　大胆!

（唱）　朕杖责逆臣李安静,

　　　　你竟暗自抱不平。

　　　　私相授受违禁令,

韦团儿　（唱）　可见暗通属真情。

郭弘霸　（唱）　微臣御前敢作证,

武则天　（唱）　再狡辩叫你父子同受刑!

李成器　祖母啊——

（唱）　我父宫中久卧病,

　　　　怎会图谋叛朝廷。

　　　　今日之事难究竟,

　　　　望祖母顾念骨肉情!

〔武则天欲刑不忍。

郭弘霸　陛下,事关社稷安危呵!

武则天　（狠心地）也罢!

（唱）　祸起宫廷炸雷惊,

　　　　幸有这告密龙颜耳目明。

羽林军!

〔羽林军执械进宫。

武则天　（接唱）将皇嗣押天牢令尔招供,

239

推事院审安静遣动大刑。

郭弘霸告密有功加封赠，

官加一品在朝中。

只要你为朕忠心耿耿，

朕把你官儿往上升！

郭弘霸　谢陛下！

武则天　郭弘霸听旨！

郭弘霸　（喜露于色）臣……

武则天　朕封你为监察御史，会同来俊臣严刑审问李安静。

郭弘霸　（狂欢地）臣遵旨！

〔武则天将草昭掷地。

〔羽林军架起李成器。

李成器　（高呼）冤枉啊……

〔武则天盛怒据案而立。

〔李公公、韦团儿、郭弘霸惧喜不一，各具不同表情。

第四场

〔将军府，书房。

〔李安静手握诗卷，挺立于案。

李安静　（唱）　积愤难消心潮激荡——

在御前、进忠言、反遭刑杖，叹陛下，

听任那瓦釜雷鸣震朝堂！

那梁王摇唇鼓舌使毒瘴，

来俊臣趋炎奉势信雌黄。

说什么太平盛世好景象，

岂不知百姓若草萎斜阳。

民间赋重心惆怅，

水旱连年多灾荒。

塞外白骨血流淌，
海内凄凄遗孤孀。
朝廷不把恩泽降，
盛世甘露却成霜。
国有难我怎能谎言蒙上，
自欺国人毁朝堂。
作忠臣，绝不合污从俯仰，
辨曲直定教尔欲盖弥彰。
但愿得面君王痛斥奸党，
伸正气除弊政振兴朝纲。
我纵然犯君颜屈受刑杖，
李安静破腹剖心对先皇。

（愤而举笔题诗）

〔李翠环捧汤药上。

李翠环 （唱） 老爹爹在御前直言议政，
叹陛下屈忠良以罪代功。
金殿上受廷杖屈打伤重，
李翠环为爹爹暗暗伤情。
幼丧母与爹爹相依为命，
捧汤药装笑颜把父照应。

爹爹请来用药……爹爹又写什么？

李安静 为父正在写诗，三句构成，尚少一句呵！

李翠环 爹爹请先用药，待女儿续来。

李安静 好，好，待父用药，我儿续来。

〔幕内传出：国老到！

李安静 噢，国老到此，女儿随父出迎！

〔狄仁杰笑哈哈地上。

狄仁杰 （唱） 银须飘散步如风，
谕慰忠良皇恩隆……哈哈哈！

李安静 国老！

狄仁杰 将军！

241

李翠环　拜见国老爷爷。

狄仁杰　环儿,免礼,免礼……

李安静　国老请坐。

狄仁杰　你我一同坐了。(发现案上诗笺)哦,将军真乃雅兴,居然作起诗来了。

李安静　末将不精诗赋,胡乱涂鸦。望国老多多指教。

狄仁杰　不敢,不敢。老夫近年心如乱麻,是抽不出丝(诗)来的!将军大作,且让老夫一观。

李翠环　国老爷爷,我爹爹只构了三句,这末一句要我来续。爷爷这么一来,孙儿我不敢献丑了。

狄仁杰　哦,你把这三句读出来听听,待我和上一句。

李翠环　好,待我读来!

　　　　(念)　黄钟毁弃瓦釜鸣,

　　　　　　　　盈耳但闻暮鸦声。

　　　　　　　　安得倚天挥长剑……

狄仁杰　(称赞地)好诗,好诗!

李翠环　爷爷,快和上一句吧……

狄仁杰　好,好,待爷爷和来。

　　　　(吟诵)"安得倚天挥长剑"……

李翠环　这末一句呢?

狄仁杰　"尽诛世上马屁精"!

　　　　〔众皆笑:哈……

李翠环　爷爷,这"马屁精"出在何年何代?

狄仁杰　自古就有。他们寄生人之胯下,吸以臭气为乐,千秋万世只怕难绝子孙!

李翠环　哦……

李安静　君有骄心,必有佞臣,佞臣之能,乃拍马逢迎!此种不除,江山无宁!

狄仁杰　李将军。当今天下尚未太平,不可授人以柄!环儿,快将诗笔拿去烧了,免得引鬼上门!

李翠环　是。(拿诗笔下)

狄仁杰	不知将军棒伤如何？
李安静	末将之伤，不在股上，而在心头！
狄仁杰	将军秉性刚烈，老夫实为敬佩。
李安静	国老过奖。
狄仁杰	将军呵！

（唱）　武三思久怀偷天计，
　　　　陛下常为甘言迷。
　　　　自古道投鼠应忌器，
　　　　回天还得待时机。
　　　　敬将军无私无畏志刚毅，
　　　　实可叹忠言逆耳反招疑。
　　　　如今边关风云起，
　　　　突厥兴兵危社稷。
　　　　还望将军息怒气，
　　　　救百姓，识大体，顾大局；
　　　　统雄兵，纵铁蹄！
　　　　远逐敌寇千万里。
　　　　莫教生灵惨流离！

李安静	（唱）　忽听得突厥贼又犯边境， 　　　　似闻得边塞父老呼救声！ 　　　　为将臣就应该为国效命， 　　　　今鼓鸣激起我热血沸腾……

国老……
（接唱）你我府中莫久停，
　　　　伴末将金殿请长缨！

李翠环	（急上）爹爹莫可……
	（唱）　前日屈受二十棍， 　　　　两股斑斑染血痕。 　　　　创伤未愈怎临阵？ 　　　　安然调养莫费心！
李安静	（唱）　身经百战冒锋刃，

　　　　　　征袍何处无血痕？

　　　　　　区区不过二十棍。

　　　　　　我儿何必挂在心。

李翠环　（唱）　朝廷既是宠奸佞，

　　　　　　挂帅领兵岂无人。

　　　　　　劝爹爹激流勇退莫受命，

　　　　　　解甲归田隐山林。

李安静　（唱）　眼望边关烽烟滚，

　　　　　　国门有患虎狼侵。

　　　　　　国老年迈尚有志，

　　　　　　将军岂可归山林。

狄仁杰　好将军！

　　　　（唱）　国事为重民为本，

　　　　　　举国瞩目望将军！

　　　　　　翠环舍下暂安顿，

　　　　　　凯旋日再与将军会诗文。

　　　　（拿出金牌）

狄仁杰　将军，陛下赐金牌……

李安静　（激动地）末将拜领。

狄仁杰　圣上委任将军挂帅出征，圣旨随后即到，老夫告辞了。

李安静　送国老。

李翠环　送国老爷爷。

狄仁杰　免送。（欢笑而下）

李翠环　爹爹，这回就该带孩儿出征，也好服侍爹爹。

李安静　我儿年幼，怎经边塞风霜之苦！

李翠环　儿我不怕……

李安静　环儿听令！

李翠环　孩儿在！

李安静　替为父整好行装，不得有误！

李翠环　（违心地）是！

　　　　〔内喊："圣旨下！"

李安静	我儿回避,待父接旨!
	〔翠环下,李公公捧旨上。李安静迎旨跪拜。
李安静	臣,李安静有迎玉旨!
李公公	(同情地)李将军……(扶起李安静)
李安静	李公公,陛下旨意,末将知道了。
李公公	哦,怎么将军你知道了?那就快快收拾……吧!
李安静	已命小女收拾去了,明日即便启程!
李公公	(诧异地)将军,等不到明日了,陛下命你随旨上路!
李安静	(焦急地)哦,莫非军情有变?
李公公	军情有变?哎呀,将军呀!哪是军情有变,乃是朝事有变呀!
李安静	哦?
李公公	这旨意,乃是……你,你你自己念吧!
李安静	(忙接诏书念)"诏曰:兹据郭弘霸投密告,李安静暗结皇嗣父子,图谋作乱,亲撰梨花反词,诽谤朝廷,欺君犯上,着即交推事院严加拷问……"啊……!(大惊昏倒)
李翠环	(急冲上)爹爹……
李公公	(慨叹地)你父女有话快说,咱家与羽林军以在门外等候……(下)
李翠环	(唱) 国老方才传喜讯,
	横祸接踵又临门。
	恨苍天无情惊雷震!
	爹爹……
	可怜你征鞍未跨又蒙冤尘!
李安静	(唱) 郭弘霸恩将仇报心毒狠,
	怪为父错把禽兽看作人。
李翠环	(唱) 推事院怎能把诬词轻信,
	分明是捕风捉影害忠臣!
李安静	儿啊……
	(唱) "丽景门"人道它"例竟门",
	进门必化屈死魂。

秦腔
梨花狱
LIHUAYU

忠谏之臣被杀尽，

文武生畏心沉沉。

为父此去命必殒，

环儿……呀……

李翠环　爹爹……

李安静　（接唱）父悲我儿再无亲。

罪臣之女谁敢问，

且求国老暂栖身。

莫忘明年忌生辰，

清明烧纸哭父坟。

为父殉国何足论，

但愿得豪气长存正乾坤！

李翠环　爹……爹……

（唱）　儿定要为父鸣冤呈辩本，

纵然是血溅金阶儿不惜身！

羽林军　（上）请将军上路！

〔李安静昂然欲走，李翠环跪步上前。抱李安静
恸哭。

李翠环　爹爹……

李安静　环儿……

第五场

〔中幕外。

〔来俊臣手捧卷宗，郭弘霸拿着记功金牌同上。

来俊臣　（唱）　梨花词一纸成铁证，

郭弘霸　（唱）　"反是实"三字罪非轻。

来俊臣　（唱）　踢开你我拦路石，

郭弘霸　（唱）　拔去王爷眼中钉。

来俊臣	（唱）	贺大人张帆行船水平静，
郭弘霸	（唱）	谢大人提携送东风。
来俊臣	（唱）	多亏你妙计推他下陷阱。
郭弘霸	（唱）	你铁腕断案颇高明。

〔二人得意地狂笑。

来俊臣　郭大人，非是来某夸口，我铁腕断案，前无古人，四海
　　　　慑服，朝野闻名。
　　　　（唱）　犯官进了"例竟门"，
　　　　　　　进门先脱皮一层。
　　　　　　　九名罪犯受刑审，
　　　　　　　堂下死了十个人。

郭弘霸　啊！九人受审，为何死了十人？

来俊臣　连那用刑的衙役也吓死在刑具之旁。

郭弘霸　哦，原来如此，来大人果然高明！

来俊臣　啊！

郭弘霸　啊！

来俊臣　哈……哈……

郭弘霸　那李安静可算得一条好汉子，受尽刑罚，死而复苏，
　　　　咬紧牙关，不肯招认！

来俊臣　他不招认，只能叫皮肉受苦。谅他也熬不过我的"凤
　　　　凰展翅""驴驹拔橛""仙人献果""玉女登梯"各种
　　　　酷刑！

郭弘霸　是啊，如今权在我等手上，这"反是实"三字，叫他永
　　　　难翻身！

来俊臣　大人言之有理。

郭弘霸　你我速去见过武王爷，请他进宫面奏陛下，立请斩
　　　　旨，免得夜长梦多。

来俊臣　好，你我梁王府一走，正是：
　　　　（念）　身俯宗室权威重，
　　　　　　　生死难逃掌握中。

郭弘霸　（念）　莫使夜长多恶梦。

来俊臣 郭弘霸	（念）　先教风雨催花红！
	请！（二人下）
	〔幕中启。景同三场。
	〔韦团儿手捧卷宗、金牌与武三思匆匆而上。
韦团儿	有请陛下。
	〔武则天自寝宫内出。
武三思	侄臣拜见姑母陛下。
武则天	免礼，事院审问，李安静可有口供？
武三思	李安静亲撰梨花反词，他已供认不讳。
武则天	哦？
武三思	他还招认暗结皇嗣父子，欲图谋叛，"反是实"。现 有宗卷在此，陛下请看！
	〔韦团儿呈上宗卷、金牌。李公公暗上，立于宫外 谛听。
武则天	（阅宗卷，怒甩金牌）哼！
	（唱）　养痈果然贻大患， 　　　　乱臣贼子竟翻天。 　　　　绑赴刑场立开斩！
	〔李公公一惊，暗下。
	〔武则天举笔欲叛斩，忽见记功牌，复又搁笔，捡起金 牌，不觉长叹。
武则天	（唱）　见金牌倒叫朕感慨万端。
武三思	陛下为何感叹？
武则天	李安静将军乃是先朝功臣李纲之后，文武兼备，实是 将帅良才。三军易得，一将难求啊！
武三思	虽是将帅良才，不忠朝廷，又有何用！
韦团儿	陛下……
武则天	团儿有何话说？
韦团儿	这……奴婢不敢轻言朝中大事。
武则天	你乃朕之耳目，但讲无妨。
韦团儿	陛下呀！

	（唱）	望陛下恕奴婢斗胆插嘴， 感皇恩我理应敞开心扉。 梨花案盘根错节令人生畏， 萧墙内欲酿乱祸起宫闱。 陛下欲居安思危，
武三思	（唱）	法严方始能树威。
韦团儿	（唱）	斩草除根芳百卉，
武三思	（唱）	姑息养奸祸必随！
武则天	呀……	
	（唱）	一席话颇令人振聋发聩， 宫闱内似响起一阵惊雷！
武三思	陛下,将相反叛,非同等闲,乱在腹内,后患无穷啊！	
武则天	（唱）	逆臣背朕朕心碎， 含悲忍痛除叛贼！
	将李安静押往刑场,立即正法！	
韦团儿	王爷宜速遵旨行事！	
武三思	遵旨！（得意地下）	
	〔狄仁杰踉跄奔上。	
狄仁杰	（唱）	步履踉跄宫中跑， 心胆俱裂似火烧。 陛下信谗坠魔道， 奸邪乘势举屠刀。 全不念梁摧栋折大厦倒， 忍教哪功臣碧血洒荒郊。 虎口中唯恐难把忠良保， 急得我冷汗淋漓湿紫袍。
	〔进宫,跪倒。	
武则天	啊,国老进宫,如何行此大礼？团儿,快将国老搀起！	
狄仁杰	老臣今日跪而难起呀……	
武则天	国老莫非为李安静求情不成?	
狄仁杰	李将军刚烈忠正,如今无罪叛斩,天理民心难平啊！	

秦腔
梨花狱
LIHUAYU

武则天　　国老。
（唱）　他前日欺君未诛敬才勇，
　　　　　念他征战屡建功。
　　　　　不计小过拟大用，
　　　　　谁知他图谋不轨心不忠。
　　　　　反迹昭彰惊朕梦，
　　　　　叛逆之臣岂能容。
　　　　　劝国老毋坠奸谋受欺弄，
　　　　　成事不足误朕躬！

狄仁杰　　哎呀，陛下！陛下所言反迹昭彰，莫非是为那梨花
　　　　　词么？

武则天　　梨花反词，昭然若揭！

狄仁杰　　老臣曾前往推事院当前问过，笔迹是真，只是他从未
　　　　　写过此词。

武则天　　逆臣反供，何以为奇！

狄仁杰　　只恐其中，奸人栽赃！

武则天　　此词在此，岂能有假！

狄仁杰　　三木之下，何求不得！

武则天　　啊……

狄仁杰　　陛下。
（唱）　眼前突厥寇边境，
　　　　　陛下焦虑待出兵。
　　　　　敌军胆恐李安静，
　　　陛下呀……
　　　　　难道你自折良才毁长城！
　　　　　老臣愿以全家百口性命，力保李将军无罪，望陛下
　　　　　开恩！

武则天　　国老如此为逆臣求情，莫非有什么难言之隐吗？
〔武则天取过案上方盒，从中拿出密奏。

武则天　　国老，这是密奏一章，拿去观看吧！

狄仁杰　　（接密奏念）"狄仁杰与李安静通谋"！啊！陛下如

信老臣通同谋反,就请先斩老臣之头!

武则天　朕也知安静反而国老不反。朕当面销毁,(掷于香炉焚毁)诛斩李安静之事,朕意已决,国老出宫去吧!

狄仁杰　（唱）　千言万语谏不醒,
　　　　　　　　不由我老泪纵横放悲声……

武则天　密奏已毁,朕未加罪,国老为何痛哭失声?

狄仁杰　（唱）　臣年迈古稀何惜命,
　　　　　　　　我哭陛下哭朝廷!

武则天　哦,你哭朕何来?

狄仁杰　（唱）　一纸告密轻误重,
　　　　　　　　弊政招祸祸无穷。

武则天　（唱）　朕欲周知天下事,
　　　　　　　　告密使朕耳目明。

狄仁杰　（唱）　告密未必是善政,
　　　　　　　　那龙甀是非真伪一口吞。
　　　　　　　　都只因诬告失实不究问,
　　　　　　　　令奸徒诬良为盗假说真。
　　　　　　　　或是挟仇泄私愤,
　　　　　　　　或是借以谋进身。
　　　　　　　　陛下若不善修改,
　　　　　　　　满朝尽是可疑人。
　　　　　　　　臣但悲大明殿前失宝鼎,
　　　　　　　　朱雀门内蒙烟尘!
　　　　　　　　陛下不赦李安静,
　　　　　　　　老臣我跪死在宫廷。

武则天　（唱）　此老天生执拗性,
　　　　　　　　鬼不怕,神不惊,面折廷争铁铮铮;
　　　　　　　　轰不得,撵不成,
　　　　　　　　倒叫朕束手无计行!

　　〔李公公与韦团儿一路争辩进宫。

韦团儿　你是违犯宫规!

李公公　你是欺凌弱女！

韦团儿　你横行！

李公公　你霸道！

武则天　嗯，你二人为何争吵？

李公公　陛下，有一女子长跪宫前，说有天大的冤枉，恳请陛下召见。

武则天　为何不去衙门告状？

李公公　她说冤大如天，无人敢问。

韦团儿　陛下日理万机，亲断军国大事，哪有余暇召见一民间女子！

李公公　陛下晓谕天下，凡有要事密奏者，无论农夫樵子，均得召见！

狄仁杰　（猜出此事奥秘，抗声直言）有道是君无戏言，岂可失言于民！

武则天　好一个不可失言于民！国老，你我君臣二人，一同听听那一女子冤情如何？

狄仁杰　老臣是要听它一听。

武则天　这总该起来了吧？团儿，扶起国老。内侍，宣小女进宫！

　　　　〔韦团儿挽狄仁杰坐于一旁。

李公公　小女子速速进宫！

李翠环　（上唱）　叩阙鸣冤蒙召见，

　　　　　　　　　谢公公仗义作周旋。

　　　　　　　　　含悲忍泪进宫苑……

　　　　（进宫，跪倒）

武则天　女子有何冤枉，从实诉来！

李翠环　（接唱）臣女为父辩奇冤！

　　　　（从怀里取出白绫血状，与李公公各拉一头）

武则天　（观状）呀！

狄仁杰　（唱）　但只见白绫上斑斑点点……

武则天　（接唱）原来是安静之女李翠环！

　　　　〔狄仁杰暗示翠环大胆讲话。

李翠环	（唱）	臣父沙场浴血战，
		戎马关山数十年。
		有功无罪遭屈斩，
		岂不教天下将士尽心寒……
狄仁杰	陛下，此言切中要害，不可不听哪！	
武则天	（唱）	你父结党图谋叛，
		大周律典宽赦难！
李翠环	（唱）	此乃是奸人谋栽陷，
武则天	（唱）	梨花词萌反志铁证如山！

武则天　这里有梨花反词为证，你可认得你父的笔迹？

李翠环　我父的笔迹哪有不认之理。

武则天　好，拿去认来！

李翠环　（接词笺大惊）啊……

（唱）　手捧词笺魂魄散，

果然是爹爹手迹无虚传！

看起来辩冤救父成梦幻，

不由我肝肠寸断泪潸潸！

爹爹呀……

—时间只觉得天旋地转……

（悲痛，晕倒）

李公公　（急扶翠环）小女子醒得！

〔狄仁杰发急，忙上前扶翠环。

〔李公公拿过梨花词笺，韦团儿上前急夺，词笺被撕成两半。

武则天　大胆的奴才，梨花词乃叛臣谋反铁证，竟敢将它撕破！

韦团儿　陛下，逆臣之女，点点泪珠落在笺上，打湿大片，似有毁赃之意，因而争夺！陛下恕罪……

〔李公公细观半片词笺，突然惊呼。

李公公　陛下，这，这词笺好像有诈！

武则天　哦！

李公公　陛下请看！

武则天　（拿过两片残断词笺,拼合细看,不觉大惊）

　　　　（唱）　果然是字里行间有异端!

　　　　　　　　词笺残断天机现,

　　　　　　　　墨迹白纸假粘连?

　　　　　　　　何物狂奴施暗算,

　　　　　　　　与天借胆将朕瞒!

　　　　　　　　尺雾遮天日影暗,

　　　　　　　　一叶障目不见山。

　　　　　　　　李安静押刑场命悬一线,

　　　　（疾笔诏书）

武则天　国老……

　　　　（接唱）速速代朕把旨传!

　　　　国老代朕传旨,命三思将李安静带回宫来见朕,速
　　　　去,速去!

狄仁杰　是,环儿,谢过陛下,随我前往法场!

　　　　〔翠环谢恩后,随狄仁杰急下。

武则天　（心神不安地）什么时辰了?

李公公　快近午时三刻了!

武则天　（拿起一面金牌）再去口传朕命,赦免李安静,回宫
　　　　见驾!

李公公　奴婢遵旨!（急下）

　　　　〔韦团儿仍跪伏一旁,无所反应。

武则天　（高声）团儿!

韦团儿　奴、奴婢在……

武则天　传旨摆驾法场!

韦团儿　（浑身颤抖）摆……摆……驾……法场!

　　　　〔幕内传呼:摆驾法场……摆驾法场!

第六场

〔中幕外。

〔凄厉的追魂号声中,羽林军、刀斧手押李安静过场。

〔武三思、郭弘霸、来俊臣过场。

〔中幕启。刑场。天色阴霾,秋风萧瑟。

李安静　（内唱）一腔怒气冲霄汉,

〔刀斧手押李安静上。

李安静　（接唱）可叹我蒙屈负冤伸张难!

大丈夫保国俱肝胆,

横刀纵马敌胆寒!

恨只恨百战沙场头未断,

满腔血却在京畿祭刑坛。

生前未能平边乱,

死后亡魂赴关山。

九泉下招集旧部同征战,

安抚百姓戍中原!

〔众武士引武三思、郭弘霸、来俊臣上。

武三思　李安静,你平日恃功倨傲,藐视武氏宗亲,今日犯在我手,哼,哼,休想活命!

李安静　奸贼!

（唱）　尔等专权乱朝政,

千秋万代留骂名。

铮铮铁骨李安静,

碧血丹心照汗青。

泉下我当化厉鬼,

英魂斩尔"丰都城"!

255

武三思　啊——死到临头，如此猖狂！来，时辰可到？

众　人　时辰未到！

郭弘霸　王爷，管它到不到的——

来俊臣　赶快开刀！

武三思　刀斧手，将李安静绑上断头台，立即开刀！

郭弘霸
来俊臣　（穷凶地）立即开刀！

狄仁杰　（内喊）刀下留人！

〔狄仁杰与李翠环奔上，李翠环抱住李安静。

武三思　哇！这乃法场禁地，你敢倚老卖老，阻拦行刑，来呀，
　　　　轰了出去！

狄仁杰　且慢，李将军无罪，不可动刑！

武三思　我乃奉旨监斩，谁敢阻拦！

狄仁杰　我乃奉旨开释，谁敢动刑！

武三思　呀——

　　　　（背唱）诏命开释不问斩，

　　　　　　　　落口的羊羔又生还。

　　　　　　　　莫不是蛛丝马迹露破绽，

　　　　　　　　风云变令人心不安！

郭弘霸　（低语）王爷，先发制人除后患！

来俊臣　是啊，纵虎容易缚虎难！

武三思　嗯，刀斧手，将李安静推下斩、斩、斩！

狄仁杰　武三思，老夫与你一同面君。

　　　　〔刀斧手推开狄仁杰、李翠环，押李安静下。

李公公　（幕内急喊）"金牌到"！

　　　　〔李公公驱马持金牌上。

李公公　武三思听旨。陛下口谕，李安静不可动刑，立即护送
　　　　回宫见驾！

武三思　我奉旨监斩在先，不受金牌所制！

李公公　武三思，你敢抗旨不遵！

武三思　（拍案）不遵就不遵！传令：斩、斩、斩！

　　　　〔一声炮响，李安静被斩，刀斧手呈刀受验。

刀斧手	叛臣已斩！

〔狄仁杰、李翠环惊呼天地，眼望刑坛匍匐倒地。李公公所持金牌悄然落地，垂泪跪倒。众武士亦垂泪跪倒。

〔幕内急传："圣驾到"！

〔宫女、羽林军、文武群臣、韦团儿、武则天急上。

〔武三思、来俊臣、郭弘霸等，跪伏接驾。

武则天	众卿平身！

〔除武三思等三人外，无人起身。

武则天	众卿平身！（依然无人起身）内侍！
李公公	陛下——
武则天	李将军何在？
李公公	李将军他——他升天了！
武则天	（大惊）啊！（指武三思）尔等时辰未到，你，你为何提前行刑！（武三思急忙跪倒）
武则天	（喝令）一齐绑了！

〔羽林军将武三思等人绑下。

〔众朝臣扶起狄仁杰、李翠环。

〔李公公与武士缓缓而起。

〔武则天眼望刑坛，晕眩欲倒，宫女上前搀扶。

武则天	（悲痛地）将军，朕来迟了——

（唱）　惊看这碧血横飞将星殒，

　　　　都恨朕，耳目不明，杯弓蛇影，

　　　　冤斩忠臣，毁长城！

（从袖中捧出记功金牌，接唱）

　　　　你百战沙场效忠勇，

　　　　忠心贯日报朝廷。

　　　　立朝无私素刚正，

　　　　敢怒敢言敢抗争。

　　　　今日含屈卿命倾，

　　　　卿未负朕朕负卿！

从此后朝堂永逝卿身影，

难再闻卿家慷慨陈词声。

手抚金牌泪如涌，

泪吊将军悼英灵。

愿将军一缕忠魂升天境，

化作那朗星皓月，与天齐寿，

万古明！

狄仁杰　将军呀——

武则天　闺老呀——

（唱）　朕不如太宗明察重三镜，

卿却似直言敢谏贤魏征。

卿言告密非善政，

龙瓯误朕事非轻。

到如今杜鹃泣血惊梦醒，

朕定当知过改过学太宗。

李翠环　爹爹呀——

武则天　翠环呀——

（唱）　环儿声嘶悲难尽，

泪滴两袖染血痕！

（为翠环揩泪、接唱）

恨世上无有还魂药，

你父罹难朕伤情。

朕为儿报仇雪恨除奸佞，

剖贼心肺祭英灵！

将武三思等带上来！

〔羽林军押武三思等三人上。武三思等低头跪倒。

武则天　郭弘霸，这梨花反词究竟从何而来？

郭弘霸　乃是李安静亲笔所写！

武则天　哼，哼！事到如今，还敢移祸他人！来，端清水上来！

〔二宫女抬木架、金盆上，置于台前。

宫　女　清水备好。

武则天	将这梨花词放进清水盆中,剥去郭弘霸衣冠!
	〔李公公将梨花词浸于水中。
	〔羽林军剥去郭弘霸衣冠。
武则天	众卿且在盆中看来。
众 臣	(走近观看)啊,墨迹为何片片脱落?
武则天	嘿嘿——他将李将军平日所写书信、奏稿上的字,裁剪下来,拼贴这首梨花反词,加以裱糊,充作假证。郭弘霸,你说是也不是!
郭弘霸	陛下圣明,饶臣一死。
武三思	(狡猾地)胆大狗才,陷害朝廷大臣,理该问斩!
来俊臣	忘恩负义之徒,就该碎尸万段!
武则天	推下斩了!
	〔羽林军欲架郭弘霸。
郭弘霸	陛下饶命,微臣尚有话说呀!
狄仁杰	且慢,陛下,叫他把话说完,死而无怨。
武则天	讲!
郭弘霸	我讲,我讲,此事乃是宫娥韦团儿出谋划策,王爷亲自授意,中丞拉线帮腔!
武则天	(惊怒)韦团儿!
韦团儿	(颤抖)陛下,奴婢冤枉——啊——
李公公	陛下,奴婢亲眼看见,廷杖那日,武王爷拉住团儿,坐在陛下龙座之上,封她为贵妃。团儿口呼武三思为万岁。看来他们早有预谋。事关重大,奴婢不敢启奏,陛下恕罪!
郭弘霸	李公公所言属实。武王爷旨令:先杀李安静,后除狄国老,并将皇嗣父子牵连在内,谋夺东宫,以继皇位。
	〔武三思狼狈地求饶。
武则天	(气极地)啊!
	(唱)　耳听供词如雷震,
	眼冒金星汗涔涔。
	朕原想宵衣旰食勤发奋,

秦腔
梨花狱
LIHUAYU

259

却落个信谗疑忌，不聪不明的无道君！

羽林军！

武三思押天牢待朕亲审，

先斩这三奸佞祭奠忠魂！

郭弘霸 且慢。臣，罪不至死！陛下设龙匦，令天下人告密，并宣谕：诬告无罪，失实不问。今若杀我，自食其言，岂不失信于天下耶！

武则天 住口！

（唱） 朕一时失误欠审慎，

奸邪作弊丧人伦。

笑鼠辈枉把这机关算尽，

抱薪玩火自焚身！

今日里借尔首级消民愤，

呈笔砚来！

〔一宫女捧笔砚，另二宫女持素绢横幅呈与武则天。

〔武则天挥笔疾书。

武则天 "诬告者必反坐"。

（接唱）"诬告者必反坐"明法永存！

羽林军！将三名乱朝贼臣，推下斩首！

〔龙匦推向台前。

〔羽林军押郭弘霸、来俊臣、韦团儿跪于龙匦之前。

〔李公公高举武则天所书"诬告者必反坐"之横幅。

〔狄仁杰、李翠环与众廷臣皆作称颂之状。

——剧　终

演出单位

西安尚友社

西安三意社

三请樊梨花

王　方　王　肯　改编

范　角　移植

剧情简介

　　唐太宗时,西番侵犯边境。寒江关守将樊洪父子叛降,薛仁贵奉旨征剿不胜。九千岁程咬金前往劝归;其时樊洪病殁,樊虎去西番招赘。樊梨花深明大义,毅然献关归唐,并经程咬金撮合与薛丁山结为夫妻。

　　本剧通过献关归唐、洞房婚变、刀劈杨凡、三请梨花等情节,表现了樊梨花以国为重、顾全大局和不计私怨的爱国主义思想及其英勇善战、淑娴温静的巾帼英雄性格。

场　目

秦腔

三请樊梨花

SANQINGFANLIHUA

人 物 表

樊梨花

薛丁山

程咬金

薛仁贵

薛金莲

铁　珍

杨　凡

樊　虎

老　军

小　军

唐将、唐兵甲、卒、报子、番将、番兵、守关兵、女兵若干

第一场　出兵寒江

〔唐营,薛丁山、薛金莲全身披挂,威风凛凛上。

薛丁山　（念）　薛家将连战连胜,

薛金莲　（念）　寒江关两军鏖兵。

薛丁山　俺,大唐二路元帅薛丁山。

薛金莲　马前先行薛金莲。

薛丁山　贤妹请了,父帅升帐。

薛金莲　两厢伺候。

〔二将、四龙套、薛仁贵上。

薛仁贵　（念）　扫狼烟久战沙场,
　　　　　　　　抗西番兵临寒江。

薛丁山
薛金莲　参见父帅。

薛仁贵　站立两厢。

　　　　（念）　奉旨出征抗西番,
　　　　　　　　收复失地保河山。
　　　　　　　　大军所向敌丧胆,
　　　　　　　　雄兵列阵寒江关。

本帅薛仁贵,只因唐将樊洪,听信杨凡劝诱,投敌叛国,报效西番,侵我疆土。是俺奉命收复失地,百战百胜势如破竹。谁料寒江关难破难攻,寸步难行。九千岁前去劝说樊洪归唐,不知成败如何?

薛丁山　启禀父帅,何必与番贼多费唇舌,丁山愿讨一令,杀他个片甲不留!

薛仁贵　慢来!寒江关山高路险,倘若强攻难以取胜,但等九千岁回营再议。

265

〔内答:老千岁回营。

薛金莲　启禀父帅,老千岁回来了。

薛仁贵　有请。

　　　　〔小军扛板斧引程咬金上。

程咬金　（唱）　当年好汉程咬金,

　　　　　　　　一把板斧定乾坤。

　　　　　　　　作说客,

　　　　　　　　今日说得嘴皮困,

　　　　　　　　寒江关,

　　　　　　　　唾沫费了好几斤。

　　　　　　　　梨花姑娘明大义,

　　　　　　　　情愿献关喜煞人。（笑）

薛仁贵　老千岁!

程咬金　大元帅!

薛仁贵
程咬金（同笑）请!

薛丁山
薛金莲　参见老千岁!

程咬金　算啦! 算啦! 哈哈……

薛仁贵　老千岁,此番前往寒江劝说樊洪归唐,想必马到成功。

　　　　〔金莲端茶上。

薛金莲　老千岁请用茶。

程咬金　哎哟,一路上跑得我口干舌燥,这姑娘真有眼色,立即将茶送到。大元帅,咱们先润润嗓子,寒江关的事咱慢慢再聊!

薛丁山　千岁爷爷,有事你快说吧! 快把人急死啦!

程咬金　咦! 小娃娃你不要着忙,这话讲起来还真挺长。你爷爷此番前往寒江,打听得樊洪患病身亡;他儿子樊虎去见丑鬼杨凡,想当驸马他不在寒江。

薛丁山　此乃良机,就该杀进城去,夺取寒江。

程咬金　你爷爷本想夺取寒江,可有一人不让。

薛丁山　哪个大胆?

程咬金	一员大将!
薛丁山 薛金莲	一员大将?
程咬金	嘿嘿,这大将(酱)可比那咸盐厉害得多呀!
	(唱)　城内杀出一女将,
	善使一支梅花枪。
	若非爷爷宣花斧,
	千军万马不可当。
薛丁山	这……休长他人威风,灭了咱们志气!
程咬金	你还志气?你的武艺倒不错,我看也不是人家的对手!
薛金莲	老千岁,她叫什么名字?
程咬金	(唱)　樊梨花就是她名讳,
薛金莲	她是梨山学艺的樊梨花?
程咬金	对!对!对!　(笑)
	(唱)　才貌出众本领强。
	深明大义见识广,
	情愿献关归大唐。
薛仁贵	怎么,樊梨花情愿献关归唐?
程咬金	是啊!
薛丁山	那樊梨花有意归降,樊虎归来岂肯善罢甘休!
程咬金	趁樊虎不在,咱们生米做成熟饭,他回来也是干瞪眼。
	樊小姐还说了……
薛仁贵	她说什么?
程咬金	但等寒江关降下番旗,我大唐兵马即可进关。
薛仁贵	好。
程咬金	大元帅,还有一事。
薛仁贵	何事?
程咬金	那梨花姑娘久慕薛家英名,以我之见,她和咱丁山 ……(对仁贵耳语)
薛仁贵	(点头)噢,哈哈哈……
程咬金	那可真是郎才女貌,天作之合呀!
薛仁贵 程咬金	哈哈哈!

薛仁贵	老千岁,你真是有心之人啊。(笑)
	〔卒上。
卒	启禀元帅,寒江关降下番旗。
薛仁贵	传令下去,兵发寒江。
卒	得令。
薛丁山	且慢!父帅、老千岁,樊梨花乃是叛将之女,不可轻信,不如先遣一支人马,前去打探虚实。
程咬金	这娃娃多个心眼倒也使得。
薛仁贵	再探。
卒	得令。(下)
薛金莲	父帅,老千岁,金莲愿往。
薛丁山	慢着!万一有变,必动刀枪;女流之辈,站立一旁,待愚兄前往!
薛金莲	啊,哥哥,你小看马前先行,太不应当,我定要前往寒江!
薛丁山 薛金莲	我去,我去,我去!
薛仁贵	(威严地)嗯!
程咬金	不要吵嘛,大元帅自有主张。
	〔金莲示意咬金为她说情,意欲让她去。
程咬金	哦哦,(笑)大元帅!
薛仁贵	老千岁。
程咬金	以老夫之见 那就让(看看金莲,金莲暗拉咬金,咬金又看丁山,从金莲指向丁山)就让……丁山去吧!
薛仁贵	丁山听令!
薛丁山	在!
薛仁贵	带领前营人马,速去寒江。
薛丁山	得令!(笑瞥金莲下,金莲不乐)
程咬金	大元帅,丁山年轻好胜,老朽放心不下,不如让我带领金莲,阵前观战,见机行事,你意如何?
薛仁贵	就依老千岁。金莲听令!
薛金莲	在!

薛仁贵	带领后营人马,随同老千岁,观察动静,随时接应!
薛金莲	得令!
程咬金	小军,带马,前往阵前!
小　军	是。

〔仁贵率兵将送咬金、金莲,小军扛板斧引咬金、金莲下。

第二场　献关归唐

〔内唱:寒江关鼓乐响旌旗飘荡,

〔众女兵引樊梨花上。

樊梨花 （唱）　樊梨花,降落番旗,献关归唐,喜气满腔。

自幼儿饮过长江水,

点点滴滴恩情长。

想当初学艺梨山上,

苦读兵法练刀枪。

刀枪剑戟全学会,

善用八尺梅花枪。

恨父兄投靠番邦为降将,

我羞愧难当痛断肠。

关山茫茫把长安望,

日日夜夜思故乡。

喜今日失群孤雁回故土,

愿将这一腔鲜血洒遍疆场。

〔报子上。

报　子	大唐二路元帅薛丁山来到关前。
樊梨花	城门大开,摆队相迎。
报　子	得令!摆队,相迎。　（下）

〔丁山率众兵上,咬金、金莲随上。

樊梨花	樊梨花参见薛将军。（施礼）
薛丁山	樊小姐请起。
	〔梨花、丁山相遇，对视。静场。
薛金莲 铁　珍	老千岁，他们在干啥？
程咬金	（急拉金莲、铁珍）
	两军阵前，谁还顾得打岔！
樊梨花	（唱）　他年少英俊多矫健，
薛丁山	（唱）　她巾帼英雄貌不凡。
樊梨花	（唱）　当年宋玉今相见，
薛丁山	（唱）　月中嫦娥动心弦。
薛金莲 铁　珍	老千岁，他们这是何意？
程咬金	这就是郎才女貌，一见投缘！
樊梨花	（唱）　他将门之子令人爱，
薛丁山	（唱）　她献关归唐美名传。
樊梨花	（唱）　但盼得有情人早成亲眷，
程咬金	（唱）　这姻缘还得我做月老把红线牵，
	把红线来牵！（望望丁山，望望梨花）
	哈哈哈哈！嘻嘻嘻嘻！
樊梨花	请老千岁、薛将军进关。
薛丁山	请。
	〔报子急上。
报　子	报，樊虎杀近寒江！
樊梨花	再探。
报　子	啊！（下）
薛丁山	（一惊）老千岁，果然不出我的所料。哼，险些中了你的奸计，休走看剑。
樊梨花	事出意外，将军莫可多疑，待梨花前去劝说哥哥。
薛丁山	哼，且凭与你。众将官，就此大破番兵，夺取寒江。
众	啊！（咬金、丁山率兵下）
	〔梨花欲下，樊虎领番兵上。

樊　虎　　杀!

樊梨花　　哥哥休得鲁莽,且听妹妹对你言讲。

樊　虎　　住口!

　　　　　（唱）　大胆包天太狂妄,
　　　　　　　　　　竟敢把寒江关献大唐。

樊梨花　（唱）　通敌叛降负众望,
　　　　　　　　　　还盼兄长细思量。

樊　虎　（唱）　我招赘驸马为番将,

樊梨花　（唱）　黄袍加身更肮脏。

樊　虎　（唱）　信口雌黄欺兄长,

樊梨花　（唱）　认贼作父丑名扬。

樊　虎　（激怒）这……气死我也!

铁　珍　　哎——樊公子,你别生气,还有叫你高兴的事情呢!

樊　虎　　哦!

铁　珍　　程老千岁说……

樊　虎　　说些什么?

铁　珍　　他说我家小姐与薛丁山人才般配,武艺相当,他做红
　　　　　媒,配成一双。

樊　虎　　你待怎讲?

铁　珍　　老千岁给你找了个好妹夫,你快当大舅子啦!

樊　虎　　呀呀呀……呸!（踢铁珍下）
　　　　　（唱）　你背兄献关难容忍,
　　　　　　　　　　又与薛家暗联姻。
　　　　　　　　　　莫忘为兄早应允,
　　　　　　　　　　你与杨凡定下亲。

樊梨花　（唱）　献关归唐情理顺,
　　　　　　　　　　你何必跪拜番邦毁自身。
　　　　　　　　　　杨凡侵唐万民恨,
　　　　　　　　　　我怎能厚颜无耻嫁番人?

樊　虎　（唱）　只要我有一口气,
　　　　　　　　　　你休想登上薛家门。

秦腔
三请樊梨花
SANQINGFANLIHUA

我挥刀上阵把丁山斩,

看你如何去结亲。

嘿!(下。梨花追下)

〔丁山率兵与樊虎兵将相遇。

樊　虎　呔!来将通名!

薛丁山　大唐二路元帅薛丁山。你是何人?

樊　虎　你爷爷樊虎!

薛丁山　哇!叛贼!投靠西番,犯我疆土,至今执迷不悟,难道不知二路元帅银枪厉害?

樊　虎　呸!两军阵前,哪个与你拌嘴,休走看刀!

薛丁山　看枪!

〔两军厮杀,丁山与樊虎交锋,樊虎被挑下马来,丁山欲刺,被梨花架住。

樊　虎　啊——　(下)

樊梨花　将军息怒,梨花定然劝说哥哥归唐也就是了。

薛丁山　休得啰嗦,看枪!(丁山以枪刺向梨花)

樊梨花　(压住丁山枪头)将军当真要打?

薛丁山　当真。

樊梨花　果然要打?

薛丁山　果然。

樊梨花　如此将军请。

〔梨花与丁山战不数合,丁山被打落马下。梨花递过枪头,扶丁山站起。

樊梨花　将军请起。

薛丁山　马失前蹄,被你占了上风,我要与你再战!

樊梨花　这这……将军请上马。

〔丁山、梨花又战。樊虎领番兵复上,暗窥时机,向丁山射出一箭。

樊　虎　看箭!

樊梨花　(从空中抓住箭杆,扔在一旁)你——

樊　虎　呀呀呀呀——　(下)

樊梨花　　将军恕我失礼!（施礼）

薛金莲　　要不是梨花小姐抓住箭头,你的性命实实难保!,

程咬金　　哦,和啦和啦!樊小姐,方才之事,老夫我看得清清楚
　　　　　楚,明明白白,这就叫不打不成交呀!哈哈哈哈!

　　　　　〔铁珍上。

铁　珍　　启禀小姐,樊公子找杨凡搬兵去了。

樊梨花　　哥哥呀哥哥,你若无情,休怪小妹无义。老千岁,薛
　　　　　将军速请进关。

薛丁山　　（迟疑）这——

程咬金　　这,那么个好媳妇你在哪儿找去,快传令进关。

薛丁山　　小军,传令进关。

小　军　　是。

第三场　杨凡出兵

　　　　　〔八番兵引杨凡上。

杨　凡　　（念）纵横沙场保边关,

　　　　　　　　赫赫威名震中原。

　　　　　　　　大唐江山归我有,

　　　　　　　　永守番邦稳江山。

　　　　　俺,杨凡,奉了番主旨意,开拓疆土,屡建功勋。是那
　　　　　寒江关守将樊洪,与他儿樊虎叛唐,投靠与俺,又将
　　　　　他女儿樊梨花与俺作了夫人。啊哈哈哈哈!

番　兵　　祝贺大将军,恭喜大将军。大将军,那樊……

杨　凡　　嗯——

番　兵　　大将军,小人有言奉上。

杨　凡　　讲。

番　兵　　如今樊洪老儿得病身亡,樊梨花学艺回到了寒江,有

道是夜长梦多,你要与她婚配,还要早作主张。

杨　凡　奴才有所不知,那樊虎心想招赘驸马,我已命他镇守寒江,先将梨花送来,喜车一到,便好完婚。

番　兵　大将军,咱们番主怎能把公主许给樊虎呢?

杨　凡　那是番主的巧计。想那樊虎也不过鼠犬之辈,岂能得配公主。

番　兵　咳,真是癞蛤蟆想吃天鹅肉!

杨　凡　奴才莫要声张,先要稳住樊虎,但等梨花到了我手,那就……嘿嘿!

番　兵　大将军高见。

杨　凡　啊,哈哈哈哈!

（唱）　梨花美貌难描画。

月里嫦娥不如她,

休看俺杨凡生得丑,

再丑我也要娶这一枝花。

内喜车到!

番　兵　启禀大将军,喜车到!

杨　凡　击鼓作乐,迎接新夫人!

番　兵　是。下面听着,乐手们吹吹打打,侍女们捧酒端茶,迎接新夫人。

〔乐鼓声起,二侍女端果盘酒盘,忸忸怩怩过场。樊虎上。

杨　凡　新夫人在哪里?新夫人……梨花在哪里?

樊　虎　小妹未曾前来。

杨　凡　（惊异）却是为何?

樊　虎　她、她、她已许配薛丁山!

杨　凡　啊,你待怎讲?

樊　虎　小妹梨花,与大唐二路元帅薛丁山相配,即刻就要拜堂成亲了!

杨　凡　啊,一女二嫁,反复无常,这这这气死我也!

樊　虎　大将军! 并非是我反复无常,此乃小妹所为。

杨　凡	梨花现在哪里?	
樊　虎	她已献关归唐,我杀她不过,只得逃回搬兵!	
杨　凡	啊! 寒江关已落唐将之手?	
樊　虎	哎呀,大将军呐!	

樊　虎　（唱）　我奉命返回寒江关,
　　　　　　　　梨花正迎薛丁山。
　　　　　　　　樊虎奋力拼死战,
　　　　　　　　怎奈人少势力单。
　　　　　　　　我暗窥时机放毒箭,

杨　凡　射死没有?

樊　虎　哎!

　　　　（唱）　梨花她接到手里边。
　　　　　　　　当场兄妹把脸翻,
　　　　　　　　杀她不过逃回还。

杨　凡　无用的奴才!

　　　　（念）　梨花要嫁薛丁山,
　　　　　　　　我赔了夫人又丢关,
　　　　　　　　损兵折将丢尽了脸,
　　　　　　　　气得我七窍冒青烟。
　　　　　　　　寒江关已落唐将手,
　　　　　　　　难保要塞青龙山。
　　　　　　　　留你个奴才有何用,

樊　虎　（大惊)啊——

杨　凡　（唱）　一剑送你归西天!（刺樊虎）

樊　虎　（惨叫)啊——（倒地）

杨　凡　众番兵!

众　　啊。

杨　凡　发兵寒江关。

众　　啊。

秦腔
三请樊梨花
SANQINGFANLIHUA

275

第四场　洞房婚变

〔洞房,红灯高挂。

〔金莲忙着收拾洞房,她卷起窗帘,挂好彩幛,收拾后欲出洞房,不放心,复入室仔细端详。她望着花烛彩幛,喜添心头。

薛金莲　好啊!

（唱）　红灯高悬洞房亮,

　　　　绸罗彩幛挂满墙。

　　　　军营暂当鸳鸯帐,

　　　　阵阵乐奏风送香。

　　　　金盔银甲挂一旁,

　　　　满目军营喜洋洋。

　　　　三军狂欢贺新郎,

　　　　迎嫂嫂金莲着红装。

洞房收拾完毕,有请老千岁。

〔程咬金上。

程咬金　　结良缘老夫做月老,

　　　　　办喜事忙得前后跑。

金莲,洞房收拾得怎么样?

薛金莲　老千岁,请看。

程咬金　金莲啊,这事可不能马虎。自从梨花献了寒江,我军西进,赶走番邦。圣上大喜,加封梨花为寒江关节度使,并命老夫为媒,让梨花小姐与你哥哥随军完婚。你可要好好收拾一番!

薛金莲　老千岁,你看怎么样?

程咬金　（笑出声来）好！金莲哪，再给你个好差事。

薛金莲　请老千岁安排。

程咬金　你哥哥娶媳妇，你多劳累一点，等将来你出嫁的时候，你嫂嫂也好多帮忙！

薛金莲　（羞）哎呀，老千岁，你……到底是什么差事呀？

程咬金　我要你当个喜娘。

薛金莲　喜娘？老千岁，还是你当嘛！

程咬金　嘻！这姑娘说话全不在行，我这耳聋眼花的老汉，怎能当个喜娘！

薛金莲　怎么当呀？，

程咬金　就是要你陪伴嫂嫂！

薛金莲　这个我会。

程咬金　我知道你聪明伶俐，样样会做！

薛金莲　老千岁，你……

程咬金　哈哈哈哈！

　　　　〔小军上。

小　军　老千岁，新娘子到！

程咬金　传令下去，二路元帅花烛之喜，全营官兵，乐乐呵呵，好肉管吃，好酒管喝，会唱戏的尽管唱，会说笑的尽管说。就是新娘子不能随便逗，谁要逗，找我先说。哈哈哈！

小　军　得令。（欲下）

程咬金　慢着，慢着。一听说喝酒吃肉，你就抢着蹦着往前凑。快快吩咐，奏乐。

小　军　是。奏乐，奏乐啦！

　　　　（两手比作吹喇叭，摇头晃脑地下。乐起）

薛金莲　老千岁，我……

程咬金　快去陪你嫂子！

薛金莲　知道了，陪伴嫂嫂去了。

　　　　〔金莲高兴地舞着手帕跑下，咬金随下。

　　　　〔内喊：拜天地！拜高堂！夫妻交拜！送入洞房！

〔女兵捧烛上,丁山在前挽喜绸,金莲、铁珍扶梨花上。咬金喜气洋洋随上。

〔乐声中,金莲斟酒,铁珍接过,传给丁山,叫丁山传给梨花,丁山不传。金莲欲揭盖头,铁珍不让,叫丁山揭,丁山不揭。

程咬金　丁山,你过来!

薛丁山　老千岁,有何吩咐?

程咬金　把喜酒给梨花送过去!

薛丁山　这……

程咬金　拜了天地,便是夫妻,还有什么难为情的,快去!

薛金莲　老千岁,哥哥怕什么难为情,我看那是怕嫂嫂……(比划落马之事)

程咬金　嗯!(阻止)

薛金莲　(改口)噢、噢!怕嫂子难为情呀!哥哥,给!(递酒)

〔薛丁山一饮而尽。

程咬金　哎,这娃简直不开一点窍!(出门)金莲,金莲!

〔金莲没有听见,依然站在室内。

程咬金　(嘘口哨)嘘——嘘——

〔金莲闻声而出。

程咬金　你还站在那儿干啥?

薛金莲　不是让我陪嫂嫂吗?

程咬金　哎!你嫂子如今有你哥哥陪伴了,你站在那里碍手碍脚,人家连酒都不肯让。

薛金莲　那老千岁你呢?

程咬金　咱俩都用不着了。

薛金莲　好哇!

　　　　(念)　新人送进洞房,
　　　　　　　　月老扔在一旁。

程咬金　(念)　饮罢交杯之酒,
　　　　　　　　不要你这喜娘。

　　　　哈哈哈!(拉金莲下)

278

〔丁山望着梨花,起二更。

薛丁山　呀!

（唱）　皓月银辉映星斗,

　　　二更传来弹丝竹。

　　　洞房花烛明如昼,

　　　望见梨花喜又羞。

　　　喜的是,小姐才貌世少有,

　　　羞的是,阵前落马把丑丢。

　　　话到嘴边难出口,

　　　今夜看她怎应酬。

〔小军、老军醉醺醺上。

老　军　伙计,我问你新娘子的武艺?

小　军　噢!新娘子的美丽呀? 貌似天仙,美不能比,美极了!
　　　美极了!

老　军　我说是新娘子的武艺?

小　军　新子的脾气,那……那可不知道!不知道!

老　军　你喝醉了吧?

小　军　没醉!没醉!你才醉了!

老　军　我说新娘子的武艺?

小　军　新娘子的武艺,十分高强。那天我随老千岁观阵,新
　　　娘子放开马头,挑了一枪,俺那二路元帅有点心慌,
　　　就这么仰面朝天,咣当,掉下马来,小脸丢光,不是新
　　　娘子的对手。

老　军　哦,这是真的?

小　军　真的。只见新娘子下得马来,就这么轻轻地一扶。(学
　　　女声)小将军恕我无理了,啊,哈哈哈哈。

老　军　啊哈哈哈哈。她哥投杨凡,她嫁薛丁山。

小　军　一家分两半,脚踩两只船。

〔小军、老军摇摇晃晃地下。

薛丁山　（唱）　军中兵士多议论,

　　　　嘲笑我堂堂正正小将军。

一笑我阵前落了马，
又笑我与叛将之女配成婚。
这个说鸾凤和鸣心相印，
那个说脚踩两船难定心。
想那日樊虎马前命将殒，
她压住银枪放贼人。
她家父兄投敌寇，
樊梨花归唐岂能是真心。
今夜与我相结伴，
到底是假还是真?
左思右想心不稳，
倒叫我大喜之日闷沉沉。

（默坐一旁，起三更）

樊梨花　（掀开盖头）呀!

　　　　（唱）　三更鼓响喜开怀，
洞房春暖烛花开。
望见郎君心倾爱，
他因何闷坐头不抬?
莫非他，军有疑难无法解?
莫非他，三军将士和不来?
莫非他，久战边关思乡寨?
莫非他，嫌我梨花少人才?
思前想后明白了，
想必是阵前落马犯疑猜。
有心向前赔一礼，
羞羞答答口难开。
蒙上盖头耐心待，
新婚夜看他怎安排。

（归坐，蒙上盖头，起四更）将军，将军!

薛丁山　啊，小姐!（揭去盖头）

樊梨花　今日洞房花烛，将军为何闷闷不乐?

薛丁山	这……哎!
樊梨花	莫非为了阵前落马之事,梨花与你赔礼了。
薛丁山	胜败乃兵家常事,不必再提。(默然坐下,拿起书看)
樊梨花	将军,鼓打四更,夜深人静,还看的什么书呀?
薛丁山	身为将帅,无非兵书罢了!
樊梨花	(从丁山手中取下书)将军啊!

（唱） 我与你缔结良缘心欢喜,
　　　从今后谈兵论战永不离。
　　　并肩驰骋保疆土,
　　　武艺不精难杀敌。
　　　我随名师学武艺,
　　　十八般武艺都熟悉。
　　　将军如若不嫌弃,
　　　日后我原原本本、一招一式传给你。
　　　新婚良辰乐无比,
　　　何必苦读太着急。

薛丁山 （唱） 她口口声声带傲气,
　　　假意对我笑嘻嘻。
　　　说什么名师传武艺,
　　　分明是自命不凡把我欺。
　　　二路元帅岂容你,
　　　我武艺超群也不低。
　　　待我狠狠回几句,
　　　一腔怒火难平息。

樊梨花	将军,我与你说话,为何带搭不理?
薛丁山	哼!
樊梨花	你说啊!
薛丁山	休得啰嗦。
樊梨花	少见你这等怪人!
薛丁山	啊!你说什么?
樊梨花	少见你这等怪人!

秦腔

三请樊梨花

SANQINGFANLIHUA

薛丁山　爹娘生就的脾气,你看不顺眼,你就走开!

樊梨花　啊! 有道是夫妻夫妻,相待以礼,大喜之日,你无故
　　　　耍的什么脾气?

薛丁山　非是我要耍脾气,你不该傲言把人欺!

樊梨花　将军,你……你无缘取闹,也太无理!

薛丁山　啊!你大胆,竟敢与我这样无理,嘿嘿,真是缺少家
　　　　教!

樊梨花　你说什么?

薛丁山　叛将之女,缺少家教!

樊梨花　啊!

　　　　(唱) 恶言刺得心头痛,
　　　　　　　顿教梨花愤填胸。
　　　　　　　我父兄有错已丧命,
　　　　　　　樊梨花光明磊落归唐营。
　　　　　　　你不该无端欺负我,
　　　　　　　哪有夫妻半点情!

　　　　薛丁山!

薛丁山　啊!

樊梨花　(接唱)男子汉数你最薄倖,

薛丁山　樊梨花!
　　　　(接唱)女流辈数你不贤无德行。

樊梨花　啊,我无德不贤,难道是我逼你成亲不成!

薛丁山　嘿嘿,虽非相逼,也非相请!

樊梨花　你说什么?

　　　　〔铁珍、金莲闻声上。

薛丁山　是你自己骑马送上门来的!

樊梨花　啊!

　　　　(唱) 几句话顶得我浑身颤,
　　　　　　　哪有此等无义男?
　　　　　　　巾帼英雄受下看,
　　　　　　　含泪回转寒江关。

铁珍,回转寒江!

铁　珍　是。

〔梨花、铁珍气忿忿下。

薛金莲　嫂嫂!(欲追,但梨花已经远去。回头望着丁山,气怒
　　　　难忍)你!

　　(唱)　梨花嫂嫂女中将,
　　　　　勇冠三军世无双。
　　　　　淑贤温静人敬仰,
　　　　　你不该骄傲自大把她伤。
　　　　　阵前落马、怨你武艺拙劣成败将,
　　　　　错怨嫂嫂把你感情伤。
　　　　　她怒回寒江难猜想,
　　　　　倘有兵变谁敢当?

〔咬金、仁贵带二将上。

程咬金　梨花! 梨花哪里去了?

薛金莲　被他气走了!

薛仁贵　去向哪里?

薛丁山　回转寒江去了!

程咬金　这还了得,你……

薛仁贵　奴才! (打丁山一记耳光)

程咬金　还不快去,把她追回来!

薛丁山　愿来就来,愿走就走。

程咬金　你……你……金莲快去!

薛金莲　是。　(下)

薛仁贵　嘟,大胆奴才,竟敢在老千岁面前这样放肆。

程咬金　来人哪!

二　将　在。

程咬金　革了他的官职。

二　将　是。(卸了丁山纱帽)

〔报子上。

报　子　报——杨凡兵犯青龙山。

283

薛仁贵　再探。

报　子　是。（下）

薛仁贵　老千岁，青龙山乃是咽喉要道，杨凡发兵到此，非但阻挡我军西进，还要危及寒江。

程咬金　是呀！青龙山一带，我军地势不熟啊！这……除非樊梨花亲率将士出征，否则定难取胜。

薛仁贵　是啊！

〔金莲上。

薛金莲　父帅、老千岁，嫂子她不回来！

程咬金　这……

薛仁贵　老千岁，这便如何是好？

程咬金　大元帅，小两口洞房已闹翻，请梨花还得薛丁山，不去也得叫他去，夫妻并肩破杨凡。

薛仁贵　就依老千岁。

程咬金　哎，这个小伙真少有，有个媳妇就气走，害得我也没喝好这喜酒。

第五场　一请梨花

〔丁山上。

薛丁山　（唱）　月移斗转夜风寒，
　　　　　　　　远望寒江心情烦。
　　　　　　　　洞房花烛她傲慢，
　　　　　　　　过错怎让我承担？
　　　　　　　　金莲妹妹也埋怨，
　　　　　　　　父帅动怒不敢言。
　　　　　　　　九千岁不容把理辩，
　　　　　　　　一怒革掉我的官。

军情紧急请梨花,

不去也难去也难。

不去父命难违犯,

去见梨花怎开言?

边关古道马蹄慢,

心烦意乱去关前。　（下）

〔二幕启。寒江关前,夜色茫茫。

〔八女兵背荷钢刀,英姿飒爽上。

樊梨花　（内唱)夜茫茫西风紧号角交响,

〔铁珍与一女兵持灯笼引梨花上。

樊梨花　（唱）　踏月光巡边关紧握刀枪。

恨杨凡兴兵太狂妄,

侵我边城犯大唐。

霜打铁甲冷,

冷月照寒江。

月色朦胧向西望,

喜恨交加满胸膛。

梦里常把将军想,

多情女偏逢薄倖郎。

也怨我花烛之夜欠忍让,

他不该待我如冰霜。

你不看梨花念千岁,

有意逞强不应当。

又想起西进军情心惆怅,

番邦屡次动刀枪。

元帅督师边疆往,

我不能报效国家更心伤。

夜鸟飞动心也惊,

风摇树影念薛郎。

薄情郎何时心回意转同随唱,

并肩疆场,安邦治国,万里风云一扫光。

铁　珍	禀姑娘,西门已经查过!
樊梨花	传守关兵!
铁　珍	传守关兵!
	〔守关兵上。
守关兵	来了!
	（念）　来了寒江守关兵,
	我眼不花来耳不聋。
	姑娘人前常夸我,
	好人坏人分得清。
	叩见姑娘。
樊梨花	如今两国交兵,关塞要地,务须严加防备,不到五更不开关,日落黄昏紧闭门!
守关兵	来往行人勤盘问,坏人休想充好人。
樊梨花	如此甚好!(对铁珍)转向东门!
铁　珍	转向东门!
众女兵	是!
	〔众女兵、铁珍、梨花下。
守关兵	紧离关门不给开,坏人休想混进来!　　（下）
	〔丁山上。
薛丁山	（念）　马到关前夜过半,
	隔道关门隔道山。
	开关! 开关!
	〔内喊:城下为何吵吵嚷嚷?
兵	有人叫关。
	〔守关兵上。
守关兵	咱们看看去。咳,三更夜半,你在这儿嚷什么?
薛丁山	速速开门,放我进去。
守关兵	嘿,你算哪一路诸侯,架子倒不小。时辰已过,明天一早来吧!
薛丁山	哎呀,糟糕!
守关兵	尚早? 不早,已经三更时分了。

薛丁山	你可知我是何人？
守关兵	天王老子也不行。
薛丁山	我是唐营来的。
守关兵	汉营来的也不行！
薛丁山	我是薛——
守关兵	哦！薛——你是薛什么？
薛丁山	慢着，本应报上姓名，只是堂堂二路元帅，未带一兵一卒，狼狈到此，岂不被他取笑。
守关兵	快说，到底你是谁？
薛丁山	我是薛丁山派来请樊小姐的。
守关兵	哦——薛丁山派来的？
薛丁山	正是。
守关兵	嘿嘿，不提薛丁山倒还罢了。
薛丁山	提起呢？
守关兵	叫我好恼。
薛丁山	你恼什么？
守关兵	他是狗咬吕洞宾，不知好人心。我家姑娘一片忠心归了唐朝，皇帝老子也夸她是有功之臣。可那薛丁山，不知好歹的东西，洞房花烛就把我家樊姑娘赶回寒江，你说可恼不可恼，可气不可气？薛丁山哪薛丁山，有朝一日碰到我的手里，不要你的小命，也要骂你个半死。
薛丁山	好了，好了！
守关兵	薛丁山哪，薛丁山，我家姑娘有哪点不好，你这个不识抬举的小畜牲……
薛丁山	好了，好了！
守关兵	你这个有眼无珠，四六不懂，不识好人，不辨西东——
薛丁山	好了，好了，不要骂了，骂够了。
守关兵	骂够了！谁说骂够了？咳，我给你说，我这才刚刚开了个头，还有好些没有骂呢。
薛丁山	哎，如今我不是前来相请了吗？

守关兵　你，你来相请姑娘，你算老几？你算哪路英雄好汉！

薛丁山　我就是薛丁山——

守关兵　啥！你就是薛丁山？

薛丁山　派来请樊小姐的。

守关兵　呸，你开口薛丁山，闭口薛丁山，想拿薛丁山压我不成？

薛丁山　休要啰嗦，让我进关。

守关兵　你吞吞吐吐，支支吾吾，不是奸细，必是歹徒！

薛丁山　休要胡说。

守关兵　拿来！

薛丁山　什么？

守关兵　唐营的令箭？

薛丁山　这——无有！

守关兵　文凭！

薛丁山　这——也无有！

守关兵　哈哈，一无令箭，二无文凭，你来请的什么樊小姐。我看你是上粮食集没有拿口袋！

薛丁山　怎么讲？

守关兵　起了不量（良）之心了！

薛丁山　你跟我去见樊小姐就明白了。

守关兵　呸，好大的口气。薛丁山帐下兵马数万，我家姑娘在唐营连一夜都不曾过，她怎知你是何人？快快与我走开！

薛丁山　速速闪开，放我进关！

守关兵　呔，速速走开，赶快离关，否则给你个强行过关，无理取闹，关你十天半月，叫你知道寒江关的军法厉害。

薛丁山　哎！也罢！

　　　　（念）不避山高路迢迢，
　　　　　　　谁知往返竟徒劳。
　　　　　　　守兵拒身寒江外，
　　　　　　　勒马回营把令交。　（下）

　　　　〔小军上。

小　军	开关,开关,快开关!
守关兵	我给你讲得清清楚楚,要请樊小姐,薛丁山亲自前来,跪拜寒江!
小　军	我说你这个老东西!
守关兵	什么老东西,还敢口出不逊,还敢……(小军下) 〔女兵、铁珍、梨花急上。
守关兵	叩见姑娘!
樊梨花	深更夜半,因何喧嚷。
守关兵	小的早就闭关瞭哨,谁知来了个后生,大喊大叫,脚踢关门,不讲礼貌,胡搅蛮缠,无礼取闹,好容易把他轰走,奔向唐营去了。
樊梨花	哦!
铁　珍	他是哪里来的?
樊梨花	(暗喜)唐营来的! 可曾问过他的姓名?
守关兵	问过。一会说是薛丁山——
樊梨花	哦!
守关兵	派来的,一会儿又说他是薛丁山。我看他装疯卖傻,糊里糊涂,东拉西扯,吞吞吐吐。我看他傲里傲气,不管三七二十一,骂他一顿,才出了半口气。
铁　珍	你看他长的什么模样?
守关兵	这——

(念)　高高的个儿,圆圆的脸,
　　　黑黑的眉毛,亮亮的眼。
　　　光光的下巴正年轻,
　　　说话气粗口气满。
　　　他说和姑娘见过面,
　　　又说不知是在哪一天。
　　　模样长得英俊又矫健,
　　　就是那脾气太怪诞,太怪诞!

| 樊梨花 | 哦,莫非是他? |
| 铁　珍 | 小姐,是他是他,一点不差! |

289

樊梨花	你可问他来此何事？
守关兵	说是来请姑娘！
樊梨花	这就对了。铁珍！
铁　珍	在！
樊梨花	连夜去往唐营！
众女兵	是。（整军欲行，圆场）
樊梨花	慢着。他若果真前来请我，为什么却又独立转回。我去唐营，岂不又要被他羞辱一番。铁珍回府！
铁　珍	回府！
众女兵	是。

〔众女兵、铁珍随梨花下。

第六场　二请梨花

〔薛金莲上。

薛金莲	（唱）　父帅出兵青龙山，
	哥哥寒江把兵搬。
	但愿请回梨花嫂，
	齐心协力破西番。

〔报子上。

报　子	大元帅被困青龙山！
薛金莲	再探！
报　子	啊！（下）
薛金莲	有请老千岁！

〔程咬金上。

程咬金	何事惊慌？
薛金莲	父帅被困青龙山！
程咬金	丁山回来没有？

薛金莲　还没回来。

程咬金　这……

　　　　〔报子上。

报　子　大元帅陷入重围，进退两难。

程咬金　再探。（报子应声下）

薛金莲　老千岁，就命我哥哥立即出兵，解救父帅去吧！

程咬金　不行哪！那杨凡杀法骁勇，丁山出征，难以获胜，只有樊梨花才能制服杨凡！这……

　　　　〔丁山、小军上。

薛丁山　走！（与咬金相碰）

程咬金　哎呀，哪个狗才瞎了眼睛，胡闯乱碰！

薛丁山　啊，老千岁！

程咬金　丁山哪，梨花请来没有？

薛丁山　未曾请来。

程咬金　哦！分明未去寒江，竟敢向我撒谎！

薛丁山　老千岁，冤枉啊！

程咬金　既然去过寒江，为何空跑一场？

小　军　老千岁，他真的去过了。

程咬金　那为什么没有请来梨花姑娘？

小　军　那关门紧闭，守关兵说，要请樊小姐，除非二路元帅，磕着头，爬着来！

程咬金　哦！说了半天没有见到樊小姐？

小　军　是的。

程咬金　哎，年轻人嘴上没毛，办事不牢。丁山哪，你与我再去寒江！

薛丁山　我宁愿军牢受苦，这寒江我再也不去了。

薛金莲　哥哥，快去吧，父帅被困青龙山，请不来嫂嫂，生死存亡……

薛丁山　啊！待我杀上前去，拼死一战！

程咬金　哼，凭你单枪匹马，只怕无济于事。金莲，速取令箭、文房四宝侍候！

薛金莲　是。（金莲端笔砚，咬金疾书）

程咬金　丁山过来，给你令箭一支，带我书信一封，命你速去寒江，再请樊小姐！

薛丁山　这……

程咬金　军令如山，倘若不遵，军法问罪！

薛金莲　哥哥，还不快去！

〔咬金、金莲下。

薛丁山　哎！

（唱）　一支令箭调军令，

　　　　千岁手书催急行。

　　　　青龙山敌围千万重，

　　　　二次寒江去搬兵。　（下）

〔二幕启。节度使厅堂。梨花捧兵书上。

樊梨花　（唱）　昨夜里小将军被拒关外，

　　　　既请我又回转颇费疑猜。

　　　　常言说痴情女子情如海，

　　　　夜听更漏盼他来。

　　　　不愿见他偏又爱，

　　　　不愿想他丢不开。

　　　　他孤身单骑回营寨，

　　　　风寒霜冷如何挨？

　　　　无限深情将郎待，

　　　　展读兵书散心怀。

〔铁珍上。

铁　珍　（念）　丁山来寒江，

　　　　报禀樊姑娘。

（进门）小姐，小姐，小——姐，你又想他了？（夺书）

樊梨花　薄情之人，想他何益。我是在骂他！（夺书）

铁　珍　当真？

樊梨花　是啊！

铁　珍　那你骂吧！骂呀！骂呀……

〔梨花骂不出口,铁珍笑。

铁　珍　人常说,打着亲,骂着爱,你心里还在爱他哩!

樊梨花　住嘴!(书放桌上)

铁　珍　住嘴?我给小姐说,你天天盼、夜夜想的薛丁山……他来了!

樊梨花　休要胡说!

铁　珍　是真的呀,小姐!

樊梨花　真的?

铁　珍　现在府门外等着哩!

樊梨花　(惊喜)啊,这……

　　　　(唱)　忽听来了薄情郎,

　　　　　　　顿叫梨花心发慌。

　　　　　　　盼他来时他来到,

　　　　　　　又喜又怨无主张。

　　　　　　　问他前来有何事,

铁　珍　(唱)　登门谢罪请姑娘。

樊梨花　告诉他,小姐不见。

铁　珍　不见?那我就给人家说去!(欲出)你平日那么想他,他登门相请,怎么又不见他?我给人家说去!

樊梨花　你回来!(铁珍暗笑)

　　　　他此番前来是否出于真心?

铁　珍　这……我倒有个主张。

樊梨花　说来我听。

铁　珍　小姐暂躲后堂,我来替你接见,试他来意如何。

樊梨花　倘若没有诚意?

铁　珍　叫他回去,免得再惹姑娘生气。

樊梨花　若有诚意?

铁　珍　争个体面,姑娘出来和他相见。

樊梨花　就依你意。

铁　珍　姑娘请到后堂。(梨花下)

　　　　众女兵,击鼓升帐!　　(下)

〔女兵上，分站两旁。铁珍着戎装上，众女兵惊。

铁　珍　（念）　喝令升帐鼓声急，

　　　　　　　　须知女儿不可欺。

　　　　　　　　威严赛过男子汉，

　　　　　　　　闺阁红装也难敌。

　　　　　争的怕愣的，愣的怕不要命的。升帐！传薛丁山报
　　　　　门而进！（拍醒木）

　　　〔薛丁山上。

薛丁山　（念）　令箭书信拿在手，

　　　　　　　　这回不去也得走。

女兵甲　薛丁山报门而进！

铁　珍　嘟，下站何人？

薛丁山　大唐二路元帅！

铁　珍　我问你叫什么名字？

薛丁山　（发觉）哇！小丫头大胆放肆，快快叫你家小姐出来！

铁　珍　哟，你——好大的口气。我家小姐军务繁忙，有事对
　　　　　我言讲！

薛丁山　转告樊梨花速去唐营！

铁　珍　（跳坐椅背）这是谁的主意？

薛丁山　老千岁！

铁　珍　那么你呢？

薛丁山　我……我是传达军令的！

铁　珍　哦，难道唐营没人啦？

薛丁山　此话怎讲？

铁　珍　我是说一个叛将之女，就劳累你二路元帅亲自送将
　　　　　令，不是有失你的尊严吗？（站在椅子上）

薛丁山　你你你休得啰嗦，快去转告你家小姐出来！

铁　珍　哇！这是寒江关，没有在唐营，你放规矩点！

薛丁山　哼！

铁　珍　我家小姐要是前去？

薛丁山　我便回营交令。

铁　珍　要是不去呢?

薛丁山　你来看!(示令箭,铁珍跳下椅子)

铁　珍　军令。

薛丁山　军令如山,违抗者斩。

铁　珍　(跳上桌子,坐)你旧性未改,假借军令,到此耀武扬威。

薛丁山　你你休得胡言!

铁　珍　薛丁山!(在桌子上更换姿态)你可知道这是什么地方?

薛丁山　嘿——小小寒江节度使官府,你待我何?(走近桌子,推铁珍下)

铁　珍　哼哼,堂堂官府,岂容你胡作非为!来呀!(跳坐桌边)

女　兵　有!

铁　珍　缴了他的令箭,轰了出去!(众女兵逼丁山出门)

薛丁山　哼!(生气而下)

铁　珍　(挥手,众女兵下)有请小姐!

　　　　〔樊梨花上。

樊梨花　丁山哪里去了?

铁　珍　走了!

樊梨花　走了?

铁　珍　他哪是诚心来请姑娘的,分明借着军令,以势压人,惹得我火了,把他轰走了!

樊梨花　(不安地)你……令箭拿来我看!

铁　珍　是。(送上令箭)

樊梨花　还有书信一封。(看信)
　　　　"杨凡侵犯边关,军情紧急;薛元帅被困青龙山,危在旦夕。"老千岁,命我速速出兵! 丁山哪丁山,你险些误了大事。铁珍听令!

铁　珍　在!

樊梨花　(把令旗扔给铁珍)速速下令,兵发青龙山!

铁　珍　得令!(旋转令旗)

（同下）

第七场　刀劈杨凡

〔青龙山前。

〔唐兵与番兵对阵，樊梨花率人马杀出。

杨　凡　杀！

樊梨花　咄，马前来的，可是杨凡？

杨　凡　樊梨花，背信弃义。俺杨凡与你势不两立，何不下马与俺成亲，哇呀呀呀呀……

樊梨花　无耻之徒，信口胡言，休走看刀！

杨　凡　杀！

〔两军开打。两唐兵与两番兵以刀相杀。四女兵持矛与四名持盾执刀番兵格斗。一唐兵用矛与一番兵执刀对打。两女番兵持锤而来，与铁珍对打，铁珍巧妙对敌，致使彼此相击，负伤而退，又与四番兵厮杀，缴掉番兵长矛。梨花用长刀战两番兵长棍，番兵落荒而逃，狼狈不堪。梨花与杨凡战，不数合，刀劈杨凡。

铁　珍　启禀小姐，番兵大败而逃。大元帅领兵追杀残敌去了！

樊梨花　速速回转寒江！（上马欲下）

铁　珍　回转寒江。

程咬金　（内喊）樊小姐慢走！

〔程咬金与金莲上。

程咬金　樊小姐留步！

樊梨花　节度使樊梨花出兵来迟，请老千岁恕罪！（跪拜）

程咬金　樊小姐，快快请起！

薛金莲　嫂嫂快快随我回营去吧！小妹天天都在想念你哪！

樊梨花　这——多谢妹妹好意，梨花驻守寒江，不便远离。铁

	珍带马!（下）
薛金莲	（欲追）嫂嫂!
铁　珍	我家小姐不贤无德,缺少家教,不配做你薛家之人!
薛金莲	哎!我哥哥两次去寒江请罪,不是已经认错了吗?
铁　珍	哼,他两次去到寒江,虚情假意,耀武扬威,连小姐的面都没有见到,没有改错的一点样儿!
	〔一女兵上,暗示铁珍不要与金莲多讲话,金莲与女兵下。
程咬金	啊,这个奴才,竟敢对樊小姐如此无理! 这……
内	大元帅到!
	〔薛仁贵上。
薛仁贵	老千岁,寒江人马,大破番兵,为何不见梨花?
程咬金	她又回寒江去了。
薛仁贵	这是为何?
程咬金	咳!丁山去了两次,连樊小姐的面也没见着,更谈不上什么认错,如今人家还生气着哩!
薛仁贵	哦! 大胆的奴才!
内	小将军回营!
	〔薛丁山内:走。
薛丁山	（念）　两请梨花未见面,
	破敌还得薛丁山。
	参见父帅!
薛仁贵	奴才,寒江搬兵,情况如何?
薛丁山	樊梨花不肯前来,待儿上阵拼杀……
薛仁贵	住口!梨花人马未到,难道是你刀劈杨凡不成?
薛丁山	啊!她已经来过了?
薛金莲	哥哥,父帅问你,你问谁呀?
薛丁山	这……
薛仁贵	两次违抗军令,险些误了大事。来,与我绑了!
薛金莲	（向咬金求情）老千岁!
程咬金	咳,大元帅,让我再来教训他一番。
薛仁贵	就依老千岁。

程咬金　请到后面。（仁贵下）呔？你个不懂事的奴才，老千岁保你做了二路元帅，谁知你不晓轻重利害，专耍个人威风，两次前往寒江，没有半点赤诚。不向梨花认错，盛气凌人，不改你的毛病。梨花深明大义，不计个人恩怨，对国家一片忠贞；刀劈了杨凡，又建立了奇功。你说她哪一点不胜你，谁敢说她没有德行。
（生气）
（唱）　我命你请梨花不为别样，
　　　　请的是巾帼将社稷栋梁。
　　　　也不是为你妇随夫唱，
　　　　为的是破强敌保卫边疆。
　　　　国家安危你不想，
　　　　一意孤行罪难当。
　　　　利害祸福细思想，
　　　　军法怎能容儿郎！

薛金莲　老千岁，别生气！哥哥，快去把嫂子请回来，要不然，父帅、老千岁是不会答应你的！

薛丁山　我……

薛金莲　老千岁，你别生气，我哥哥回心转意了。

程咬金　你不要替他说话。你给他说再去寒江把你嫂子请回来！

薛金莲　能行，能行！

程咬金　你说不算，我自己问他！（走近丁山）你愿不愿再去寒江？

薛丁山　这……

薛金莲　老千岁，哥哥愿意去！

程咬金　丁山，你到底愿意不愿意？

薛丁山　我……

薛金莲　愿意、愿意！（仿丁山说话声）

程咬金　可有诚意？

薛丁山　有……

薛金莲　有诚意,有诚意。

程咬金　(指金莲)全是你讲的,那么你去。丁山哪,再不要耍小孩脾气了,老千岁再给你讨个人情。有请大元帅!

〔薛仁贵上。

薛仁贵　老千岁,何事?

程咬金　大元帅,丁山已有悔改之意,老夫之见,让他再去寒江!

薛仁贵　我命你一片虔诚,头顶香盘,三步一拜,拜往寒江,向梨花请罪!

〔小军送香盘上。

薛丁山　这……(不接)

薛仁贵　这是军令!(小军将香盘给仁贵,仁贵给丁山,威严地)嘿!

薛丁山　(接盘)拜别了! (下)

程咬金　(向仁贵)大元帅,为了请回梨花小姐,我也要去寒江,帮他们一把。

薛仁贵　怎好再劳老千岁!

程咬金　这有何妨! 正是:

　　　　　　许梨花我做月下老,

　　　　　　请梨花我还少不了。 (笑)

薛仁贵　是呀!

薛金莲　请老千岁上马! (同下)

第八场　三请团圆

〔二幕前。

〔丁山头顶香盘,跪拜上,小军随上。

小　军　这要叫樊小姐知道了,不请她也得来呀!

薛丁山　哎！

　　　　（唱）　离开了青龙山忙把路上，
　　　　　　　　望寒江不由我羞愧难当。
　　　　　　　　悔自己两次去架子未放，
　　　　　　　　只落得到如今往返空忙。
　　　　　　　　我的妻明大义宽宏大量，
　　　　　　　　劈杨凡救父帅三军赞扬。
　　　　　　　　也恨我多疑虑胡猜乱想，
　　　　　　　　自己错自己受脸面丢光。
　　　　　　　　双膝疼痛心中想，
　　　　　　　　滴滴热泪湿衣裳。
　　　　　　　　但愿此去乌云散，
　　　　　　　　夫妻和解喜成双。

　　　　开门，开门来！

　　　　〔二幕启。灵堂。铁珍着素服上。

铁　珍　来了！来了！何人叩门？

薛丁山　我……薛丁山来了！

铁　珍　（哭）小姐……

薛丁山　（惊）哦，怎么样了？

铁　珍　你来晚了！

薛丁山　你道怎讲？

铁　珍　我家小姐活活被你给气死了！（哭）

薛丁山　（跌坐地上）啊！

　　　　（唱）　晴天霹雳风雨紧，
　　　　　　　　万钧横祸压我身。
　　　　　　　　只说是此番请罪扫疑云，
　　　　　　　　怎料想花谢叶凋梦中人。
　　　　　　　　青龙山高把泪饮，
　　　　　　　　寒江秋水暗呜咽。
　　　　　　　　梨花贤妻等一等，
　　　　　　　　铁珍容我悼芳魂！

大姐,千错万错都是丁山之错,请容丁山能到小姐灵前祭奠一番,以表丁山一片诚心!

铁　珍　别哭了,别哭了! 念你远道而来,进去吧!

薛丁山　多谢大姐! (走向灵堂)梨花!梨花——妻啊!(伏案泣不成声,悲曲)

(唱)　　见灵牌如似那天崩地炸,
　　　　　魂魄散神志丧心如刀扎。
　　　　　寒江关结姻缘传为佳话,
　　　　　到今日却成了水月镜花。
　　　　　想起你受委屈泪如雨洒,
　　　　　从此后孤寂寂怎度生涯?

〔梨花从屏风后走出。看见薛丁山痛哭不止,感动于衷,擦泪。走近丁山,欲扶。铁珍急上前隔挡。

铁　珍　(失声)小姐! (挡住梨花,伴哭)小姐,小……姐啊!

薛丁山　啊!(哭) 我……

(唱)　　叫一声贤德的梨花小姐,
　　　　　哭一声好娇妻心爱的梨花,
　　　　　黄泉路上把夫等,
　　　　　我为你一死……

樊梨花　(接唱)你不怕被外人笑掉牙!

薛丁山　(诧异地)啊! 你……你!(坐在地上)

樊梨花　小将军!(施礼,扶丁山)

(唱)　　夫妻间且莫可妄自尊大,
　　　　　贤夫妇互谦让宜室宜家。

薛丁山　你,你还活着? 丁山向你赔罪了!(欲跪)

樊梨花　(指丁山前额)小冤家!(扶起丁山)

〔程咬金上。

程咬金　(哭)哎呀,我的樊姑娘!樊姑娘呀……

薛丁山　老千岁! 老千岁!

程咬金　小畜牲,你把梨花给我气死了!

薛丁山　老千岁,她好了! 她好了!

程咬金	什么！她好了!她好你不好，重打四十不能少，来人哪,给我重打四十!
樊梨花	老千岁!
程咬金	看在梨花面上,饶你奴才一次。哈哈……
樊梨花	哈哈哈哈
铁　珍	哈哈……
薛丁山	这……
程咬金	这就是:千岁出计设灵堂,
	试试丁山啥心肠。
	吉日良辰今日到,
	拜堂完婚入洞房。

〔内:大元帅到!

〔咬金、丁山、梨花、金莲出迎。

〔薛仁贵上。

薛仁贵	老千岁!
薛丁山	参见父帅!
樊梨花	参见父帅!
薛金莲	参见父帅!
薛仁贵	请起。
薛金莲	哥哥,这回再不敢欺负嫂嫂了吧!
薛丁山 薛梨花	(不好意思地)妹妹!
程咬金	大元帅,趁今吉日良辰,就让他俩完婚吧!
薛仁贵	就依老千岁!
程咬金	好,奏乐啊!

〔女兵起舞,笙笛欢奏,丁山用红绸拉着梨花,一片欢乐气氛。

程咬金	我看咱们这台戏总算完了吧!
薛仁贵	是啊!
程咬金	送新人入洞房!

——剧　终

演出单位

西安尚友社

合凤裙

根据秦腔传统剧改编

肖 炎 改编

剧情简介

明永乐年间,宰相梁祯,有两个女儿,长女凤英、次女鸾英。凤英在年小的时候,即许配同僚子梅廷选为妻,梅家给梁送来凤裙一副,作为聘礼。

后廷选随父回到湖广襄阳原籍,因父母相继去世,家道中落,廷选遂赴梁府投亲,冀应春闱。投亲之夕,适逢元宵佳节,梁祯留廷选在花园东书房住宿,并命管家梁容,给廷选送去新衣新帽。自己前去皇宫陪驾赏灯。廷选到书房后,并未更换新衣,也悄悄地走出府去,前去玩灯。梁鸾英和她姐姐凤英,来到花园游玩,走进书房,鸾英将新衣新帽穿戴起来,和姐姐作戏。适值梁祯回府,隔窗瞧见,认为是凤英和廷选在一处调笑,当时怒火中烧,即回后堂,怒斥之下,逼走凤英,赶走廷选。凤英逃到了韩福的菜园,得以容身;廷选又和韩福街头相遇,因到福家借宿,得见凤英,凤英赠以金钗嘱其在京等候考期。春闱后,廷选得中状元,来到菜园,和凤英相会,并同去梁府,向梁祯质问前情。经过了各方证明,真相大白,夫妻骨肉,终归团聚。

《西安秦腔剧本精编》

QINQIANGJUBENJINGBIAN

场　目

人物表

梁祯	生	老
梁夫人	旦	老
梁凤英	旦	小花
梁鸾英	旦	小
梁容	丑	小
梅廷选	生	小老
韩福妻	生	老
韩店主	旦	杂
丫环		小
报子		杂
校尉		杂
轿夫		杂
人役		杂

第一场　投　亲

〔梁祯上，梁容随上。

梁　祯　（唱花音慢板）

元宵节相府内悬灯结彩，

出后堂不由人喜笑开怀。

虽说是我梁祯年纪高迈，

在朝中为首相位列三台。

膝下有两个女聪明可爱，

长凤英次鸾英一双裙钗。

长女儿许梅家十有余载，

不见他来迎亲为着何来？

老夫梁祯，大明永乐驾前为臣，官居首相。今乃元宵佳节，圣上有旨，大放花灯。我命梁容，以在我府悬灯结彩。（望）灯彩交辉，倒也十分好看。哎！只是我年近六旬，膝下无子，仅有两个女儿，次女鸾英，尚未许人；长女凤英，合凤裙作为聘礼，许与梅廷选为妻。十年前梅家回上湖广襄阳原郡，至今无有音信，教我时刻悬念！

〔梅廷选携包裹上。

梅廷选　（念）　千里奔帝都，

相府把亲投。

来在相府门首，待我上前答话。管家请了！

梁　容　请了。

梅廷选　烦劳管家，禀相爷得知，就说湖广襄阳梅廷选求见。

梁　容　待我与你去传。

梅廷选　有劳管家。

梁　容　禀相爷! 有湖广襄阳梅廷选求见。

梁　祯　那是你家梅姑爷到了,传出有请。

梁　容　梅姑爷,相爷有请。

梅廷选　告进! 岳父大人在上,小婿梅廷选叩见。

梁　祯　贤婿请起,坐了叙话。

梅廷选　谢座。(坐)

梁　祯　贤婿! 你家回上襄阳,已有十年之久,老夫时刻悬念。

梅廷选　岳父呀!

（唱摇板）

　　　　那襄阳离京都山遥路远,

　　　　不能够与岳父常来问安。

梁　祯　你那双亲,身旁却好?

梅廷选　（唱）　父和母三年前同把命断,

　　　　　　　丢下了小婿我一身孤单。

梁　祯　哎! 你那双亲去世,老夫一字不知,不曾差人吊奠,
　　　　贤婿莫怪。

梅廷选　（唱）　只因是家贫穷草草成敛,

　　　　　　　并不曾与岳父来把信传。

梁　祯　贤婿在家习文习武?

梅廷选　（唱）　自幼儿读诗书早已入泮,

　　　　　　　又侥幸登了科身是孝廉。

梁　祯　（笑)哈……贤婿此番来京,必是为了功名之事。

梅廷选　（唱）　到京地原为的春闱应选,

　　　　　　　还盼望与令爱早结凤鸾。

梁　祯　等候春闱考毕,便与你夫妻同拜花烛,不知贤婿将那
　　　　副合凤裙可曾带来?

梅廷选　（唱）　合凤裙有小婿随身收检,

　　　　　　　诸般事望岳父多加成全。

梁　祯　贤婿你看皇王开科,就在目前,你就住在我府,温习
　　　　诗书。

梅廷选　岳父盛情,敢不遵命,只是……

梁　祯	我府即是你府,不必见外,住下就是。梁容! 送你家姑爷,去到东书房安歇。
梁　容	是!
梅廷选	小婿还要拜见岳母。
梁　祯	贤婿千里奔波,先去书房安歇,明日再见,也不为晚。
梅廷选	小婿遵命。
梁　容	姑爷随将我来。(引梅欲下)
梁　祯	梁容转来! 取一套新衣帽,送与你家姑爷更换。
梁　容	是! (引梅下)
	〔校尉上。
校　尉	禀相爷! 圣上传出口旨,宣相爷进宫赏灯陪宴。
梁　祯	既有王旨,与爷更衣,打轿入宫。
	〔四校尉一杂角推轿上,祯更衣乘轿同下。

第二场　错　认

〔梁凤英、梁鸾英同上。

梁凤英	(唱慢板)
	元宵夜相府人同把灯玩,
梁鸾英	(唱)　高堂母年纪迈早已安眠。
梁凤英	(唱)　我姐妹离绣阁走出庭院,
梁鸾英	(唱)　同到了花园内来解心烦。
梁凤英	(唱)　月光下移莲步举目细看,
梁鸾英	(唱)　四壁厢挂花灯楼阁相连。
梁凤英	(唱)　粉墙外锣鼓喧声闹一片,
梁鸾英	(唱)　怎能够出相府去把灯观?
	姐姐! 相府人都玩灯去了,你我来在花园,何不前去尾门,瞧瞧热闹。
梁凤英	你我女孩人家,怎能抛头露面、前去玩灯?

梁鸾英　姐姐,不能去?

梁凤英　妹妹,去不得!

梁鸾英　既然去不得,你我就在园内玩耍玩耍。姐姐你看,这树红梅,开得十分娇艳,待妹妹折下一枝,与姐姐插鬓。(折梅花给凤插鬓)

梁凤英　(见梅花有所感触)哎……

　　　　(唱慢摇板)

　　　　　　　见梅花不由我暗中思念,

　　　　　　　梅郎夫离京去整有十年。

　　　　　　　想当初他的父在京游宦,

　　　　　　　合凤裙和我家订了婚缘。

　　　　　　　这几载因何故书信皆断,

　　　　　　　望书信把我的两眼望穿。

　　　　　　　今夜晚月又圆梅花娇艳,

　　　　　　　我二人何一日才能团圆。

梁鸾英　姐姐! 你在绣阁里,对着鸟儿说话,照住镜子叹气,今夜来在花园,又和梅花交开言了。

梁凤英　(伤痛地)咳!

梁　容　(内白)梅姑爷! 那边就是东书房。

梁鸾英　(惊喜地向凤)姐姐你听,咱家梁容,口称梅姑爷,一定是我梅姐丈,(欢喜地拍手)这才是说神仙,神仙就下凡来了。

梁凤英　(拉鸾)妹妹,快走!(鸾摔脱,凤下)

梁鸾英　待我藏在花荫之下,看看我梅姐丈是怎个样儿。(藏下)

　　　　〔启二幕,舞台右方露出花园一部分,左方是东书房,后窗上透出一轮初升的明月,可以望见园内景物。

　　　　〔梁容携包裹引梅廷选上。

梅廷选　(唱摇板)

　　　　　　　岳父待我情义重,

　　　　　　　留我相府把身容。

　　　　　　　来在花园观夜景,

<pre>
                    楼台处处挂花灯。
梁　容   来至书房,姑爷请进。
梅廷选   (进书房唱)
                    书房摆设多齐整,
                    果称得几净窗又明。
梁　容   包裹放在这里,我前去与姑爷取来衣帽。(下)
梅廷选   (唱)　架上书画安排定,
                    户外泉石更玲珑。(出房望)
                    远望楼窗有人影,
                    莫非是我妻梁凤英?
                    想当初两家把亲订,(急至房内,打开包裹取
          出凤裙。鸾英从花荫中走出,悄悄地至书房窗外,向
          内偷看)
梅廷选   (手执凤裙接唱)
                    这一副凤裙是媒红。
          想我梅廷选,不久便要和梁小姐同拜花烛。(指凤
          裙)凤裙呐凤裙,多亏你这位月老。(笑)哈……
梁鸾英   (见状后由窗下退开,欢喜地低白)果是我梅姐丈,
          叫我姐姐去。(跑下)
梅廷选   (唱)　但愿我今科得高中,
                    洞房早日把亲成。
                    二次出房望楼景,(又出房望)
梁　容   (内嗽)哎咳!
          〔梅闻声后急至房内,藏凤裙,梁容持衣帽上。
梁　容   (唱)　取来了新衣帽回书馆中。
          姑爷!衣帽取到,请来换衣。
梅廷选   放在一旁,明日再换。
梁　容   姑爷!你在京城看过花灯没有?
梅廷选   昔年跟随先父在京,也曾看过。
梁　容   今年又与往年不同,皇上有旨,大放花灯,十分热闹,相
          爷都进宫赏灯去了。姑爷!你怎不前去,开一开眼界?
</pre>

秦腔
合凤裙
HEFENGQUN

梅廷选　我初到相府,不便前去。

梁　容　你莫走府门,咱这花园后边,有一尾门,出去便是大街。

梅廷选　若被相爷知晓,如何是好?

梁　容　你悄悄地出去,早早地回来;只要我梁容不说,相爷怎能知晓。

梅廷选　管家你去,我不去。

梁　容　那我前去尾门外看一看。(跑下)

梅廷选　梁容走后,书房只我一人,怎能孤坐得住。包裹内边,现有诗稿,何不灯下吟诗,消遣长夜。(在包裹内取诗稿)

(唱摇板)

　　　　　　包裹内边取诗卷,

　　　　　　拿在灯下用目观。(坐,欲看诗)

　　　　　　忽听得锣鼓声不断,

　　　　　　心中好似火来燃。

　　　　　　抛卷起身离书案,(起,筹思)

呵! 我就依从梁容之言,走出尾门,前去玩灯,早去早回。我那岳父,怎能知晓,便是这个主意。

(唱)　书房以内莫耽延。

　　　　出尾门去把花灯玩,

　　　　还要及早转回还。(下)

梁鸾英　(轻轻地走出,回头向内低唤)姐姐! 姐姐!

〔梁凤英畏缩地走出。

梁鸾英　(拉凤,凤不肯前,鸾独至书窗外,向内觑看)没有人! (又窃视四周)没有人! (走进书房看)向哪里去了? (走出书房,向尾门张望)姐姐! 我梅姐丈一定玩灯去了。

梁凤英　妹妹! 怕不是他?

梁鸾英　姐姐! 一定是我梅姐丈呀!

(唱摇板)

　　　　　　适才间妹妹在窗外偷看,

观见他书房内自语自言。

手拿着合凤裙喜笑满面，

言说是到京地来结凤鸾。

梁凤英　妹妹！是怎样个人？

梁鸾英　（唱）　戴儒巾穿素袍书生打扮，

论年纪是一位美貌少年。

咱梁容称姑爷你也听见，

定是我梅姐丈来到此间。

来来来随妹妹同进书馆,(拉凤进书房,凤不肯进)

却怎么又不肯举步上前？

今夜晚你尽管宽心放胆，

梅姐丈并不曾藏在内边。（强拉凤进书房）

书馆内摆设地十分好看，

（指书白）姐姐！你看这桌面上摆的是"忽"。

梁凤英　原是书。

梁鸾英　忽么忽,忽么忽！

梁凤英　就是忽,就是忽！

梁鸾英　（取笔）这是个哼活。

梁凤英　是个生活。

梁鸾英　哼活么哼活！

梁凤英　就是哼活哼活！

梁鸾英　这是个笔尕子。

梁凤英　笔架子。

梁鸾英　笔尕子么笔尕子！

梁凤英　好好好,就是个笔尕子！

梁鸾英　（唱）　有书卷和笔砚样样齐全。

小银灯明朗朗照在桌面，

抬起头粉墙上再把画观。

（指左方墙上白）姐姐！你看这幅画儿，一个姑娘跪在地下伸冤哩，一个丫环在旁边站班哩，一个相公在墙外看天哩。

313

梁凤英　妹妹！站的是红娘,拜月的是莺莺,墙外立的是张生,这幅画叫西厢待月。

梁鸾英　啊！叫个西厢待月。(又转至右方,指墙上)姐姐！这一幅画儿我认得,叫个刘海拾钱。

梁凤英　原是刘海戏蟾。

梁鸾英　拾钱么拾钱!

梁凤英　就是拾钱拾钱!

梁鸾英　(取包裹)这是我梅姐丈的包裹,解开看一看。

梁凤英　妹妹,解不得!

梁鸾英　哎哟！没过门就把家呢。要解哩,要看哩！(解包裹取出凤裙)

梁凤英　(见凤裙惊喜地旁白)果然是我梅郎!

梁鸾英　(指凤裙)上边还绣了个杏。

梁凤英　原是个凤。

梁鸾英　姐姐！我梅姐丈带上这副凤裙做啥来了?

梁凤英　不知道。

梁鸾英　休想哄我。咱家母亲常常言讲,把姐姐许配梅家,合凤裙作为聘礼,梅家存了一副,给咱家送了一副。姐姐！你说是也不是?

梁凤英　你说是的就是的。

梁鸾英　我梅姐丈拿上这副凤裙和你对凤来了。

梁凤英　死丫头！快给人家包起来。

梁鸾英　(放包裹时,看见梁容给梅送来的新衣帽)姐姐！现有我梅姐丈的衣帽,待妹妹穿戴起来,看我可像我梅姐丈不像。

梁凤英　穿不得!

梁鸾英　穿得!

梁凤英　穿不得!

梁鸾英　要穿呢！(持衣帽跑下)

梁凤英　(唱摇板)

　　　　见凤裙和衣帽喜之不尽,

　　　　　果然是梅郎夫前来投亲。
　　　　　但盼望我二人早结秦晋，
　　　　　再免得梁凤英日夜悬心。
　　〔梁鸾英换衣帽上。
梁鸾英　来来来了！
　　（学小生腔唱二六）
　　　　　走上前来施一礼，
　　　　　尊声小姐听心里。
　　　　　我千里奔波到京地，
　　　　　相府投亲来会妻。
　　　　　今日见面该欢喜，
　　　　　你不言不语为怎的？
梁凤英　（唱）　梁凤英来用目举，
　　　　　小妹妹一旁笑嘻嘻。
　　　　　身穿绣袍刚合体，
　　　　　头戴儒巾压鬓齐。
　　　　　风流俊雅世无比，
　　　　　活像煞我那梅夫婿。

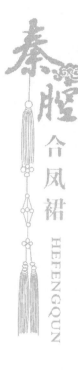

梁鸾英　姐姐！你看妹妹穿戴起来,像我梅姐丈不像？
梁凤英　（扭头）我才不看。
梁鸾英　（板凤头）姐姐！你看,你看！
梁凤英　我看你才不像。
梁鸾英　姐姐！你就说像些,妹妹回上绣阁,好与你插瞎。
梁凤英　原是扎花。
梁鸾英　呵！扎花！
梁凤英　妹妹,你就像了个像！
梁鸾英　哎！我的小姐呀！
　　（学小生腔唱摇板）
　　　　　今日得见小姐面，
　　　　　小生心里好喜欢。
　　　　　急忙提衣跪书馆,（跪）

梁凤英　死丫头！跪倒地下做啥呢？

梁鸾英　（拉凤衣唱）

　　　　　　　　来来来咱二人同拜花毡。

　　　　　　拜花堂来！

梁凤英　（唱）　小丫头再莫要胡言乱讲，

　　　　　　　　女孩儿怎能够来拜花堂。

　　　　　　　　快快地脱衣帽将我随上，

　　　　　　　　咱二人离书馆速回绣房。

梁鸾英　姐姐莫忙。（指桌上梅留下的诗稿）这里还有我梅
　　　　姐丈做的文章,你看一看他的才学如何？

梁凤英　（随手取看）呵！原是梅郎的诗稿,待我看来。（就
　　　　坐翻阅,鸾依凤身旁,低头俯视）

　　　　（唱摇板）

　　　　　　　　看罢一篇又一篇,

　　　　　　　　诗句做的像花团。

　　　　　　　　教人越看越爱看,

　　　　　　　　梅郎夫果称得文中魁元。

　　　　〔梁祯上。

梁　祯　（慢摇板）

　　　　　　　　适才间进宫把节贺,

　　　　　　　　回府来只觉酒意多。

　　　　　　　　前去书房面试过,

　　　　　　　　看我那贤婿学业却如何？

　　　　　　　　书房以内有灯火,

　　　　　　　　想是他窗下把文作。

　　　　　　　　来在门首将身挪,（欲进书房）

梁凤英　（看诗稿忘神地）真个作的妙呀！（鸾同时手攀凤
　　　　肩,俯首趋视）

梁　祯　（闻声止步,唱）

　　　　　　　　听声音好似女娇娥。

　　　　　　　　上前去把窗扯破,（扯窗内望）

（唱尖板）

　　　　房内却是人两个。

　　　　凤英女看书桌后坐，

　　　　梅公子把她肩来摸。

　　　　这口恶气气煞我，（欲进房又止）

　　　　哪有个父将女奸捉。

　　　　教女不到娘有错，

　　　　后堂里去找老乞婆。

好不气、气、气煞人了！（下）

（内起三更）

梁凤英　（听更后惊起）妹妹！你听谯楼已打三更，你我速快回上绣阁。

梁鸾英　（忘记了身上穿的衣帽欲走）走！

梁凤英　赶快把衣帽脱了。（帮鸾脱衣帽）

　　　　（唱带板）

　　　　耳听得谯楼上三更鼓响，

梁鸾英　（唱）　我姐妹急忙忙离了书房。（同下）

第三场　逼　女

梁　祯　（内唱尖板）

　　　　小奴才胆敢离绣阁，

〔梁祯气上。

好不气、气、气煞人了！

（唱）　东书房内去苟合。

　　　　外人知晓笑煞我，

　　　　我怎在人前把人活。

　　　　越思越想心冒火，

　　　　教奴才立地见阎罗。

怒冲冲来在后堂坐，

〔梁容暗上。

梁容唤过你太婆。

梁　容　有请老夫人！

〔梁夫人上，丫环随上。

梁夫人　（唱摇板）

谯楼打罢鼓三更，

梁容请我因甚情？

来在后堂观动静，

梁　祯　好不气煞人也！

梁夫人　（唱）　相爷何事怒冲冲？

梁　祯　老乞婆！就为将你来。

梁夫人　为妻有甚不到之处，就该明讲。

梁　祯　呸！与我养下的好女儿！

梁夫人　相爷说的是咱家哪个女儿？

梁　祯　无耻的凤英。

梁夫人　凤英既有不是，为妻唤她前来，相爷教训。

梁　祯　你那女儿，活活将我羞死，她有面目见我，我无面目见她！梁容！讨来钢刀一把。丫环！取来麻绳一条。

梁夫人　相爷要下刀、绳何用？

梁　祯　老乞婆！谁要你管！（向容、丫）速快讨来！

梁　容
丫　环　是！（下，将刀、绳藏于身后上）禀相爷！找不下刀、绳。

梁　祯　胡说，该打！

梁　容
丫　环　刀、绳到。（持出刀、绳）

梁　祯　老乞婆！这是刀一把、绳一条，叫那凤英贱丫头与我死、死、死！

梁夫人　相爷！凤英身犯何法，就该对为妻讲明。

梁　祯　（目视容、丫，不便说出真情，顿足）咳！

梁夫人　相爷你讲。

梁　祯　（被逼成怒）老乞婆！你治家不严，反来问我，她不

318

死便要你死！（欲下）

梁夫人　（挡）相爷！

梁　祯　哼！（摔脱下，梁容随下）

梁夫人　丫环！快唤你家大姑娘见我。（丫下）

　　　　〔丫环同梁凤英上。

梁凤英　母亲唤儿到来，有何教训？

梁夫人　哎呀！女儿，不好了！

梁凤英　母亲惊慌为何？

梁夫人　（滚白）女儿！女儿！你那爹爹回得府来，讨过钢刀
　　　　一把、麻绳一条，要逼我儿一死。

　　　　（唱摇板）

　　　　　　　你父回府将娘唤，
　　　　　　　口口只说儿不贤。
　　　　　　　钢刀麻绳掷当面，
　　　　　　　要我儿自尽丧黄泉。

梁凤英　呵！娘呀！

　　　　（唱）　儿不曾将父家规犯，
　　　　　　　逼我一死为哪般？

梁夫人　（唱）　娘问他逼儿为哪件，
　　　　　　　你父不肯对娘言。
　　　　　　　莫非你自己失检点？

梁凤英　（接唱）这才是身遭不白冤。
　　　　　　　前去我把爹爹见，
　　　　　　　问明了一死也心甘。（欲下）

梁夫人　（挡，唱）
　　　　　　　你若见父将冤辩，
　　　　　　　如同火上把油添。
　　　　　　　我儿后堂且少站，
　　　　　　　为娘前去问根源。

　　　　女儿！为娘前去问过你父，究竟为了何事，要逼我儿
　　　　一死。（欲下又转身向凤）为娘即刻就来，我儿千万

319

莫要寻死。

梁凤英　儿我不死……

〔梁祯急上。

梁　祯　老乞婆！叫无耻的丫头，赶快与我死死死！

梁夫人　她身犯何法，我要问个明白。

梁　祯　你要问？

梁夫人　我要问！

梁　祯　来来来！听我与你讲！（拉梁夫人欲下）

梁凤英　（上前跪扯祯衣）爹爹！

梁　祯　（踢凤倒）贱丫头！你与我死、死、死！（推梁夫人同下，丫扶凤起随下）

梁凤英　（唱浪头）

　　　　　　　　老爹爹他定要逼我自尽，

　　　　　（喝场）哎呀！不好了！

　　　　　　　　我好比笼中鸟逃走无门。

　　　　　　　　有心说取钢刀把头来刎，（取刀欲自刎又止）

　　　　　　　　丢不下高堂上年迈母亲。

　　　　　　　　鸾英妹年纪幼有谁怜悯？

　　　　　（喝场）我的高堂母、小妹妹呀！

　　　　　　　　我一死她二人依靠何人。

　　　　　　　　昨夜晚梅郎夫才把府进，

　　　　　　　　千里路奔京城为的婚姻。

　　　　　　　　丢下他受孤单我心何忍，

　　　　　（喝场）我的梅郎夫，梅夫君呀！

　　　　　　　　思在前想在后乱箭穿心。

　　　　　　　　怎能够出牢笼暂将身隐，

　　　　　　　　我这里低下头暗自思忖。（筹思）

　　　　　呵！有了！我何不奔上绣阁，换了衣衫，携带包裹，从尾门逃出府去，再作道理。

　　　　　（唱带板）

　　　　　　　　我在后堂莫久站，

奔上绣阁换衣衫。

逃出相府去避难,

何日才得转回还。(下)

〔梁夫人上,丫环随上。

梁夫人　(唱摇板)

相爷对我讲一遍,

可恼女儿太不贤。

竟敢来把家规犯,(进看)

不见女儿为哪般?

丫环! 速去唤来你家大姑娘。(丫下)该死的蠢材。哎!

〔丫环同梁鸾英持衣裙上。

梁鸾英　哎呀,母亲! 我那姐姐将衣衫脱在绣阁之内,逃出相府去了。

梁夫人　待娘说与你父知晓,差人前去找寻。(欲下)

梁鸾英　(跪,丫随跪)母亲! 爹爹将我姐姐找回,还是逼她一死。

梁夫人　不见你那姐姐,你父若问,为娘该拿何言答对?

丫　环　夫人! 将我家大姑娘衣衫丢在花园井内,就说她扑井一死。

梁夫人　事到而今,我也无法可想。鸾英! 速同丫环前去花园安置。(鸾、丫同下)相爷快来!

〔梁祯急上。

梁　祯　老乞婆! 贱丫头她向哪里去了?

梁夫人　她身扑花井一死。

梁　祯　(伤心地)咳! 她既扑井一死,趁此天色未明,命人从尾门抬进棺木一副,仍由尾门抬出葬埋,休被外人知晓。

梁夫人　女儿呀!

梁　祯　莫要哭,莫要哭! (同下)

第四场 收 女

〔幕启,天空一轮明月,已经偏西,在苍茫夜色中,现出一片菜园野景,和远远的城市房舍。舞台右方露出草房一角和房门,韩福持绳,韩妻持棍,从房门上场。

韩 福 （唱摇板）
守着二亩水浇田,

韩 妻 （唱） 老两口在此种菜园。

韩 福 （唱） 越老身体越强健,

韩 妻 （唱） 越做心里越喜欢。

韩 福 （唱） 白昼间下地把活干,

韩 妻 （唱） 到晚来园内把菜看。

韩 福 （唱） 元宵节人人将灯玩,

韩 妻 （唱） 你我身忙不得闲。

韩 福 老婆子！来在菜园,我去那头转,你在这头看,有人前来偷菜,被你看见,莫要高声呼唤。

韩 妻 叫我咋办价？

韩 福 你在这头拍手,我朝跟前就走,把贼娃子一搂,（比拟地搂妻）按倒在地,（比拟着将妻按倒）死不丢手,你拿上棍,在他尻子上就打。

韩 妻 （起,持棍打韩）打贼！打贼！

韩 福 （挡）我不是贼娃子,你咋打我呢？

韩 妻 我不是贼娃子,你把我压倒地下做啥呢？

韩 福 我是比着叫你看哩。

韩 妻 我也是打着叫你看哩。老头子！你那头有人偷菜,可咋办价？

韩　福　我看见贼娃子，也不开口，悄悄与你撒土，你朝跟前就走，我把贼娃子一搂，你把绳子一抖，拴住脖项，莫要丢手。

韩　妻　（夺绳拴韩）拴拴拴！

韩　福　（挡）你咋又拴起来我来了？

韩　妻　这就叫私下演，官下用。

韩　福　再甭演了，把绳给我。咱的看菜要紧哪！（持绳下）

梁凤英　（内唱尖板）

出府门心惊胆又颤，

〔梁凤英上。

（唱）　不辨东北和西南。

急忙忙只身向前窜，

一跤跌倒地平川。（跌倒）

〔韩妻上。

韩　妻　（低声）来了，来了！（拍手）

〔韩福急上。

韩　福　（至妻前，用绳拴妻）这一下把贼娃子逮住了。

韩　妻　老头子！是我，是我！

韩　福　是你！贼娃子在哪里呢？

韩　妻　我看见一个人跑进来了。

韩　福　把棍拿好，跟我看走。

韩　妻　（指凤）咻不是，在地头起蹴着哩。

韩　福　（至凤前举绳欲拴）我把你个偷菜的贼娃子。

韩　妻　（挡）好像是个女娃子。

韩　福　（细看）果真是个女娃子。老婆子！上前问过，问她为啥要偷咱的菜哩？

韩　妻　女娘儿起来。（凤不应）咋不动弹呢？

韩　福　想是跌昏了。

韩　妻　女娘儿醒得。

梁凤英　（唱慢板）

痛煞煞耳听得有人呼唤，

　　　　　　　　　　强忍住双目泪睁睛细观。（妻扶凤起）

　　　　　　　　　　见老伯和妈妈面前立站，

韩　妻　你穿的恁洋的，还跑着偷菜来了？

梁凤英　（唱）　尊二老且耐烦细听我言。

韩　福
韩　妻　你说。

梁凤英　（唱）　今夜晚奔你家原为避难，

　　　　　　　　　　并非是为偷菜来到此间。

韩　福
韩　妻　怎么说你是避难的。你家住在哪里？

梁凤英　（唱）　我住在梁府里。

韩　福
韩　妻　（惊异地）梁府！你是梁府的什么人？

梁凤英　（唱）　出身下贱，伺候那梁相爷是个丫环。

韩　福
韩　妻　因为何事，逃奔我家？

梁凤英　（唱）　因小事我将那相爷冒犯，

　　　　　　　　　　梁相爷立逼我命丧黄泉。

韩　福
韩　妻　我二老将你送回相府，以在相爷上边与你求情。

梁凤英　老伯莫可！

　　　　　（唱）　你送我去见了相爷之面，

　　　　　　　　　　想逃脱活性命难上加难。

韩　妻　既不愿回上梁府，把你送回你家。

梁凤英　（沉痛地）我没有家了！

　　　　　（唱）　我年幼父和母同把命断，

　　　　　　　　　　无姐妹无兄弟一身孤单。

韩　福
韩　妻　难道连个亲戚都没有？

梁凤英　（唱）　有一个好亲戚相离太远，

韩　福
韩　妻　他家住哪里？

梁凤英　（唱）　他住在湖广省襄阳城前。

韩　福　襄阳离此一千余里，你怎样得去？

梁凤英	（唱）	可怜我在此地无亲少眷，
		无有个投奔处去把身安。
韩　福	（伤感地）咳！	
	（唱摇板）	
		听罢言不由我心中难受，
韩　妻	（唱）	梁丞相待奴仆不如马牛。
韩　福	（唱）	我看那女娘儿青春年幼，
韩　妻	（唱）	该叫她到何处去把身投。

韩　福　老婆子！我有心收留这位大姐，以在咱家容身，不知你意如何？

韩　妻　对对对！留她以在我家居住，虽说是多添了一口人，咱的该吃稠些，不会吃稀些吗。

韩　福　你我上前，对大姐讲过。

韩　福 韩　妻	大姐请听！

（唱二六）

我二老无儿又无女，

韩　妻	（唱）	孤孤单单也惨凄。
韩　福	（唱）	虽说是在此同种地，
韩　妻	（唱）	粗衣淡饭不受屈。
韩　福	（唱）	只要大姐不嫌弃，
韩　妻	（唱）	暂且住在我家里。
韩　福	（唱）	白昼间帮我来把青菜洗，
韩　妻	（唱）	到晚来同做针线和我宿。
韩　福	（唱）	积攒下银钱作路费，
韩　妻	（唱）	到襄阳去寻你那好亲戚。
梁凤英	（唱）	感谢二老恩非浅，（拜）
韩　福 韩　妻	（同挡）不拜不拜。	
梁凤英	（唱）	留我你家把身安。
		愿帮妈妈做针线，
		愿同老伯把菜挖。

　　　　　　　　大小事儿我愿干，

　　　　　　　　吃菜咽糠也心甘。

　　　　　　　　但愿二老休外看，

　　　　　　　　当作你亲生的女儿一般。

韩　福　大姐！你住在我家，诸事莫要见外。

梁凤英　记下了。

韩　福　老婆子！你同大姐回上房中歇缓，我要担上青菜，前
　　　　去大街赶卖。

韩　妻　大姐，随将我来。

梁凤英　呵！是。（携包裹随韩妻下）

韩　福　（唱摇板）

　　　　　　　　这个大姐实可爱，

　　　　　　　　仁义聪明嘴又乖。

　　　　　　　　担菜担去奔大街买，

　　　　　　　　卖毕菜儿早回来。（担菜担下）

第五场　逐　婿

　　　　〔梁祯上，梁容随上。

梁　祯　（念）　后堂逼死亲生女，

　　　　　　　　前庭再唤梅畜生。

　　　　（坐白）梁容！唤梅书生前来见我。

梁　容　是。（下）

　　　　〔梁容引梅廷选新衣帽上。

梅廷选　（念）　莫非昨夜玩灯事，

　　　　　　　　竟被我那岳父知。

　　　　（进揖）参见岳父。

梁　祯　（不理）哎吁！

梅廷选　（惊异地）这……（旁白）只见我那岳父，怒容满面，

想是为了昨夜玩灯之事。我走上去,赔上一礼才是。
(又揖)小婿年幼无知,还望岳父指教。

梁　祯　你身为孝廉,读书守礼,何用老夫指教。

梅廷选　(旁白)我那岳父,怒得要紧,一定是为了玩灯之事。
我应当把话讲明,当面请罪。岳父! 昨夜之事……

梁　祯　(怕说出和女儿苟且之事,伤了自己颜面)住了! 昨
夜之事,老夫尽知,何劳你讲。

梅廷选　小婿一时行事冒昧,还望岳父,恕我初犯。

梁　祯　怎么说你是初犯!

梅廷选　以后诸事,定要禀明岳父而行,再不敢任意妄为。

梁　祯　可恼!

(唱浪头)

　　　　　　老夫好意收留你,

　　　　　　竟敢妄为把我欺。

　　　　　　昨夜做下那样事,

梅廷选　(揖)小婿错了。

梁　祯　(唱)　枉在世上披人皮。

梅廷选　(连揖)岳父,我再不敢了。

梁　祯　(唱)　我也不是你岳父,

　　　　　　你也不是我门婿。

梅廷选　(惊异地)咦! 怎么讲出这样言词?

梁　祯　(唱)　快快与我出府去,

　　　　　　相府不容你把身立。

梅廷选　(唱)　听罢言来气炸胆,

　　　　老岳父。

梁　祯　梅廷选!

梅廷选　梁丞相!

梁　祯　梅畜生!

梅廷选　(唱)　你的心事我了然。

　　　　　　分明嫌我身贫贱,

　　　　　　要把你女另嫁男。

似你这样势利眼，

枉作首相在朝班。

今科我把鳌头占，

梁　祯　你不能。

梅廷选　料不就。

梁　祯　你不能！

梅廷选　料不就！

　　　　（唱）　定要前来结婚缘。

梁　祯　（唱）　越礼胡行不顾脸，

　　　　　　　　敢向老夫出狂言。

　　　　　　　　梁容与我向外赶，（容欲上前）

梅廷选　慢着！

　　　　（唱）　你公子岂是无志男，

　　　　　　　　身上忙把新衣款。（脱衣）

　　　　　　　　头上卸去你家冠。（卸帽）

　　　　　　　　衣帽一齐掷当面，

　　　　　　　　怒冲冲走出府门前。（出）

　　　　呃！是我一怒出府，忘却了携带包裹，失掉那合凤裙，如何是好？待我取来。（欲返回又止）呵！哪能去而复返，不取了，不取了！（欲下）

梁　容　（跪）送姑爷！

梅廷选　谁要你送。（下）

梁　祯　嗒！蛮奴才！哪个教你送他？

梁　容　（惊慌起立）我……

梁　祯　真来可恼！

　　　　（念）　可恼畜生敢胡行，

　　　　　　　　逐出相府气方平。（下）

梁　容　（念）　逼走姑娘赶姑爷，

　　　　　　　　不知为的啥事情？（下）

第六场　巧　遇

梅廷选　（内唱尖板）

　　　　　　梁祯老贼太无理，

〔梅廷选上。

　　　　（唱）　仗势昧婚把我欺。

　　　　　　　　出府来该向何处去？

〔韩福担空担上。

韩　福　（唱）　一担青菜才卖毕。

梅廷选　（唱）　东奔西走无主意，

韩　福　（唱）　眼看红日又偏西。

梅廷选　（唱）　回相府要把包裹取，（回身将韩碰倒）

韩　福　（唱）　碰倒我老汉为怎的？

　　　　哎呀！小伙子！你着急地报丧去价？把我连担子都
　　　　碰倒了。

梅廷选　（着急地）老伯！我有要事。（欲走）

韩　福　（挡）把我碰倒了，随便就走价！

梅廷选　老伯！我把包裹掉了。

韩　福　掉在哪里？

梅廷选　掉在我岳父家中。

韩　福　掉在你岳父家中，你可慌啥哩，分明有意碰我，要你
　　　　咶半吊子呢！

梅廷选　包裹内边，还有我订亲的凭据。

韩　福　搁在你岳父家中，和带在你身旁，都不是一样么。

梅廷选　哎，老伯！我那岳父，嫌贫爱富，把我赶出门来了。

韩　福　你就该前去告官。

梅廷选　他的官高势大，哪个敢管！

韩　福　那你还想回去取包裹呢,包裹取不成把你咻碎命还
　　　　要丢了哩!

梅廷选　老伯一言,将我提醒,我不去了。

韩　福　不去了好,回上你家去吧。

梅廷选　我家住湖广襄阳,腰无分文,怎样得去?

韩　福　就该找寻亲友告借。

梅廷选　怎奈我在此地,无亲无友。

韩　福　那你可咋办价?

梅廷选　(唱摇板)

　　　　　　　　未开言来泪满面,
　　　　　　　　尊声老伯听心间。
　　　　　　　　事到此我也无主见,
　　　　　　　　只好乞讨大街前。

韩　福　(唱)　听罢言来好惨伤,
　　　　　　　　背过身儿自思量。
　　　　　　　　且引他到我家住,
　　　　　　　　歇宿一夜有何妨。

　　　　相公! 眼看天色连晚,老汉有心引你奔上我家,歇宿
　　　　一夜,不知你意下如何?

梅廷选　老伯有此好意,小生怎能不从。请问老伯,高名
　　　　上姓?

韩　福　老汉韩福。我家离此不远,来来来,跟上我走。

梅廷选　(唱摇板)

　　　　　　　　老伯留我我感激,
　　　　　　　　像你这好人世上稀。

韩　福　(唱)　穷人知道穷滋味,
　　　　　　　　客气的话儿再休提。(同下)

第七场　赠　钗

〔韩妻上,梁凤英随上。

韩　妻　（唱摇板）

日落西山天色晚,

不见老汉转回还。

出得门来用目看,

〔韩福担空担引梅廷选上。

韩　福　（唱）　来在我家菜园前。

相公! 到了,这就是我家菜园。

韩　妻　老头子! 你咋才回来些?

韩　福　有事耽搁了。

韩　妻　（指梅）那是个谁?

韩　福　湖广襄阳落难的一位相公。（凤听后惊看梅）

韩　妻　把他引到咱家做什么来了?

韩　福　念他无处投奔,引到咱家歇上一夜。

韩　妻　老头子! 咱家守着两小间草房,收了梁府个大姐,就
睡不下了,你又引回来一位相公。（梅听后惊看凤）

韩　福　你和大姐,睡在房里,我和相公在外间另打个铺。

韩　妻　还是没啥盖。

韩　福　把咱装粮食的旧口袋找几条,我二人将就上一夜。
（在担内取东西给妻）接! 这是买下的东西。（妻接
东西,往后场去放）相公! 我把担子放下就来。（担
空担下）

梅廷选　怎么说是梁府大姐?

梁凤英　怎么说是襄阳落难的相公?（梅、凤互看互惊）

梅廷选　观见那位大姐,好像我那梁小姐!

梁凤英	观见那位相公,好像我那梅郎夫!
梅廷选	(唱摇板)

　　　　　我这里把大姐用目细看,

　　　　　好像是我的妻凤英婵娟。

梁凤英	(唱)　我仔细把相公打量一遍,

　　　　　他和我梅郎夫容貌一般。

梁凤英 梅廷选	待我上前相认。(同欲上前又止)不可!

　　　　　(唱)　我和他整十载未曾见面,

　　　　　诚恐怕错认人礼上不端。

梁凤英	(唱)　无奈何且退后一旁立站,
梅廷选	(唱)　我怎敢上前去冒昧交言。

〔韩福上。

韩　福	相公!你少候一会,我这屋里地方小、东西多,还得收拾收拾。(进房)老婆子!天黑了,快点灯。
韩　妻	(点灯没油)老头子,你咋没买油?
韩　福	把油忘了。
韩　妻	没油拿啥点灯价?只好黑摸。
韩　福	黑摸就黑摸。(出让梅进房,梅进与妻碰头,梅避,韩进又与妻碰头)
韩　妻	老头子!你是有意碰我哩。
韩　福	你才是有意碰我哩。取口袋去。(妻到后场取口袋)相公!我去给咱拿些麦秸来,好打铺。(下)
韩　妻	(取口袋后,上前误拉梅)老头子!这是口袋。咳!你把客人引到咱家受罪来了。(见梅不语,打一拳)你咋不说话呢?
韩　福	(携麦秸上)把麦秸拿来了。(妻闻声后知道自己错认了人,无趣地退开)相公!咱俩打对睡。(同打铺睡)
韩　妻	大姐!天色不早了,咱的也睡。(同倚桌而眠,内起三更)

梅廷选 梁凤英	（同惊起，唱二倒板）

    耳听得谯楼上三更鼓响，

梅廷选	那位大姐却怎么好像梁小姐？
梁凤英	那位相公却怎么好像梅公子？
梅廷选 梁凤英	（同唱摇板）

    此事儿倒教我费尽思量。

梁凤英	（唱）	梅郎夫为应选才把京上，
		他怎能孤身儿离了书房？
梅廷选	（唱）	梁小姐在绣阁她将荣享，
		怎能够到菜园来把身藏？
梁凤英	（唱）	想是他与梅郎容貌同样。（又睡）
梅廷选	（唱）	想是我眼花乱错认娘行。（又睡）
	（内起五更）
梁凤英	（惊起，唱摇板）

    直到了五更天未曾合眼，

梅廷选	（唱）	整一夜把此事悬挂心间。
梁凤英	（唱）	我爹爹既能够逼我命断，
		又何难将梅郎赶离府前。
梅廷选	（唱）	想必是昧婚事我妻不愿，
		因此上离绣阁逃奔菜园。
		怎能够把此话问明当面？
梁凤英	（唱）	要把他来路情细问一番。
韩　妻	老头子！天亮了，快起来。
韩　福	（起）起来了。
梅廷选	（起，揖韩）小生梅廷选，谢过老伯。
韩　福	啊！你叫个梅廷选？
梅廷选	正是。
梁凤英	（惊喜地）妈妈！老伯和何人交言？
韩　妻	和相公梅廷选说话哩。
梁凤英	（唱摇板）

听罢言倒教我又喜又痛，

果然是梅郎夫来到园中。

转面来把妈妈一声高奉，

这是妈妈！

韩　妻　　大姐讲说什么？

梁凤英　　你去对那位相公讲说，就说我有话问他。

韩　妻　　你是个大姐，他是个相公，怎好交言？

梁凤英　　烦劳妈妈转达。

韩　妻　　好好，我二老与你转达。老头子，你去对那位相公讲说，我家大姐，有话问他。

韩　福　　相公！我家大姐，有话问你。

梅廷选　　(惊喜地)怎么说，你家大姐有话问我？

韩　福　　啊！

梅廷选　　请讲！

韩　福　　(向妻)讲！

韩　妻　　(向凤)讲！

梁凤英　　(唱)　你问他因何事来到京城？

韩　妻　　(向韩)问他跑到京城做啥来了？

韩　福　　(向梅)你跑到京城做啥来了？

梅廷选　　你听！

韩　福　　(向妻)听！

韩　妻　　(向凤)听！

梅廷选　　(唱)　到京城原为的赴科应选，

　　　　　　　　二来是见岳父匹配良缘。

韩　福　　(向妻)他是来赴考的，还要见他岳父投亲哩。

韩　妻　　(向凤)他是来赴考的，还要见他岳父投亲哩。

梁凤英　　(唱)　到京城可与他岳父见面？

韩　妻　　(向韩)会见他岳父了没有？

韩　福　　(向梅)会见你岳父了没有？

梅廷选　　(唱)　留我在他府下暂把书观。

韩　福　　(向妻)见了他岳父了，还留他在府下读书哩。

韩　妻　（向凤）见了他岳父了,还留他在府下读书哩。

梁凤英　（唱）　就该在岳父家把书观看,

　　　　　　　　因何事孤身儿来到菜园?

韩　妻　（向韩）不在他岳父家中读书,跑到这里干什么来了?

韩　福　（向妻）相公对我说来,他岳父嫌贫爱富,把他赶出

　　　　　来了。

韩　妻　大姐要问哩,快给问去。

韩　福　（向梅）不在你岳父家中读书,跑到这里干什么

　　　　　来了?

梅廷选　（顿足）咳!

韩　福　（顿足）咳!

韩　妻　（顿足）咳!

梅廷选　（唱）　恨岳父昧婚姻嫌我贫贱,

　　　　　　　　把小生赶在了府门外边。

韩　福　（向妻）还不是我说的咻话。

韩　妻　（向凤）他岳父嫌贫爱富,把他赶出来了。

梁凤英　（唱）　他两家结婚姻有何凭证?

韩　妻　（向韩）他两家订婚,有何凭证?

韩　福　（向梅）你两家订婚,有何凭证?

梅廷选　（唱）　有两副合凤裙作为媒红。

韩　福　（向妻）有合凤裙作为媒证。

韩　妻　（向凤）有合凤裙作为媒证。

梁凤英　（唱）　合凤裙他可曾随身带定?

韩　妻　（向韩）他把合凤裙带着哩没有?

韩　福　（向梅）你把合凤裙带着哩没有?

梅廷选　（唱）　昨日个掉在了岳父家中。

韩　福　（向妻）掉在他岳父家中了。

韩　妻　（向凤）掉在他岳父家中了。

梁凤英　（旁唱）恨爹爹他和那狼虎一样,

　　　　　　　　逼走了亲生女又赶梅郎。

　　　　　　　　上前去对梅郎实言奉上,（欲前又止）

哎，不可！

（唱）　　有老伯和妈妈站在身旁。

　　　　　　怕二老把真情对人言讲，

　　　　　　传与了我的那堂上爹娘。

　　　　　　倘若是老爹爹来把祸降，

　　　　　　我又该到何处去把身藏。

　　　　　　倒不如与梅郎暗赠银两，

　　　　　　就命他在京地等候科场。

　　　　　　但盼望梅郎夫名登金榜，

　　　　　　到那时我二人好结鸳鸯。

（拔钗）妈妈！这是金钗一支，赠与那位相公，叫他换成银两，暂作度用，发奋读书，静候考期。

韩　妻　（接钗给韩）大姐叫你把这支金钗，赠与那位相公。叫他换成银两，暂作度用，发奋读书，静候考期。

韩　福　（接钗向梅）相公！我家大姐赠你金钗一支，叫你换成银两，暂作度用，发奋读书，静候考期。

梅廷选　老伯！大姐可是你家令嫒？

韩　福　她是我二老收养下的一个女儿。（付钗给梅）接！拿上。

梅廷选　（接钗筹思）老伯！小生有言，要烦二老转达。

韩　福　你说。

梅廷选　（唱摇板）

　　　　　　老伯伯你问那大姐贵姓，

　　　　　　堂上的二双亲怎样相称？

　　　　　　或住城或住乡是何地境？

　　　　　　一桩桩对小生细说分明。

韩　福　（向妻）相公问大姐姓啥？家住哪里？堂上双亲，怎样相称？

韩　妻　（向凤）大姐！相公问你姓啥？家住哪里？堂上双亲，怎样相称？

梁凤英　（为难地）这个……

韩　妻　（向韩）老头子！相公问的恁清楚地做啥价？

韩　福　（向梅）你问的恁清楚地做啥价？

梅廷选　异日得志，方好登门叩谢。

韩　福　（向妻）他为的异日得志，方好登门叩谢。

韩　妻　（向凤）相公为的异日得志，方好登门叩谢。

梁凤英　（向妻）叫他考试以后，来到菜园相会。

韩　妻　（向韩）叫相公考试以后，来到菜园相会。

韩　福　（向梅）大姐叫你考试以后，来到我家菜园相会。

梅廷选　我有心上前，面谢大姐，只是有些不便。

韩　福　我和老婆子，立在中间，遮住她，挡住你，你好上前见个礼。

梅廷选　小生遵命。

韩　福　老婆子！相公要面谢大姐哩。

韩　妻　大姐！相公要面谢你哩。

梁凤英　（惊疑地）呵！

韩　福　（拉妻）过来。（同中立）

梅廷选　（揖凤）拜谢大姐赠钗之恩！

梁凤英　（还礼）还礼了。但望相公考试以后，早来此地相会。

梅廷选　小生刻骨铭心，誓不敢忘。二老和大姐请在，小生告辞了。

众　　　（同）请！

梅廷选　（念）　大姐赠钗恩义重。

梁凤英　（旁念）人前不敢漏真情。

韩　妻　（念）　才是雪里把炭送。

韩　福　（向梅）但愿你高中第一名。（同下）

第八场　吵　架

〔丫环上。

丫　环　（唱摇板）

自从我大姑娘逃出府去，

老夫人每日里愁锁双眉。

二姑娘痴呆呆不言不语，

一家人变了样所为怎的？

叫人怎样说起，自从我家大姑娘走后，我那老夫人整天价愁眉不展、长吁短叹。我家二姑娘也不像从前，又说又笑。我有心把他们劝上几句，也不知道怎样说着才好。适才间老夫人又在后堂落泪哩，我前去绣阁，把二姑娘请来，解劝解劝。（欲下）

〔梁容急上。

梁　容　走……（撞丫欲倒）

丫　环　你着急的做啥价？几乎把我碰倒了。

梁　容　相爷命我取包裹哩。

丫　环　到哪里取包裹？

梁　容　前去花园东书房，取梅姑父的包裹。

丫　环　梁容哥！我也跟你到花园折桃花去。

梁　容　你甭去！

丫　环　要去哩！

梁　容　丫环娃！自从梅姑爷走后，相爷命我将花园上锁，不许任何人进园游玩，我不敢领你前去。

丫　环　不要紧！不要紧！

梁　容　咳！你不知道，相爷的脾气，和从前大不相同，整天价撅着胡子吊着脸，张口要闭口就要到，稍有迟慢，

不是骂就是打，我要赶快取包裹去。（跑下）

丫　环　梁容走了，我也赶快请二姑娘去。（急下）

〔启二幕，梁府后堂，梁夫人上。

梁夫人　（唱摇板）

　　　　　凤英女出府门不知何往，

　　　　　倒叫我每日里挂肚牵肠。

　　　　　闷悠悠坐在了后堂以上，（坐）

〔梁鸾英同丫环上。

梁鸾英　（唱）　离绣阁随丫环来见我娘。

　　　　母亲万福。

梁夫人　女儿少礼，坐了叙话。

梁鸾英　母亲自从元宵节后，你常常愁眉不展，想是思念我那

　　　　凤英姐姐？

梁夫人　哎，女儿！

　　　　（唱摇板）

　　　　　母女情深似海怎不思念，

　　　　　为娘我常把她悬挂心间。

梁鸾英　就该差人，前去找寻。

梁夫人　（唱）　娘也曾差家人暗中打探，

　　　　　　　不见她踪和影也是枉然。

梁鸾英　就该多差人寻。

梁夫人　（唱）　怕只怕多差人风声传遍，

　　　　　　　你的父若知晓又起祸端。

梁鸾英　（伤痛地）何一日才能得见我那姐姐呢？

梁夫人　（唱）　盼你父早日个心回意转，

　　　　　　　到那时寻你姐回家团圆。

梁鸾英　母亲！你就该将我那爹爹，劝上一劝。

梁夫人　（唱）　你爹爹只知晓你姐命断，

　　　　　　　逃走事娘今日怎敢明言。

　　　　　　　因此上每日里愁眉不展，

　　　　　　　事到此也只好听命由天。

〔梁祯携凤裙上。

梁　祯　（念）　可叹门庭多不幸，
　　　　　　　　伤心尽在不言中。

　　　　（进见）夫人！

梁夫人　相爷！（让坐）

梁鸾英　爹爹万福。

梁　祯　女儿少礼。父且问你，以在绣阁之中所务何事？

梁鸾英　孩儿我……

梁　祯　可曾学习针工？

梁鸾英　我姐姐死了，没人教我。

梁　祯　可曾读书认字？

梁鸾英　谁教我呢？

梁　祯　难道你终日玩耍不成？

梁鸾英　我姐姐死后，咱府里冷静得就像一座古庙，谁还有心
　　　　玩耍。

梁　祯　呃！真来胡道！（鸾惧怯地不语）

梁夫人　（旁白）逼走了我那凤英，又来多嫌我这鸾英。（向
　　　　鸾）女儿！你且回上绣阁。

梁鸾英　辞过爹娘。（下，丫环随下）

梁夫人　相爷来到后堂，所为何事？

梁　祯　想当年梅年兄和我家订亲之时，送来凤裙一副，作为
　　　　聘礼，我曾将此裙，交给夫人收藏。

梁夫人　（旁白）我家女儿逃走之时，将那副凤裙带走。怎么
　　　　相爷今日，问起此裙来了？（向祯）那副凤裙，原系
　　　　为妻收藏，相爷问它做甚？

梁　祯　是我今日，前去同僚府中赴宴，酒席宴上，提起梅梁
　　　　两家结亲之事。因而回得府来，命梁容取来梅廷选
　　　　的包裹，内有凤裙一副，请夫人和我家那副凤裙收检
　　　　一处。（取裙给梁）

梁夫人　相爷！女儿已死，梅公子出府，要下这副凤裙何用？

梁　祯　哎！夫人！

（唱慢摇板）

今日个同僚府前去赴宴，
提起了梅年兄回想当年。
我二人在朝中同把君伴，
论交情赛过那手足一般。
结成了儿女亲两随心愿，
只说是天注定美满姻缘。
哪料想到今日成了梦幻，
怀年兄念往事心中惨然。
命梁容取包裹前去书馆，
这凤裙藏在了包裹内边。
见此裙如见我年兄之面，
望夫人好收检莫作等闲。

梁夫人　（唱）　好姻缘变成了一场春梦，
　　　　　　　见凤裙倒叫我痛上加痛。
　　　　　　　梅公子出府去生死难定，
　　　　　　　还说甚死去的梅家年兄。

梁　祯　（唱带板）
　　　　　　　提起了梅畜生令人烦恼，
　　　　　　　这件事你就是惹祸根苗。
　　　　　　　平素间对女儿不加管教，
　　　　　　　她才敢东书房暗渡鹊桥。

梁夫人　（唱）　我女儿扑花井一命早断，
　　　　　　　你又来辱贱我是何心肝？

梁　祯　（唱）　我被你母和女丧尽颜面，
　　　　　　　人笑我为宰相治家不严。

梁夫人　（唱紧带板）
　　　　　　　这副凤裙我不管，
　　　　　　　你自己把它藏身边。（掷凤裙给祯）

梁　祯　（唱）　你不管来谁稀罕，
　　　　　　　不该口出不逊言。

手执凤裙前庭转,(执裙欲下)

梁夫人　（唱）　我去小房把身安。（欲下）

梁　祯　（回头唱）

你我今后休相见。

梁夫人　（回头唱）

不见你免得我心烦。

梁　祯
梁夫人　（互瞅,同顿足）哼! 好不气! 好不气! 气煞人了!

（分下）

第九场　报　喜

〔梅廷选上。

梅廷选　（念）　三场已考毕,

店馆候消息。（坐）

〔店主人上。

店　主　禀客官! 报子前来报喜。

梅廷选　命他来见。

店　主　报子来见。

〔二报子,一捧冠服、一捧报单上,四役随上。

报　子　（同跪）报子与状元爷爷叩喜。

梅廷选　呈喜报上来。（接看,笑）哈……哪料我梅廷选,今日也中了状元。（向报）你二人将衣冠留下,改日前来领赏。

报　子　是。（将冠服递给店主,二报子下）

梅廷选　店主人! 你将报单拿去,贴在店馆门首。

店　主　是。（接报单下）

梅廷选　人役们! 与爷下边更衣。

役　　　啊!（同下）

第十场 相 认

〔韩妻上,梁凤英随上。

韩 妻 大姐! 来在咱家园内,你看地里的青菜,长得十分茂盛,我给咱的出菜,你给咱的洗菜,咱一家三口,全靠着青菜吃饭哩。

梁凤英 呵! 是。(同韩妻抬盆、抬水,韩妻一旁出菜,凤一旁洗菜)

(唱二倒板)

　　　　元宵节平地风波起,

(转唱二六)

　　　　爹爹后堂把我逼。

　　　　无处躲来无处避,

　　　　来在菜园把身栖。

　　　　想当初梅家公公坐官在朝里,

　　　　才与我家把亲缔。

　　　　梅郎总角尚儿嬉,

　　　　我的青丝复额齐。

　　　　我二人年小无猜忌,

　　　　相依相爱多亲密。

　　　　我把他口称哥哥手执书卷问字义,

　　　　他口呼妹妹叫我与他猜哑谜。

　　　　哪料他家离京去,

　　　　一去十载无消息。

　　　　想得我绮罗懒穿珍馐懒用少情绪,

　　　　对花长叹对镜自语似痴迷。

　　　　望断白云人千里,

夜夜枕上双泪垂。
只说今生难相遇，
何年才得效双飞。
幸喜梅郎到京地，
相府投亲候考期。
但望早日偕伉俪，
恩恩爱爱永相依。
恨爹爹做事太无理，
平白逼我为怎得？
后堂逼走亲生女，
书馆又赶梅夫婿。
我二人菜园得会聚，
暗赠金钗又分离。
我在此地把菜洗，
他奔店馆受孤惜。
梅花已落桃绽蕊，
算来三场已考毕。
但愿老天随人意，
梅郎金榜把名题。

〔韩福上。

韩　福　走呀！
　　　　（唱摇板）

　　　　　　心中高兴腿如飞，
　　　　　　急急忙忙回园里。

　　　　（向妻）老婆子，（向凤）大姐都接喜！

韩　妻
梁凤英　老头子
　　　　老　伯　有何喜事？

韩　福　（唱）　这桩喜事大无比，
　　　　　　　　相公皇榜中第一。

韩　妻
梁凤英　哪个相公？

韩　福　就是那个梅廷选中了状元了！

梁凤英	（惊喜地）老伯怎样知晓？
韩　福	我亲眼看见他，头戴乌纱、身穿红袍，威威武武地坐在大轿以内。（边说边比，最后作坐轿状，跌倒）
梁凤英	（急扶韩）老伯可曾将人认清？
韩　福	他和我在咱家打对睡了一夜，怎能认他不清。
梁凤英	好呀！

（旁唱二六）

　　　　　听罢言不由我喜生双靥，

　　　　　梅郎夫今日个中了状元。

　　　　　转面来把妈妈一声高唤，

妈妈！

韩　妻	大姐讲说什么？
梁凤英	那，那……
韩　妻	说嘛！
梁凤英	（唱）　那相公何一日来咱菜园？
韩　妻	凭他的良心去。

〔内白：新状元前来参拜。

韩　福	（向妻、凤）来了来了！（同妻慌急出迎，凤随上）

〔梅廷选状元冠服上。二役抬礼物，四役随上。

梅廷选	（念）　今朝身荣贵，
	前来拜恩人。

（向役）你们且去园外伺候。（四役下。梅进拜韩、妻）参见老伯、妈妈。

韩　福 韩　妻	（慌促地还礼）还礼还礼，恭喜恭喜。
梅廷选	（拜凤）拜谢大姐赠钗之恩。
梁凤英	（还拜）我与相公恭喜。
梅廷选	二老、大姐请听！

（唱摇板）

　　　　　二老留宿情非浅，

　　　　　大姐赠钗恩如山。

　　　　　幸喜今朝身荣显，

前来谢恩把你参。

人来！礼物呈上。（役呈礼物给韩后下）

韩　福　状元请坐。

梅廷选　老伯！我要立刻前去梁府，质问梁祯老贼，将我平白
　　　　地赶出府来，是何道理？

韩　福　（惊异地）呵！状元的岳父，才是梁祯。

梅廷选　老伯！正是他。

韩　福　状元！依我老汉之见，梁祯官高势大，你还是不去为
　　　　妙。

梅廷选　老伯呀！

　　　　（唱摇板）

　　　　　　　任凭他官高权势重，
　　　　　　　定要前去问分明。
　　　　　　　哪怕金殿拿本动，
　　　　　　　要他还我个梁凤英。

韩　福
　　　　状元！梁祯既要悔婚，难道除了他女儿，你就娶不下
韩　妻

　　　　媳妇了？

梅廷选　二老有所不知呀！

　　　　（唱）　当初两家结亲眷，
　　　　　　　我二人年小不避嫌。
　　　　　　　相亲相爱常相伴，
　　　　　　　我怎忍另行娶婵娟。

韩　福
　　　　说不定梁凤英和他爸一样，也把心变了。
韩　妻

梅廷选　哎！二老呀！

　　　　（唱）　梁凤英岂肯把心变，
　　　　　　　她和我心事都一般。
　　　　　　　任凭海枯石又烂，
　　　　　　　我定要和她结凤鸾。

　　　　这是二老，从前赠钗之时，大姐讲得明白，叫我考试
　　　　以后，来到此地相会。大姐上姓、家住哪里？今日就

该对学生将话讲明。

韩 福 韩 妻	大姐你姓啥,家住哪里? 今日就该明言。
梁凤英	(沉痛地)我……
韩 福	状元! 她是梁府丫环,被梁祯老贼,逼到这里来的。
梅廷选	她怎能是梁府的丫环?(上前细看)你是梁小姐!
梁凤英	梅公子!
梅廷选	凤英妻!
梁凤英	梅郎夫!
梁凤英 梅廷选	苦呀! (相持哭)
韩 福	这是一回啥事些?
韩 妻	(拉韩)过来。(附耳语,同韩躲下)
梅廷选	小姐! 莫非你我,身在梦中?
梁凤英	梅郎! 分明是真,怎能言梦?
梅廷选	小姐怎能得到此地?
梁凤英	哎,梅郎呀!

(唱摇板)

　　　　　元宵节三更后相府人静,

　　　　　老爹爹强逼我命丧残生。

　　　　　无奈何奔菜园暂逃性命,

梅廷选	赠钗之时,怎不对我讲明。
梁凤英	(唱) 那时节我不敢将话讲明。
梅廷选	为着何来?
梁凤英	(唱) 怕只怕老伯伯风声走动,

　　　　　我爹爹若知晓岂肯相容。

　　　　　又恐怕你为我心中伤痛,

　　　　　耽误了夫君的锦绣前程。

　　　　　因此上才把那金钗暗赠,

梅廷选	受尽了难为的妻呀!
梁凤英	(唱) 你去后教为妻好不伤情。

　　　　　幸喜得今日里梅郎高中,

　　　　　　　　也不枉为妻我担险受惊。
梅廷选　好恼！
　　　　（唱带板）
　　　　　　　　听罢言来实可恼，
　　　　　　　　杀女逐婿为哪条？
　　　　　　　　前去相府问分晓，
　　　　　　　　和你父金殿见低高。
梁凤英　哎，梅郎！
　　　　（唱）　合凤裙来是凭据，
　　　　　　　　你无媒证他怎依。
　　　　　　　　回身我把凤裙取，（下，旋取凤裙上，韩和妻随上）
　　　　　　　　拿奔相府辩是非。
梅廷选　（接裙）既然如此，我便前去相府，质问你父。老伯、
　　　　妈妈！你二老跟随梁小姐，后边就来。
众　　　请！（分下）

第十一场　团　聚

〔梁祯、梁夫人同上，丫环随上。
梁　祯　（念）　哪料梅生竟高中，
梁夫人　（念）　思念女儿暗伤情。
梁　祯　夫人！（同坐）
梁夫人　相爷！你看梅廷选竟然中了今科状元。
梁　祯　中了状元，便怎么样？
梁夫人　他要前来认亲，该拿何言答对？
梁　祯　哎，夫人！
　　　　（唱摇板）
　　　　　　　　梅廷选那样人侥幸高中，
　　　　　　　　这也是主考官瞎了双睛。

我本当上金殿去拿本动，

摘去了畜生的状元前程。

念他父和老夫交情甚重，

因此上暂罢手将儿宽容。

你今日出此言太得懵懂，

难道说我怕他状元不成？

〔梁容上。

梁　容　与相爷、夫人叩喜。

梁　祯
梁夫人　叩的什么喜？

梁　容　我家梅姑爷，中了状元，前来拜府。

梁　祯　他竟然来了？梁容！将话传出，叫他明日早朝，和我班房相见。

梁夫人　相爷！状元与你拜府，也是朝廷大礼，何妨命他来见。

梁　祯　也罢！梁容！命他来见。

梁　容　是。（欲下）

梁夫人　且慢！还是答上一个请字。

梁　容　有请状元姑爷。

〔梅廷选上。

梅廷选　（念）　平白赶我出府门，

　　　　　　　哪料今朝我又来。

梁　容　与状元姑爷叩头。

梅廷选　（笑）哈……这是梁管家，不必多礼，站起来。

梁　容　状元姑爷恩宽。

梅廷选　（进，拜祯）老大人在上，受学生一参。（祯冷淡地挡介）岳母在上，小婿拜见。（拜梁）

梁夫人　状元少礼，坐了叙话。

梅廷选　谢座。（坐）

梁　祯　（目视梅，生气地）哼！

梅廷选　老大人！学生今日前来，一来拜府，二来要在老大人上边领教。

梁　祯　你讲!

梅廷选　老大人身为首相,上辅朝廷,下率百官,平白地将一个穷门婿赶出府去,有何理说?

梁　祯　可恼!

（唱带板）

你做事儿真禽兽,

今日还敢来出头。

要说破我也嫌羞口,

你问自己羞不羞?

梅廷选　（唱）　元宵夜我把相府进,

五更天赶我出府门。

分明嫌我身贫困,

要断丝萝昧婚姻。

梁　祯　（唱）　贫富二字且休论,

我和你沾的什么亲?

梅廷选　（唱）　今日你不把亲认,

媒证现有合凤裙。（取出凤裙给祯）

梁　祯　（接裙、急取出自己那副凤裙相比认）哼!

（唱）　说什么凤裙曾作聘,

可有三媒六证人?

梅廷选　（唱）　似你这样无义信,

怎伴君王管万民。

我岂怕你身为首相官一品,

梁　祯　（唱）　状元二字哪在我的心。

咱二人上殿去动本,（欲下）

梅廷选　（唱）　一同进宫见当今。（欲下）

梁夫人　（向梅唱摇板）

状元请坐休烦恼,

梅廷选　岳母!（坐）

梁夫人　（向祯接唱）

相爷且把怒气消。

　　　　　　今日把话说分晓，
　　　　　　谁是谁非两开交。
　　　　相爷！事到而今，就该把东书房之事对状元当面讲明。

梁　祯　（欲说又顿）咳！

梅廷选　学生有甚得罪之处，老大人就该讲出口来才是！

梁夫人　相爷你讲。

梁　祯　（以目视容，容下）我且问你，元宵节夜三更时候，你同何人，以在东书房内观书？

梅廷选　元宵夜么……学生二更出府玩灯，打罢四更回府，三更时候，并不在书房之内。

梁　祯　是我亲眼看见，何得强辩。

梅廷选　莫道我强辩不强辩，同我观书的他是何人？

梁　祯　她！她！

梅廷选　老大人！到底是谁？

梁　祯　状元！就是我那无耻的凤英女儿。

梅廷选　老大人竟然血口喷人，关系甚大，就该将令嫒唤近前来，问个水落石出。

梁　祯　我那女儿，已经亡故，该向哪里去问？

梅廷选　（冷笑）嘿！嘿……你家令嫒，现在人世，怎能说出亡故二字。

梁　祯　信口胡道。

梁夫人　（惊奇地）她在哪里？

梅廷选　稍刻即到，便知分晓。
　　　　〔梁容上。

梁　容　禀相爷！菜园子韩家二老，送我家大姑娘回府来了。

梁　祯　这才奇了！夫人！是你言道，凤英身扑花井一死，却怎么还在人世？

梁夫人　相爷！她并不曾死，那晚便逃出相府去了。

梁　祯　当日棺木内边，装的何人？

梁夫人　原是一副空棺木。

梁　祯	哼！你母女安排的好圈套。梁容！休放那个贱丫头进府见我。
梅廷选	老大人！令媛既然前来，就该把东书房之事，当面问个明白。
梁　祯	梁容！命她进府。（容下）
梁夫人	丫环去迎。（丫下）
	〔丫环引梁凤英上，梁容引韩福、韩妻上，容招呼韩和妻坐在一旁。
梁凤英	（见梁哭）母亲！
梁夫人	（哭）受苦的儿呀！
梁　祯	夫人莫要啰嗦，速快将话问明，命她与我出府去吧。
梁凤英	爹爹，莫要赶我。今日前来，定要向你问个明白，当初因何事，逼我自尽？
梁　祯	要对你讲！
梁凤英	我要问你！
梁夫人	女儿！
梁凤英	母亲！
梁夫人	你那爹爹，对娘言讲，他亲眼看见，元宵节你同状元，以在东书房内观书，可曾是实？
梁凤英	怎么说元宵夜，东书房？（踌思）哦！明白了。母亲要问此事，将鸾英妹妹唤近前来，一问便知。
梁夫人	丫环！速去唤你家二姑娘前来。（丫下）
梁　祯	来么来么，她还牵扯起鸾英来了。
	〔梁鸾英、丫环同上。
梁鸾英	（唱二六）

听说姐姐回府转，

急急忙忙走上前。

姐姐！

梁凤英	妹妹！

（唱）　今日得见妹妹面，

叫我又喜又心酸。

妹妹你把元宵夜你我同去花园东书房,玩耍之事,对
咱家爹娘讲说一遍。

梁鸾英　我不敢讲。

梁夫人　但讲无妨。

梁鸾英　母亲呀!

（唱二六）

　　　　提起元宵那一晚,

　　　　爹爹进宫你安眠。

　　　　我姐妹一同去书馆,

梁夫人　书馆内边,还有何人?

梁鸾英　（唱）　梅姐丈没在馆里边。

　　　　姐丈的衣帽放桌面,

　　　　儿急忙把它身上穿。

梁夫人　那是何意呢?

梁鸾英　（唱）　身穿衣帽无别件,

　　　　要和姐姐作戏玩。

　　　　姐姐在灯下将书看,

　　　　儿我在一旁把文观。

梁夫人　你姐妹何时回上绣阁?

梁鸾英　（唱）　谯楼打罢三更点,

　　　　我姐妹急忙转回还。

梁夫人　我把你个蠢材,怎不对娘早讲?

梁鸾英　（唱）　讲出口怕把家规犯,

　　　　爹爹逼我丧黄泉。

　　　　因此上见了母亲面,

　　　　话到唇边不敢言。

梁夫人　相爷! 你该听明白了。

梁　祯　还有一事不明。

梁夫人　何事不明?

梁　祯　状元既然前去玩灯,书房内边,哪里来的衣帽?

梅廷选　元宵之夜,并不曾穿戴,新衣新帽仍然放在书房之内。

梁　祯　咳！

（唱拦头）

原来是她姐妹书房作戏，

当作了凤英女和我门婿。

恨当初我太得粗心大意，

险些儿屈杀了我家女儿。

梁夫人　相爷！

（唱带板）

书房事你不曾观看仔细，

便来到后堂里把女威逼。

分明是依仗着宰相权势，

看待我母和女不如犬豕。

梁凤英　爹爹！

（唱紧带板）

梁凤英来泪满面，

爹爹把话听心间。

是非真假全不辨，

强迫女儿丧黄泉。

当初你儿把命断，

谁人知我是屈冤。

越思越想心痛烂，

恨不得碰死在大庭前。（欲碰）

梁　祯　（拦介，唱二倒板）

女儿休要将父怨，

（转唱二六）

父把实情对你言。

元宵节进宫去陪宴，

吃酒带醉把府还。

醉眼朦胧窗外看，

只说是我儿和状元。

恨你来把家教犯，

怒火满腔发冲冠。

后堂逼儿把命断，

状元赶离府门前。

多亏我儿有识见，

逃奔菜园把身安。

状元又将鳌头占，

举家骨肉得团圆。

恨父年迈见识浅，

粗心大意惹祸端。

女儿休把前仇念，

状元也将量放宽。

你看父发白似银线，

还望你后来送百年。

梁凤英　母亲！

（唱带板）

今日得见母亲面，

儿我一死也心甘。

相府以内莫久站，（欲下）

众　　　（挡）你向哪里去？

梁凤英　（唱）　回上菜园把身安。

梁夫人　（唱）　丢下为娘谁照管？

梁鸾英　（唱）　丢下妹妹谁可怜？

梁　容　（唱）　梁容急忙跪地面，（跪）

丫　环　（唱）　不念相爷念丫环。（跪）

梅廷选　小姐你看，岳父赶我出府，逼你自杀，都是出于无心。

今日小姐回府，万无再去之理！

（唱摇板）

今日把话说明了，

旧事一笔都勾消。

双亲年迈妹妹小，

你怎忍骨肉两相抛。

梁凤英	（唱） 梅郎一旁把我劝，
	母亲妹妹泪不干。
	梁容丫环跪地面，
	好言哀告把我拦。
	爹爹做事虽浅见，
	事出无心情可原。
	思前想后心回转，
	扶起梁容和丫环。
	你二人站起来。
梁 容 丫 环	姑娘！你不走了？
梁凤英	我不走了。
梁 容 丫 环	谢过姑娘！（同起）
韩 福	我在这里听了半天，才是为了芝麻颗大一点小事。（进向凤）小姐！今日送你回府，话都说明了，我二老告辞。
梁凤英	哎呀！老伯！我们只顾打了家务官司，忘记了给你二老引见。（凤拉韩，向梁祯）爹爹！母亲！这就是收留你儿的那韩家二老。
梁 祯 梁夫人	（同迎，行礼）谢过二老收留我家女儿之恩！
韩 福	不谢不谢！
梁 祯 梁夫人	二老请来上坐。
韩 福	如今没事咧，我们就回去了。
梁 祯 梁夫人	还要留你二老，在我府下多住几日。
韩 福	相爷的家规太大，我二老不敢打搅。（欲去）
梅廷选 梁凤英	（同跪拦）我二人身受大恩，点滴未报，怎忍放你二老走去。
韩 福	（同妻扶梅、凤起）老婆子！他二人既有此好意，我

们就少住上几日。

梁　祯　梁容！前去花园，安排酒宴，与韩家二老接风，与你
　　　　家姑爷、姑娘贺喜。

众　　　正是。

梁　祯　（手持两副凤裙念）两副凤裙重相见，

梅廷选
梁凤英　（互看互笑念）姻缘还是好姻缘。

梁夫人　（向祯念）逼女逐婿见识浅，

韩　福　（向祯念）相爷！你的家规太得严。（笑）哈……

众　　　请！（同下）

——剧　终

357

西安秦腔剧本精编

演出单位

西安尚友社

慈母泪

根据秦腔传统剧改编

苏育生　李爱云　改编

剧情简介

　　张闻达与妻孙淑琳、儿子朱砂罐、孔凤缨被乱兵冲散，流落他乡。二子都被他人收留抚养成人。十八年后同榜高中，均在洛阳为官。

　　朱砂罐买母为奴，孔凤缨知情索母，朱追求利禄，不认亲娘，二人争吵，扭见巡抚张闻达，张弄清来龙去脉，严惩朱砂罐，与妻和次子孔凤缨相认团圆。

场　目

人　物　表

孙淑琳

常天保（即朱砂罐）

常　妻

周子卿

家　院

周　妻（即孔凤缨）

张闻达

店　家

常员外

常太太

常　德

梅　香

菊　红兰主

秋　兰

店　主

中　军

官　兵

校尉、差役

第一场　失　散

〔幕启:郊外。张闻达背子、孙淑琳携儿,在一片逃命声和喊杀声中惊慌地上。

张闻达　（唱）　满城烽火杀声喊,

孙淑琳　（唱）　百姓逃命实可怜。

张闻达　（唱）　行至郊外用目看,

孙淑琳　（唱）　我两腿酸疼举步艰难。

张闻达　娘子,你看这里前不着村,后不着店,咱们还是赶路要紧。

孙淑琳　嗳唷! 相公,我实在走不动了。

孔凤缨　妈,我脚疼得很!

张闻达　如此咱们就在这大树旁歇息片刻。

〔张闻达从背上放下长子朱砂罐。

朱砂罐　妈,我冷,我冷!

孙淑琳　（抚摸着朱砂罐）相公!

　　　　（唱）　孩子不住打寒颤,

　　　　　　　　身染疾病怎了然?

　　　　　　　　急忙解下丝罗裙,（解裙)

　　　　　　　　为娘与儿御风寒。

张闻达　前边有了人家,讨得一碗热汤,给他驱赶寒气,也就是了。(解开包袱,寻得一个饼子)娘子,逃了一天,你水米未进,还是把这个饼吃了吧!

孙淑琳　就剩下这一个了,还是留给孩子吧!

朱砂罐　妈,我饿了,我要喝你做的八珍汤!

孔凤缨　妈,我也饿了!

孙淑琳　儿呀! 你看这里是什么地方,哪有八珍汤给你喝?

363

等咱们回到家中,为娘一定给你做最好的八珍汤。
来,先把这个饼子吃了。(分饼给两个孩子吃)

孔凤缨　(食饼哽噎)唉,咳……

孙淑琳　张郎,孩子噎住了,可在哪儿取些水来呀!

张闻达　乡亲们都逃难去了,哪里去取水呀!

孔凤缨　咳,咳……

张闻达　(焦急地瞭望)前面有条小河,儿呀,随着父来!(挽儿下)

孙淑琳　唉!宁做太平犬,莫做乱世人。
　　　　〔突然传来一阵叫喊声:"官兵抓人了!"

孙淑琳　呀!
　　　　(唱)　忽听抓人心胆颤,
　　　　　　　不见相公转回还。
　　　　　　　待我赶到小河畔,(欲走)

朱砂罐　妈!

孙淑琳　(唱)　孩子唤母响耳边。
　　　　　　　急忙我把相公唤,
　　　　　　　相公,快来呀!
　　　　〔孙淑琳正要背上朱砂罐,张闻达急匆匆上。

张闻达　(唱)　问娘子惊慌为哪般?

孙淑琳　官兵抓人来了!

张闻达　背上孩子,速快逃走!

孙淑琳　孔凤缨呢?

张闻达　他在前边小河边等着,娘子快走!
　　　　〔官兵甲、乙冲上。

兵甲乙　走,跟我走!(拉张闻达)

张闻达　我是文人,我是文人呀!

孙淑琳　他是秀才,他是秀才呀!

兵　甲　什么文人,老子只知抓人!
　　　　〔将朱砂罐拉下,夺走脖子上挂的银锁。

兵　乙　什么秀才,老子只懂发财!

〔夺下包袱,推倒孙淑琳。兵甲、乙拉张闻达下。

朱砂罐　妈!(哭,伏母身)

孙淑琳　相公!相公!(追下)

第二场　哺　药

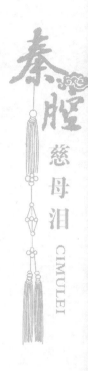

〔二幕前。店主上。

店　家　(念)　小店开在小镇上,
　　　　　　　老板伙计一人当。
　　　　　　　往日生意清如水,
　　　　　　　兵荒马乱客倒旺。
　　　　　　　房金高低由我讲,
　　　　　　　每天还是客满堂。
　　　　　　　真是混水好摸鱼,
　　　　　　　世道再乱钱满箱。

　　　　今年财运享,今年财运享。哈!哈!哈!

孙淑琳　(上)走哇!

　　　　(唱)　孙淑琳来泪汪汪,
　　　　　　　夫妻失伴儿失娘。
　　　　　　　包裹银钱俱被抢,
　　　　　　　儿病沉重步跟跄。
　　　　　　　行来在小镇用目望,
　　　　　　　见一客店在路旁。

　　　　哎,店家!

店　家　(上,见孙淑琳,打量)你是……

孙淑琳　我是来住店的。

店　家　我还当你把路走错了,对不起,小店客已满。

孙淑琳　店家,你看我寻人到此,天色将晚,还是行个方便吧!

店　家　上房里都住满了。有太原赵老爷,大同牛老爷,侯马王老爷,连河南洛阳的常老爷也住在我这小小的客店中。

孙淑琳 我们不要什么上房,只要能有个避风之处就行了。

店　家 旁的没有,只有半间柴房,行吗?

孙淑琳 只要能御风寒,什么地方都行。

店　家 咱们有言在先:柴房虽小,房钱不贱,每天三钱,概不赊欠,灯火茶水,另加银钱,你若嫌贵,可以请便。

孙淑琳 呃……不贵,不贵。

〔店主听见朱砂罐的呻吟声。

店　家 这孩子有病?(摸朱砂罐额)呀,还烧得很厉害呢!

孙淑琳 不知当地可有药铺?

店　家 小店就备有药材,只要有钱,啥药都有。

孙淑琳 钱嘛……有的,有的。

店　家 好,你随着我来。(下)

〔二幕启:朱砂罐躺在床上呻吟。孙淑琳煽火煎药。

孙淑琳 (倒下一碗药晾着,摸朱砂罐)呀!

　　　 (唱)　周身发烧火红样,
　　　　　　神志不清眼无光。
　　　　　　我儿倘有好和歹,
　　　　　　为娘随你丧无常。(哭)

〔常员外气冲冲地上。

常员外 店家!店家!

店　家 (急上)常老爷,什么事?

常员外 什么人在此哭呀叫的,害得人不能好睡!

店　家 噢,柴房里有个孩子发烧,我叫他妈……

常员外 不准她哭。(下)

店　家 是!是!是!女客开门!

孙淑琳 店家何事?

店　家 深更半夜你哭呀叫的,干什么呢?你看,都把客人吵醒了。我告诉你,你要是把常老爷常员外吵走了,我可对不起你呀!

孙淑琳	店家,你看这孩子……
店 家	小孩怎么样,现在这世道大人还难保呢。我给你说, 房金、饭钱、医费、药账,明日一早可要算清!
孙淑琳	呃,明天?
店 家	明天! 明天没有的话,可别怪我不客气。(下)
孙淑琳	(啜泣)娘的儿呀!

秦腔
慈母泪
CIMULEI

    (唱) 见我儿睡一旁声声气喘,
　　　　　　眼发呆手冰凉咬紧牙关。
　　　　　　想我家书香第为人良善,
　　　　　　为什么今日里遭此祸端?
　　　　　　四口人只落得二人失散,
　　　　　　丢下了朱砂罐命难保全。
　　　　　　我这里端药碗喂儿下咽,
　　　　　　不张口急得我左右为难。
　　　　　　没奈何拔银簪撬口细灌,
　　　　　　含汤药哺儿口流入心田。
　　　　　　哪怕是娘受尽千辛万难,
　　　　　　但愿得我的儿转危为安。

　　苍天呀!
　　(唱) 还望苍天显灵验,
　　　　　　逢凶化吉施手段。
　　　　　　倘若救得朱砂罐,
　　　　　　焚香设坛常祭天。

　　〔朱砂罐逐渐心平气和。

| 朱砂罐 | 妈! |
| 孙淑琳 | (高兴地抱住朱砂罐)孩子! |

　　(唱) 忽听我儿叫声娘,
　　　　　　转悲为喜谢上苍。
　　　　　　药到病除把心放,
　　　　　　老天保佑儿安康。(鸡鸣)
　　　　　　不觉鸡鸣天已亮,

店主话儿响耳旁。
天明倘若无银两，
今日此事怎下场。
囊中无银无法想，
束手无策在异乡。（想）

有了！

（唱）　无奈了我学赵五娘，
剪去青丝上街坊。
她剪发为把公婆葬，
我今剪发为儿郎。

〔孙淑琳见儿睡熟，痛心地剪发，轻步出房。

朱砂罐　（醒来不见母，哭喊）妈妈！妈妈！

店　家　女客人！（进房）人呢？

朱砂罐　（扭住店主）我要妈妈！我要妈妈！

店　家　去！孩子，你妈妈呢？

常员外　（上）店主，又吵什么呢？

店　家　常老爷，大清早我来算账，谁知光丢下这个孩子，他妈八成没钱溜了。

朱砂罐　妈妈，我要妈妈！

店　家　真燥气，账没要到，你还倒问我要起你妈来了。

常员外　（打量了一下朱砂罐）这孩子长的倒不错。

店　家　这孩子还有什么说的?! 你看，天庭饱满，地角方圆，不中探花，定中状元。常老爷，你府上有几位令郎？

常员外　唉！膝下无子。

店　家　（献媚地）常老爷如能有这样个小少爷该多好呀！

常员外　是呀！（越看朱砂罐越好）鼻正口方，眉目清秀。

店　家　（讨好地）脸蛋儿真像常老爷呀！

常员外　是吗？哎，店主人，这小孩让我带去行吗？

店　家　那怎么能行？ 这房钱、饭钱、药钱、看病钱，带去怎么能行！（常员外掏出银子放在店主人手里）带去行呀！ 怎么不行？ 完全可以，有我担保。

常员外	那我马上离开这里？
店　家	好,我与你雇船去。(下)
常员外	常德!
常　德	(上)老爷!
常员外	快,把这孩子领到码头上去。
朱砂罐	不,我要妈妈。
常员外	孩子,我领你寻妈妈去。
朱砂罐	你骗我! 我不去。
常　德	这是谁家的孩子?
常员外	你别管,快领走。
常　德	(不愿意地)人家的孩子,怎么……
常员外	少废话,这是我买的。
朱砂罐	妈妈,你快来呀!
常　德	孩子要妈妈,让他再见一见妈妈吧。
常员外	少啰嗦,快领! 快领! (下)

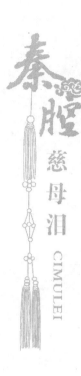

　　〔常德无奈去抱朱砂罐。

朱砂罐	我不去,我要妈妈!

　　〔常德抱定朱砂罐,朱砂罐边喊边挣扎,摔掉一只鞋
　　子。下。
　　〔孙淑琳上,正碰上店主,店主见孙淑琳欲溜,被孙淑
　　琳喊住。

孙淑琳	店主,我给你算账来了。
店　家	呃,不着急,不着急,你留着用吧。
孙淑琳	怎么,你不是催我算账吗?
店　家	呃,是这样……这笔账有人替你还了。
孙淑琳	替我还了? 谁?
店　家	常员外,常老爷么。
孙淑琳	我与他素不相识,他……
店　家	他不单与你还账,还把你孩子抱回去享福去了。
孙淑琳	(惊讶地)啊! (急忙赶到房内,拾到一只小鞋)朱砂 罐,娘的儿呀! (边喊边寻,出来扭住店主)一定是

你把我儿卖了。还我儿来!

店　家　你拉我有什么用? 常员外还没走远呢!

孙淑琳　还没走远?

店　家　对,还赶得上! (溜下)

孙淑琳　常员外! 常员外! (边喊边下)

第三场　更　姓

〔二道幕前。船夫喊着:"洛阳到了!"

〔常员外、常德背朱砂罐上。

朱砂罐　我妈妈在哪儿呀?

常员外　快到了,你妈妈就在前面大屋里。(见朱砂罐穿着一只鞋)常德,那只鞋呢?

常　德　不知道。

常员外　(将小鞋脱下扔掉)穿一只鞋干什么? 快走! (走了几步又回来)常德,在太太面前,千万不能说抢来的呀! (下)

常　德　(放下孩子)呸!

　　　　(唱)　员外做事丧天良,

　　　　　　　　活活拆散儿与娘。

　　　　　　　　善善恶恶终有报——

朱砂罐　我要妈妈!

常　德　(拾起小鞋)孩子,跟我走!

　　　　(唱)　母子相逢在何方? (背朱砂罐下)

常太太　(唱)　员外索账不回转,

　　　　　　　　倒叫老身挂心间。

　　　　　　　　莫非他在外遇大难,

　　　　　　　　莫非他寻花问柳忘家园。

　　　　　　　　人若无子终有患,

心神不定坐堂前。

梅　香　（喜冲冲上）太太,老爷回来了。

常太太　阿弥陀佛！快快有迎！

　　　　〔常员外、常德领朱砂罐上。

常　德　跟我来！（领朱砂罐下）

常太太　咦,这是哪来的孩子？

常员外　（支吾）你问的是他……

常太太　（怀疑）他是谁？

　　　　（唱）　一去数月不回来,
　　　　　　　　何处弄来这小孩？
　　　　　　　　看来索账纯是假,
　　　　　　　　快说实话免祸灾。

常员外　（唱）　此去山西在平阳,
　　　　　　　　索账数月住店房。
　　　　　　　　买来小孩继宗嗣,
　　　　　　　　你说应当不应当？

常太太　（唱）　为继宗嗣我情愿,
　　　　　　　　怕你在外有新欢。

常员外　（唱）　夫人你把话错讲,
　　　　　　　　叫来常德问端详。

常太太　（唱）　你主仆串通我不信,

常员外　（唱）　我纵然有口也难张。

常　德　（领朱砂罐）老爷,衣服换好了。

常员外　夫人,你不信问问孩子。

常太太　我当然要问。（问朱砂罐）他是你爸爸吗？（指常员外）

朱砂罐　不,不,我认不得他。

常太太　认不得他？

朱砂罐　是他把我抢来的。我要妈妈！我要妈妈！

常太太　你姓什么,叫什么？

朱砂罐　我姓张,叫朱砂罐,还有个弟弟叫孔凤缨。

371

常员外　这下你可该相信了吧？

常太太　（唱）　这孩子生得惹人爱，
　　　　　　　　倒叫老身喜心怀。

常员外　（唱）　请来先生勤课训，
　　　　　　　　且看鲤鱼跳龙门。

常太太　那就请老爷替他取个名字吧。

常员外　还是夫人取名的好。

常太太　（想）老天保佑，保佑我有孩子。就叫常天保吧。

常员外　天保，老天保佑，好名字，好名字，哈哈哈！

朱砂罐　我要妈妈。

常员外　来，见过你妈。

常太太　快叫妈妈！

朱砂罐　不，你不是我妈妈！我要我妈妈！

常员外　孩子，她是你真的妈妈！

常太太　梅香，（附耳窃语，梅香下）孩子，我真的是你妈妈，
　　　　来，我给你好东西，你吃、你穿、你玩。

　　　　〔梅香端一盘上，内有一具金锁链。

常太太　（拿起金锁链）看，给你戴上好不好？（戴朱砂罐颈
　　　　上，朱砂罐左看右看，面有喜色）孩子，快叫妈妈，妈
　　　　妈还有好东西呢！

朱砂罐　妈妈……

常太太　哎，这才是妈的好孩子！几岁了？

朱砂罐　六岁。

常太太　真快呀，从妈生了你，转眼已经六年了。还没见妈的
　　　　面呢？听妈的话，叫爸爸！

朱砂罐　爸爸……

常员外　好乖乖，真是常家的好儿子。

常太太　唉，你是常家所生，张家所养，应姓常，还是姓张？

常员外　应姓常！

朱砂罐　应姓常？

常太太　应姓常！

常员外	人家问你姓名,你就说叫常天保。
朱砂罐	我叫朱砂罐么!
常太太	朱砂罐是你的小名,从今向后,再不要叫朱砂罐了,叫常天保。
朱砂罐	叫常天保——张……
常员外	常、常、常!
朱砂罐	姓常、常、常! 叫常天保、常天保……
常太太	这就对了。来,随妈下边用饭。你家小少爷之事,不可外传,谁若走漏风声,重打不饶。
众	是。

〔常太太领朱砂罐下,众下。

第四场　寻　儿

〔十八年后。
〔二道幕前,孙淑琳踉跄上。

孙淑琳　（唱）　长江水后浪推前浪,
　　　　　　　寒来暑往岁月忙。
　　　　　　　沧海桑田变旧样,
　　　　　　　不觉两鬓已苍苍。
　　　　　　　十八年盼夫寻儿到处奔波成空想,
　　　　　　　十八年思子成疾以泪洗面痛断肠。
　　　　　　　十八年焦虑心惆怅,
　　　　　　　十八年孤苦倍凄凉。
　　　　　　　痛我夫绳缠索捆遭魔掌,
　　　　　　　不知生死与存亡。
　　　　　　　谁知大祸连连降,
　　　　　　　两个孩儿失一双。
　　　　　　　朱砂罐抢走我心震荡,

母子们失散在店房。

孔凤缨走失无方向，

音讯全无人杳茫。

养儿防老人常讲，

孙淑琳养儿空悲伤。

（滚白）我叫叫一声天哪天哪！我的苍天爷呀！十八年前我母子客店失散，朱砂罐孩儿被姓常之人抢走，是我问遍多少姓常的人家，俱不见我儿的身影，儿啊！莫非你上天，莫非你入地，怎不疼烂娘心了！

（唱）　明知儿是常家抢，

朱砂罐，娘的儿呀！

寻遍常家无儿郎。

踏破铁鞋细查访，

哪怕山高水又长。

〔常德上。

常　德　（念）　老爷庆生辰，

宴请贺客人。

欲品八珍汤，

无有煮汤人。

（问内）列位请了，此处可有山西人？

孙淑琳　（神情恍惚）儿啊！（误认常德为其儿，猛向前）儿啊！

常　德　呃！（怜悯地拨开孙淑琳）此地可有会煮八珍汤的吗？

孙淑琳　八珍汤？！你要找煮八珍汤的人吗？

常　德　正是。莫非你会煮八珍汤？

孙淑琳　我会。我会。

常　德　既然你会煮八珍汤，可愿到我府应事？

孙淑琳　请问你府贵姓？

常　德　姓常。

孙淑琳　姓常？愿去，愿去。

常　德　随我来！

孙淑琳　（唱）　莫非寻儿有希望。
　　　　　　　　但愿相会在洛阳。（下）
　　　　　〔幕启：常府内庭，梅香等布置摆设。
　　　　　〔常夫人兴高采烈地上。

常夫人　（唱）　老爷生辰多隆重，
　　　　　　　　府内府外忙不停。
　　　　　　　　香烟缭绕催人醉，
　　　　　　　　张灯结彩迎贵宾。

常　德　（引孙淑琳上）夫人，我把煮八珍汤的人找来了。

常夫人　噢！在哪里？

常　德　（指孙淑琳）就是她！

常夫人　（不悦）常德，你可知今日是什么日子，怎么找来这
　　　　样的人？

常　德　夫人，她能煮得一手好八珍汤呀。

常夫人　啐！
　　　　（唱）　老爷今日庆寿辰，
　　　　　　　　高朋贵友多如云。
　　　　　　　　她形同乞丐可怜相，
　　　　　　　　府内怎容这样的人？

常　德　我跑遍城内，找不下第二个会煮八珍汤的人。

常夫人　既然如此，暂留府中。梅香，领她下去沐浴更衣。

梅　香　老妈妈随我来。（引孙淑琳下）

常夫人　有请老爷！
　　　　〔内：有请老爷！
　　　　〔常天保兴高采烈地上。

常夫人　老爷！

常天保　夫人！（二人笑，归座）

常夫人　恭喜老爷，煮八珍汤的人找到了。

常天保　噢！找到了？

常夫人　正是。

秦腔
慈母泪
CIMULEI

常天保　快快唤人端上来，老爷我要品尝品尝。

常夫人　哎！八珍汤还没有煮呢，看把你急的。

常　德　（匆匆上）禀大人，巡按大人到。

常天保　现在哪里？

常　德　舟船已近接官亭了。

常天保　快快备马迎接。（对夫人）贺客前来，有劳夫人。
　　　　（下）

常夫人　哎，我就说咧，坐官莫坐小，坐小太烦恼！
　　　　〔梅香引孙淑琳上。

梅　香　夫人，老妈妈更衣好了。

常夫人　命她先试煮些八珍汤，煮得好了，我重重有赏。
　　　　（下）

梅　香　老妈妈，恭喜你呀，你把八珍汤煮好了，夫人有赏呀！

孙淑琳　唉！

梅　香　怎么？

孙淑琳　二位大姐哪里知道，我卖身为奴不求重赏，只求与亲
　　　　生儿子相见一面！

梅　香　老妈妈，这"亲生"二字以后少讲，常府最忌讳说这
　　　　样的话！

孙淑琳　（怀疑地）怎么，你家老爷难道不是常家亲生的？

梅　香　（惊慌地）快快住口！快快住口！
　　　　〔内呼："大人回府！"梅香急推孙淑琳下。
　　　　〔常天保情绪紧张，匆匆地上。

常天保　（唱）　适才我去接官亭，
　　　　　　　　巡按大人说分明。
　　　　　　　　责我年少大庆寿，
　　　　　　　　惊师动众理不通。
　　　　　　　　急忙回府真扫兴，
　　　　常德！（常德上）
　　　　　　　　拆去牌楼与红灯。
　　　　　　　　送来礼物归原主，

　　　　　　谢绝宾客关门厅。

常　德　　是。(下)

常夫人　　(上白)老爷,出了什么事了?

常天保　　夫人哪!

　　　　　(唱)　这位巡按不寻常,
　　　　　　　　半月之前到洛阳。
　　　　　　　　乔装打扮暗察访,
　　　　　　　　态度暧昧不声张。
　　　　　　　　欲吐又留难猜想,
　　　　　　　　只言庆寿太乖张。
　　　　　　　　为人做下亏心事,
　　　　　　　　半夜敲门心惊慌。
　　　　　　　　我命常德去拆除,
　　　　　　　　今日寿辰应收场。

常夫人　　老爷,既然巡按大人责怒于你,今日寿诞不再兴师动
　　　　　众,也就是了,老爷何必如此烦闷。来来来,咱们今
　　　　　日个把大门关了,来它个"内红"如何?

常天保　　唉,乘兴而去,扫兴而归。提不起精神了!

常夫人　　刚才新来的那个老仆,我已命她去煮八珍汤了,请老
　　　　　爷品尝宝汤,以消愁解闷提精神。

常天保　　尽在夫人。

常夫人　　(向梅香)唤那个老仆速快将八珍汤端来。

梅　香　　(向内)老妈妈,快将八珍汤端来呀!

孙淑琳　　来了!(端碗八珍汤上,偷眼观常天保,窃喜)

　　　　　(唱)　他好像当年朱砂罐,
　　　　　　　　面貌略似夫一般。
　　　　　　　　待我将他乳名唤……

　　　　　且慢!

　　　　　(唱)　失儿官体我心不安。

常天保　　快将八珍汤端上来。

　　　　　〔孙淑琳端上八珍汤,常天保吃一口,觉得未煮烂,吐

了出来。

常天保　呸!

（唱）　八珍汤坚硬如石块，
　　　　半生不熟味难尝。
　　　　你不会煮来即早去，
　　　　戏弄本官为何来!

常夫人　你到底会煮不会煮?

孙淑琳　（跪）老爷! 我……我会煮!

常夫人　你还说你会煮?

孙淑琳　只因火候未到，急欲要尝……

常夫人　还不下去!

孙淑琳　是。（边退下边观看常天保）

常天保　滚!

〔孙淑琳突然一惊，失手将八珍汤摔下。

常天保　啊! 你这老乞婆! 今日是我大喜之日，你，你……
　　　　（猛击孙淑琳一耳光）夫人，这就是你买来的好女
　　　　仆?（下）

常夫人　梅香，拿板子来!（梅香取板子，夫人打孙淑琳）

〔常德匆匆地上。

常　德　报夫人，周府周成送来了寿礼!

常夫人　老爷不是命你仪门谢客了吗?

常　德　我是谢绝他的。可是周成言道，周常两家与旁人不
　　　　同，放下寿礼就走了。

常夫人　怎么人已走了?

常　德　走了。

常夫人　那快把寿礼退去!

常　德　我要仪门谢客呀。

常夫人　常福、常寿呢?

常　德　已吩咐他们退礼去了。

常夫人　这……（见孙淑琳）好，就命这老乞婆送去。老乞
　　　　婆，罚你把周家礼物退还，限你巳时去，午时回，如

　　　　　　　有延误时光,家法惩罚!
孙淑琳　(唱)　为寻娇儿苦受遍,
　　　　　　　　近在咫尺相认难。(下)

第五场　会　媳

〔幕启:周家客厅。
周　妻　(唱)　风和日丽艳阳天,
　　　　　　　　呢喃燕莺舞翩跹。
　　　　　　　　燕尔新婚随人愿,
　　　　　　　　夫唱妇和乐无边。
秋　兰　(上)禀夫人!
周　妻　何事?
秋　兰　送往常府的礼物退回来了。
周　妻　怎么退回来了?
秋　兰　命一个老妈妈退回来的。
周　妻　这倒奇了!
　　　　(唱)　寿礼虽薄情义重,
　　　　　　　退回礼物太不恭。
　　　　　　　周常本是通家好,
　　　　　　　一母养育亲弟兄。
　　　　　　　此中原因难猜解,
　　　　　　　唤来老妈妈问原因。
　　　　秋兰,将老妈妈唤来,我要亲自问问。
秋　兰　是。(向内)老妈妈,我家夫人唤你进去,有话问你。
孙淑琳　(上)老身不懂府中规矩,望大姐指教。
秋　兰　老妈妈放心,随我来。(对孙淑琳)这就是我家夫
　　　　人。
孙淑琳　(跪)与夫人叩头。

379

周　妻　偌大高年休行全礼,快快请起。

孙淑琳　多谢夫人。

周　妻　我且问你,这礼物是谁叫你退回来的?

孙淑琳　是我家夫人。

周　妻　莫非嫌礼物轻薄?

孙淑琳　不是。

周　妻　那是为了什么?

孙淑琳　夫人哪!

（唱）　常府庆寿甚堂皇,

　　　　忽然生变乱嚷嚷。

　　　　拆去彩楼挑下灯,

　　　　退还寿礼奔走忙。

周　妻　难道不庆寿了?

孙淑琳　老奴今日初到常府,实在不知详情。

周　妻　你今日才到常府,怎么能叫你退回礼物呢?

孙淑琳　这也是我的命苦呀。

周　妻　怎么?

孙淑琳　（唱）　怪我作事太慌张,

　　　　　　失手打翻了八珍汤。

周　妻　(惊奇地)什么,什么八珍汤!

（唱）　记得曾听老爷讲,

　　　　他的娘善煮八珍汤。

　　　　老爷朝思暮又想,

　　　　十八年想坏他的娘。

老妈妈,这八珍汤是谁煮的?

孙淑琳　我煮的。

周　妻　怎么是你煮的?

孙淑琳　正是。

周　妻　啊!老妈妈,你是哪里人氏?

孙淑琳　山西人氏。

周　妻　哪一府?

孙淑琳　平阳府。

周　妻　哪一巷？

孙淑琳　柳川巷。

周　妻　哪一村？

孙淑琳　菊香村。

周　妻　呀！

（唱）　我婆母家居在平阳，

　　　　我婆母也住柳川巷。

　　　　菊香村里有名望，

　　　　婆母善煮八珍汤。

　　　　莫不是来了真婆母，

　　　　还需要细细问端详。

　　　　秋兰，快与老妈妈看座。

孙淑琳　夫人，时已不早，我要告辞了。

周　妻　老妈妈，请坐一会，我还有话问你呢。

孙淑琳　误时回去，要被夫人责怪的。

周　妻　老妈妈只管放心，都有我呀！（推孙淑琳坐下）

（唱）　我看你出身非寒门，

　　　　来到洛阳定有因。

孙淑琳　（唱）　清白人家书香根，

　　　　　　　为寻亲子离故村。

周　妻　（唱）　几位令郎无音信？

孙淑琳　（唱）　一双娇儿难找寻。

周　妻　长子呢？

孙淑琳　（唱）　朱砂罐是长子甚聪敏。

周　妻　次子？

孙淑琳　（唱）　孔凤缨次子更天真。

周　妻　兄弟怎么不同姓名？

孙淑琳　（唱）　兄弟俩乳名口叫顺，

　　　　　　　丈夫姓张入黉门。

周　妻　他名叫什么？

秦腔

慈母泪

CIMULEI

| 孙淑琳 | （唱） | 张闻达本是他名姓。 |

孙淑琳 （唱） 张闻达本是他名姓。

周　妻 你呢？

孙淑琳 老身名叫孙淑琳。

周　妻 （唱） 曾记老爷对我讲，
　　　　　　他并非周家亲儿郎。
　　　　　　父亲姓张母姓孙，
　　　　　　故居山西在平阳。
　　　　　　老妈妈说得一般样，
　　　　　　她定是婆母到府上。

　　　　（踌躇地欲认不认）
　　　　　　老爷出外公务忙，
　　　　　　不敢贸然认高堂。
　　　　　　我暂留她把话讲，
　　　　　　等夫回衙认亲娘。

孙淑琳 夫人，老奴告辞了。

周　妻 老妈妈，你再少坐片刻，等我老爷回府你再回去。

　　　〔孙淑琳急下。

周　妻 你再等等，你再……（见孙淑琳已去）唉！夫呀！你
　　　早也想娘，晚也想娘，终于被你想到了。

　　　（唱） 却原来常天保就是朱砂罐，
　　　　　　周子卿就是孔凤缨。
　　　　　　夫呀，我与你新婚夫妻情义深，
　　　　　　不吐乳名为何因？
　　　　　　若是问清是娘亲，
　　　　　　我与你夫妻双双赶到常府跪接母亲聚天伦。

　　　〔内喊："老爷回府！"

周　妻 有迎！

　　　〔周子卿上。

周　妻 老爷回来了！

周子卿 夫人，怎么还不更衣？

周　妻 更衣何往？

周子卿	你难道忘了？今天去常府拜寿。
周　妻	老爷，说是你来看。（指寿礼）
周子卿	这不是寿礼吗？
周　妻	常家退回来了。
周子卿	啊！

（唱）　薄礼敬贺人情长，
　　　　自古来未闻退礼把情伤。
　　　　常府年年收彩礼，
　　　　今日退礼为哪桩？（想）

噢，是了！
　　　　　　听说巡按到洛阳，
　　　　　　责怪常兄太荒唐。
　　　　　　为避嫌疑且撒手，
　　　　　　因此上不敢摆寿堂。

夫人，看来是常兄肚里有冷病，就怕吃西瓜呀。

周　妻	是啊。可老爷你呢？
周子卿	我自上任以来，亲劳民事，不辞劳苦，这你不是不知道呀！
周　妻	老爷为官清正，众人有口皆碑。岂不闻治国者必先齐家，老爷已将养父养母送坟茔，可你的亲生父母至今杳无信音，难道就这样下去不成？
周子卿	我的夫人哪！

（唱）　我自幼失却父母养，
　　　　养父收我读文章。
　　　　幸喜得高中黄金榜，
　　　　无一日不念我亲爹娘。
　　　　为寻亲访遍山西省，
　　　　为寻亲日夜空悲伤。
　　　　谁能知我爹娘信，
　　　　我情愿先拜恩人后拜高堂。

周　妻	此话当真？

周子卿　当真。

周　妻　实事？

周子卿　实事。

周　妻　那我就知道你娘,先拜我这个恩人。

周子卿　夫人取笑了。自你过得府来,我思念双亲之情,别人
　　　　不知,难道你还不晓吗？

周　妻　我当真知道你娘的音信。

周子卿　你若知晓,岂能不告诉于我？我全然不信。

周　妻　那么请听!

　　　　（唱）　你家住山西在平阳,
　　　　　　　　你娘生下儿一双。

周子卿　我早给你说过嘛。

周　妻　（唱）　你弟兄从小有嗜好,
　　　　　　　　爱喝娘煮的八珍汤。

周子卿　这你也是知道的呀!

周　妻　（唱）　朱砂罐,孔凤缨,
　　　　　　　　可是乳名你细思量。

周子卿　（惊奇）呀!

　　　　（唱）　朱砂罐,孔凤缨,
　　　　　　　　十八年前两弟兄。
　　　　　　　　乳名从未对人讲,
　　　　　　　　她今吐露定有因。

周　妻　老爷,你说是也不是？

周子卿　夫人,这是谁告诉你的？

周　妻　你先大礼参拜,然后我告诉于你。

周子卿　说了再拜!

周　妻　拜了再说!

周子卿　说了再拜!

周　妻　好,拜不拜由你,这说不说由我。我还有事……（欲下）

周子卿　夫人慢走,为夫这里有礼!（拜）

周　妻　（扶周子卿）老爷哪!

（唱）　常府新买女佣人，
　　　　退寿礼来到咱府门。
　　　　言谈之中细打问，
　　　　她言说到洛阳为把儿寻。
　　　　她故居原在平阳府，
　　　　十八年前家离分。
　　　　乳名本是她亲口讲，
　　　　她不是你的娘却是何人？

周子卿　（高兴地）真是我母亲来了，夫人真是有心之人，来
　　　　来来，快将母亲请出来，待我拜见。

周　妻　老爷，她已经走了多时了。

周子卿　那你为何不把她留下！

周　妻　为妻留她不住。

周子卿　你认了没有？

周　妻　老爷未回，我怎敢贸然相认？

周子卿　（责备地）夫人，这就是你的不是了！

周　妻　却是为何？

周子卿　既是母亲到来，你就该相认，就是不认也该留住，等
　　　　我回来再说。

周　妻　竟然怪起我来了，谁叫你对我隐瞒乳名？万一不是
　　　　婆母，岂不贻笑大方？

周子卿　那你就该留下，待我回来亲自认母。

周　妻　留她不住也是枉然。

周子卿　却是为何？

周　妻　（唱）　买母为奴你兄长，
　　　　　　　凌辱亲娘丧天良。
　　　　　　　嫂嫂为虎来作伥，
　　　　　　　打得她遍体都是伤。

周子卿　（唱）　听此言来心好恼，
　　　　　　　哥嫂作事难轻饶。
　　　　　　　人来外面快备轿，

385

周　妻　（唱）　老爷莫急把气消。

老爷，像你这样怒气冲冲,进得府去,非但不能认母,定会把事情弄糟了。

周子卿　依你之见？

周　妻　倒不如咱们假借拜寿,见机行事。若是你兄有认母之意,一家骨肉团聚有望。

周子卿　夫人高见！如此请。

周　妻　老爷请。（同下）

第六场　索　母

〔幕启:常府内厅。

〔梅香、菊红上。

梅　香　（唱）　眼见日落偏西山,

菊　红　（唱）　老妈妈未见转回还。

梅　香　（唱）　夫人那里怒满面,

菊　红　（唱）　难免今日起祸端。

〔孙淑琳急匆匆上。

梅　菊　老妈妈,怎么此刻才回来?

孙淑琳　周家夫人和善,再三留我歇息,故而延至此刻。

格　香　夫人问过几次了！

菊　红　脸上难看得很呢！

梅　香　老妈妈,我看你还是离开这里,去寻你那儿子吧,免得大祸临头。

孙淑琳　不,我不能走！

梅　菊　为什么?

孙淑琳　二位大姐呀！

　　　　（唱）　为寻我儿历千辛,
　　　　　　　　进府为奴做佣人。

	见有人与他面相似,
	我还要刨底来探根。
梅　香	常府哪个像你的儿子？
孙淑琳	这个……大姐，请问老爷可是常家之后？
梅　香	老妈妈，你怎么问起这事来了？
孙淑琳	大姐！
	（唱）　适才我端八珍汤，
	见老爷面貌我疑心上。
	他若是并非常家后,
	我要试探找儿郎。
梅　香	世上面貌相似的人儿不少，你不敢错认了人。
孙淑琳	（唱）　我儿原被常家抢,
	为访常家我苦奔忙。
	他的乳名叫朱砂罐,
	还望大姐说其详。
梅　香	朱砂罐？（拉过菊红）真是老夫人到了。
菊　红	常老爷叫朱砂罐？
梅　香	正是。
菊　红	既是真的，就该与她说明呀。
梅　香	事关重大，不敢乱讲。
孙淑琳	（恳求地）请大姐帮帮忙呀。
常夫人	（上）求她能有用吗？
孙淑琳	拜见夫人。
常夫人	你还知道回来？我且问你，我命你什么时辰去，什么时辰回？
	〔孙淑琳不语。
常夫人	你说呀！
孙淑琳	巳时而去，午时而回。
常夫人	现在是什么时辰？
孙淑琳	午时已过。
常夫人	哼，你竟敢目无家法，违我之命。（手拿板子欲打）

常　德　（上）禀夫人，周老爷和周夫人过府！

常夫人　（对孙淑琳）这次板子权且记下，滚下去！（孙淑琳下）请老爷。

常　德　有请老爷！

常天保　（上）夫人何事？

常夫人　周家兄弟和弟妹来了。

常天保　一同出迎。

〔周子卿夫妇上。

常天保　兄弟请。

周子卿　兄长请。

常夫人　弟妹请。

周　妻　嫂嫂请。

周子卿　小弟祝寿来迟，望兄长恕罪。来来来，请兄嫂上座，待小弟一拜。

常天保　（推却）不必客气，一同坐了。

周子卿　小弟告坐。（同座）

〔梅香、菊红捧茶。

周子卿　今日乃兄长寿诞之日，小弟特备薄礼送府，不知为何退还？

常天保　这个……

常夫人　兄弟有所不知，今日他身体欠佳，不便祝寿。何况为此让宾朋耗费财礼，也多有不便，故礼物一律退还。

常天保　是呀，你我官宦人家，理当勤俭从事，望乞兄弟见谅。

周子卿　兄长真是我等之表率。哈哈哈！（同笑）

常天保　过奖了。

周子卿　为弟有一句不敬之言，不知当讲不当讲？

常天保　但讲何妨。（示意常德、梅香等下）

周子卿　兄长呀！

（唱）　你我本是亲弟兄，
　　　　并非常周两家生。
　　　　今逢兄长寿诞日，

		怎忘生身父母情？
常天保	（唱）	并非我忘父母情，
		多年寻觅无影踪。
		义父曾说已亡故，
		只怪爹娘福寿穷。
周子卿	（唱）	并非爹娘福寿穷，
		原是义父骗兄长。
		生身母亲尚在世，
		为寻亲儿苦经营。
常天保	（唱）	水有源树有根，
		忘本岂是做官人。
		既然母亲今健在，
		就该接娘尽孝心。

周子卿 兄长，你讲得可是实言？

常天保 难道有谎。

周子卿 兄长，请听！

（唱） 爹无消息娘有音，
　　　 不在天涯好找寻。
　　　 就离我们咫尺近，
　　　 娘在你府做佣人。

常天保 兄弟，为兄府中佣人倒也不少，可哪有什么亲娘啊？

周子卿 你难道还佯装不知吗？

常天保 我知是谁呢？

周　妻 兄长，听说你府今日买了一位老妈妈，她煮得一手好八珍汤。

常夫人 弟妹，你再没要说了！提起八珍汤，真把人还要气死呢！这个死老婆子，硬说她善煮八珍汤，结果煮得半生不熟的，惹得你兄长生气，美美把她收拾了一顿。（常天保示意不让夫人讲，她并不理会）刚才，如果不是你们来，我还有一顿板子让她挨！

周子卿 兄长，你可记得咱娘善煮八珍汤吗？

常天保　倒也记得。

周子卿　那就请出来，问个明白。

常夫人　噢，原来你们来府上是认母了！（想计）我看这么着，你们先到后厅稍坐片刻，待我把老妈妈唤出来问个明白。若说是咱们的老娘，我要当面谢罪，若非咱的尊长，也免得贻笑大方呀！

常天保　对，言之有理。贤弟你看如何？

周子卿　如此也好。（周夫人下，常夫人陪下）

常天保　（唱）　真叫人心烦乱意不安稳，
　　　　　　　　谁知晓买仆人生身娘亲。
　　　　　　　　不认她人骂我太不孝顺，
　　　　　　　　养育恩比天高比海还深。
　　　　　　　　灾乱身病店房母子离分，
　　　　　　　　我的父张闻达杳无讯音。
　　　　　　　　义父母他说是早把命尽，（常夫人上）
　　　　　　　　谁料想娘卖身在我府门。
　　　　　　　　我认不认……难煞人。

常夫人　（唱）　非是为妻来阻拦，
　　　　　　　　你是皇家四品官。
　　　　　　　　母为奴来子为官，
　　　　　　　　子欺母来罪滔天。
　　　　　　　　大逆不道忤法典，
　　　　　　　　你要为前程想二三。
　　　　　　　　今日把话讲当面，
　　　　　　　　认与不认我不参言。（下）

常天保　（唱）　夫人讲话理通顺，
　　　　　　　　不由我常天保暗自思忖。
　　　　　　　　在常家读诗书荣华享尽，
　　　　　　　　同僚辈皆知我生于豪门。
　　　　　　　　登金榜御笔钦点讨封惠，
　　　　　　　　万岁爷封义母一品夫人。

赴科场我少年得志,威镇洛阳官四品,
攀官亲结贵友谁不仰尊?
假若我今把生母来认,
讨封诰有欺君罪大祸临身。
更何况亲生娘本来贫困,
认下她带不来权势显尊。
人上人,太守尊,
太守的亲娘出寒门。
我今官高步青云,
贱民岂配做我娘亲?
认下她岂不将脸面丢尽,
有辱我洛阳知府一大臣。
享荣华图富贵人之根本,
我岂能把前程化做浮云。
罢,罢,罢,
大睁两眼我不相认,
为尊荣顾不得天理人伦与良心。

我不认。

〔周子卿夫妇上。

周子聊	兄长,可曾问清?
常天保	呃,呃,倒也问清。
周子卿	既然问清,就该请母亲出来相见。
常天保	哎,几乎闹出笑话,她并非母亲。
周子卿	并非母亲,我全然不信。兄长,待小弟一问。
常天保	既不是母亲,何必再问?!
周子卿	我一定要问!
常天保	还是不问的好,免得惹人耻笑。
周子聊	如若一问不是,我也就死了心了。
常天保	不是母亲,不用问了。
周子卿	我说是的。
常天保	我说不是。兄弟,你就死了这份心吧。

	（唱）	兄弟想娘迷了心，
		竟来求仆做母亲。
		若被别人知道了，
		错认仆母辱官声。

〔丫环引孙淑琳上听。

周子卿　（唱）　只要她是我亲生母，
　　　　　　　　管它官声不官声。
　　　　　　　　哪怕她是讨饭人，
　　　　　　　　我就是不做官儿也甘心。

孙淑琳　（冲进）莫要争吵莫议论，
　　　　　　　　为娘就是孙淑琳。

周　妻　（跪）婆母！
周子卿　　　　母亲！

孙淑琳　（唱）　十八年寻儿苦坏了娘，
　　　　　　　　幸喜今日会儿郎。
　　　　　　　　朱砂罐儿听娘讲，
　　　　　　　　娘不怪你亏待娘。

周子卿　（唱）　莫非嫂嫂来阻挡，
周　妻　（唱）　待我相劝到后堂。（下）
周子卿　兄长！
孙淑琳　儿呀！
常天保　走！
　　　　（唱）　哪里来的贫妇人，
　　　　　　　　竟敢大胆冒官亲。
　　　　　　　　我堂堂太守官四品，
　　　　　　　　岂能认仆做娘亲。（踢孙淑琳一脚）

孙淑琳　你！……（昏倒）
周子卿　母亲！母亲！
　　　　（唱）　骂声你这无义人，
　　　　　　　　你忘了舐犊之恩情深。
　　　　　　　　乌鸦也有反哺义，
　　　　　　　　羔羊跪母报娘恩。

禽兽也知把孝尽，

你枉为知书达理的做官人。

常天保　啊，小小通判，竟敢教训起本府来了。来人，把他赶走！

周子卿　不用你赶，自会走的。母亲，随儿回衙。

常天保　慢！我府奴仆，不得任意带走！

周子卿　啊！你，你，你不认母亲，罪已难恕，还想阻我母子团聚？我把你这不忠、不孝、不仁、不义的衣冠禽兽！（打常天保一巴掌）

常天保　走，你竟敢如此欺官犯上，辱击太守！（扭住周子卿）走，我与你巡抚堂上辩理去！

〔常夫人和周夫人上。

周子卿　走！

孙淑琳　儿啊！

常夫人　都是你这老乞婆！（一把拉住孙淑琳欲打）

周　妻　住手！你买母为奴，有灭伦之罪，还要打我婆婆，走，我与你也同上堂去！

常夫人　走就走！

〔梅香拉常德上。

梅　香　这就是老夫人。

常　德　他们都向哪里去了？

梅　香　他们去巡按大人那辩理去了。

常　德　好！老夫人莫要伤心，我与你做证，说是你来、来、来呀！（引孙下）

第七场　告　状

〔幕启：公堂。张闻达居中端坐。

〔校尉分列，呼声喧嚷。

张闻达　命常天保、周子卿报门而进!

校　尉　常天保、周子卿报门而进!

常天保　(內)洛阳知府常天保,告进。(上)叩见巡按大人!
　　　　(跪)

周子卿　(內)洛阳通判周子卿,告进。(上)叩见巡按大人!
　　　　(跪)

张闻达　谁是原告!

常天保
周子卿　我是原告! 我是原告!

张闻达　嗯,常知府讲来!

常天保　大人容禀。

　　　　(唱)　今日他到我府上,
　　　　　　　强讨硬索要亲娘。
　　　　　　　拉住女仆不肯放,
　　　　　　　口口声声乱喊娘。

张闻达　竟有如此荒唐之事!

周子卿　大人。

张闻达　尚未问你!(对常天保)讲下去!

常天保　(唱)　我良言好语将他劝,
　　　　　　　认仆为母太荒唐。
　　　　　　　他执意不听破口骂,
　　　　　　　公然打人把我伤。

张闻达　大胆通判! 你认仆为母,伤害太守,以下犯上,该当
　　　　何罪?

周子卿　大人呀!

　　　　(唱)　他买母为仆任凌辱,
　　　　　　　大逆不道罪难当。

常天保　(唱)　常家自有二爹娘,
　　　　　　　已受皇封在后堂。
　　　　　　　他不该恶语来诽谤,
　　　　　　　还望大人作主张。

张闻达　周子卿,他双亲在堂,你说他买母为仆,是何道理?

周子卿	大人，
	（唱）　他并非常家亲生养，
	我非周家亲儿郎。
	他是我同胞亲兄长，
	我与他一母同生同姓张。
张闻达	姓张？家住哪里？
周子卿	（唱）　家住山西在平阳，
	菊花村中有家乡。
	张闻达——
校　尉	威！
张闻达	（制止）嗯！（对周子卿）讲下去。
周子卿	（唱）　是我父素有名望。
张闻达	（夹白）后来呢？
周子卿	（唱）　我全家失散各他乡。
张闻达	（唱）　听罢言来暗欢畅，
	却原来一双娇儿到公堂。
	十八年踏破铁鞋无觅处，
	想不到父子相会在洛阳。

周子聊，你弟兄怎么分居异姓？你母亲又怎么卖身常府？

常天保	大人！
张闻达	未曾问你！（对周）你且讲来！
周子卿	（唱）　哥哥常家来抚养，
	我被周家带回乡。
	那年考试登金榜，
	弟兄相逢在洛阳。
	母亲今日到此地，
	卖身常府寻儿郎。
张闻达	她进常府，你怎知晓？
周子聊	只因兄长今日庆寿，我娘失手打了佳肴，嫂嫂罚她退礼前来，问明情由，方知是我亲母到此。我夫妻二人

秦腔
慈母泪
CIMULEI

395

赶至常府索母，兄长不但不认亲母，还拦我母子不得团聚，那时激起我怒火万丈，顾不得欺官犯法就打了这个不忠、不孝、不仁、不义的狂徒！

张闻达　唔……（示意打得对）

常天保　大人莫要听他胡言乱语。我乃堂堂洛阳知府，岂能认仆为母？

张闻达　她是奴仆不该认她，要是她是一品夫人，那你该怎么样呢？

常天保　呃！大人，她实非我母呀！

周子卿　她是母亲！

常天保　她是奴仆！

张闻达　嗯！（严肃止住）

〔击鼓声响。周内喊："冤枉！"

中　军　何人击鼓？

周　妻　（内）状告洛阳知府常天保！

〔常天保闻之，慌慌失措。

张闻达　带击鼓人上堂！

〔周夫人拉着常夫人，常德挽着孙淑琳上堂。

众　　　叩见巡按大人！（齐跪）

张闻达　哪个状告洛阳知府？

周　妻　是我。

张闻达　可知道民不告官？

周　妻　为官不正，难抑民愤！

张闻达　可有状子？

周　妻　无有。

张闻达　口诉上来。

周　妻　巡按大人容禀。

（唱）　小女子上公堂状告知府，

　　　　我告他灭伦罪买母为仆。

〔孙淑琳伤心痛哭。

张闻达　她是何人？

周　妻	（唱）	她本是孙淑琳我的婆母，
		在常府吃尽苦受人欺侮。

〔孙淑琳撩起臂膀。

张闻达	呀！	
	（唱）	凝目看是我妻一点不错，
		可怜她面憔悴受尽折磨。
		我这里且压住心中怒火，
		且看他常天保态度如何。
		常天保，这位老仆可是你的母亲？
常天保		亲生之母，早已过世。她她她乃冒认官亲！
孙淑琳		儿呀！为娘还活在人世！
常天保		呸！你这老乞婆！（欲打）
张闻达		嗯！
孙淑琳		朱砂罐，我把你这不肖之子！
	（唱）	娘怀胎十月将你养，
		你七岁那年遭祸殃。
		夫离子散无去向，
		单丢下我儿在身旁。
		你身患重病卧床上，
		娘为你亲口哺药汤。
		娘为你剪发卖发去还账，
		娘为你跋山涉水到洛阳。
		娘为你卖身为仆进常府，
		娘为你精心烹煮八珍汤。
		你不认为娘还罢了，
		为什么拳打脚踢似虎狼？
		你枉为人子在世上，
		衣冠禽兽黑心肠。
常天保	（唱）	她分明一派胡言讲，
		空口无凭我怎认娘？
孙淑琳		（从怀中拿出一只鞋）大人！

（唱）	这只小鞋是凭证，
	我亲手纳底上鞋帮。
	你那年穿它被常家抢——
常天保	住口！做鞋哪有做一只之理？
常　德	大人！
（唱）	常德作证在公堂。
常天保	老奴才！（欲踢）
张闻达	大胆！这是本按大堂，比不得太守衙门！
常天保	是，是，是。
张闻达	你是常府什么人？
常　德	常府仆人。
张闻达	你知道此鞋来历吗？
常　德	不但知道此鞋的来历，就是我家老爷的来龙去脉我
	也是清清楚楚，明明白白！
张闻达	讲！
常　德	大人容禀！
（唱）	那一年随员外山西讨账，
	见小孩哭啼啼病卧店房。
	常员外年纪迈无有生养，
	命常德抱回家认做儿郎。
	回家时一只鞋不知去向，
	这一只老奴我收拾珍藏。
	十八年藏此鞋未对人讲，
	想不到今日作证在公堂。
	像这样丧失人伦良心丧，
	论国法惩处他理也应当。
张闻达	常天保，人证物证俱全，我看你还是认下的好？
周子卿	兄长，还是认下吧。
孙淑琳	儿呀！
常天保	（唱）众人再三劝认下，
	进退两难实无法。

我不该买母为仆将她打，
又诬告通判犯王法。
讨封诰欺君王罪比天大，
我还是咬紧牙关不认她。

大人！她实非我母。这双小鞋,是这两个男奴女仆
合谋诬蔑本府,请大人详情。

张闻达　她不是你母？

常天保　不是我母。

张闻达　孙淑琳,我来问你,你可是十八年前在松树道旁,解
　　　　下罗裙,与他御过风寒？

〔孙淑琳愕住。

张闻达　我再来问你,你可是与他二人分食最后一块面饼,你
　　　　可是小孩口渴,命夫桥畔取水,一家人就在那时被官
　　　　兵拆散？

孙淑琳　啊！你是张——

张闻达　妻呀！

孙淑琳　夫呀！

周子卿　爹娘。(跪下)

周　妻　公婆。(跪下)

〔常天保夫妇也愁眉苦脸地跪下。

张闻达　(唱)　自那年强拉入兵营,
　　　　　　　喜幸平乱得高升。
　　　　　　　十八年寻访妻儿无踪影,
　　　　　　　只当你母子三人已丧生。
　　　　　　　今日夫妻重相会——

张闻达
孙淑琳　(唱)真是枯木又逢春。

张闻达　夫人,你受苦了！

孙淑琳　老爷,你也老了！

周子卿　爹爹、母亲！

常天保　爹爹！(张不理)母亲！

孙淑琳　你！你……你这奴才！

秦腔
慈母泪
CIMULEI

399

（唱）　千言万语劝不醒，

　　　　心比虎狼毒十分。

　　　　你高官厚禄忘根本，

张闻达　（唱）　国法难容你这负心人。

　　　　来呀，把常天保功名革除，重责四十，下在监牢！

——剧　终

QINQIANGJUBENJINGBIAN

西安秦腔剧本精编

编 后 语

　　《西安秦腔剧本精编》是一项大型剧本编辑工程。它收录了新中国建立后西安市辖的易俗社、三意社、尚友社、五一剧团四大著名秦腔社团上自清末、下至二十一世纪初近百年来曾经上演于舞台的保存剧本,承载与呈现着古都西安百年的秦腔史。这样一个浩大的戏剧工程,在西安市近百年文化史上是前所未有的,受到各方面广泛关注。

　　编辑组建立之初,面对的是四个社团档案室中百年以来的千余本(包括本戏、小戏、折子戏)约三千万字的剧本手抄稿、油印稿、铅印稿。由于时间久远,其中不少已经含混不清,或章节凌乱、缺张少页、错误多出,有的甚至连作者、改编者姓名、演出单位、演出时间等都已寻找不见,工作量之大、难点之多可以想象。更由于此次编辑的范围,是以必须经过舞台演出的剧本为前提,因而正式进入工作后,许多需要认真解决的具体问题都凸现出来了:

　　一是不少剧目,虽然演出过,但真正的排练演出本却找不到了。在查访中,有些尚可落实,有些则因当事人已故,无觅踪迹,只好录用现存的文学本,以解决该剧目缺失的遗憾。

　　二是有些排练演出本虽然收集到了,却不完整。有的有头无尾,有的有尾无头;有的场次短缺,有的唱段缺失;有的页码残缺,前后无法衔接。这样,只能依靠编辑组人员及有关演职人员反复回忆,或造访老艺人和当事人回忆,不厌其烦,完成残本的拾遗补缺、充实完善工作。

三是一些秦腔名戏和看家戏,艺术魅力强,观众很喜爱,但在长期的演出中,为了适应当时的形势,往往同一个戏,在新中国建立前后、改革开放前后都有不同版本。这些剧目,由于受客观时势和执笔者思想认识的影响,不少改编本把原作中一些脍炙人口的名场段、名唱段给遗漏了,拿掉了。今天看来,这是历史、文化的失误。因为这些场段、唱段的不少地方既含有简明而丰富的历史知识,又有淳朴淳厚的人文教化,附丽以历代秦腔名家的倾情演唱,熏陶和感染过无数戏迷观众,不失为秦腔传统艺术的闪光点所在。因此,在对这类剧本的认定和选用中,编辑组抱着尊重、抢救、保护国家非物质文化遗产的态度和立场,通过鉴别,更多地向传统倾斜,把该恢复、该补救的名场、名段都做了尽可能完善的恢复与补救。

四是曾经有一些在西安舞台上演过的老秦腔传统本,被兄弟剧种看好,拿去改编、移植成他们的优秀剧目。之后,这些剧本又被秦腔的剧作家再度移植、改编过来,在西安舞台上演。对这类本子,在找不到秦腔演出本的情况下,经过审定,也都作了收录,成为"出口转内销"的好本子。

五是有些保存本,当年演出、出版风靡一时,并有作者、改编者的署名。由于岁月的磨洗,演出本还在,而作者的名字则记忆模糊甚至不见了。为了尊重他们的劳动,还其以神圣的著作权,编辑组翻查了大量档案资料,终于使一些剧本的作者署名得以落实。

六是由于秦腔是大西北最有代表性的地方剧种,剧本中普遍存在大量的方言俚语、民俗风情,鲜明地体现着秦腔的地方戏色彩。但同时也因为作者和所写的题材来自不同方域,用字、用词、用语存在很多错、别和不规范、不统一的现象。此次编校,通过讨论、争议、比对、考证,尽可能地做到了规范和统一。

除此之外,还涉及到很多剧本在主题思想、故事情节以及版本、人物、时间、场景、舞台指示、板腔设置、动作、细节、念白、唱段、字词句、标点等许多大大小小的问题,需要进行有效地疏、改、勘、正工作。编辑组通过连续数月的辛勤工作,终于以艰苦的劳动征服了这座巨山。

参加本次编辑的专家平均年龄已68岁,每天要审校、修订三四万文字。为了提高工作效率,针对剧本的体裁特点,编辑组分为几个小组,采用读听结合、交叉审校的方法,尽可能精准地还原出作品的原貌,包括每场戏、每段唱词、每句念白、原作者、改编者、移植整理者、剧情简介、上演剧团、上演时间等等。为了争取进度,经常夜间加班,并放弃每周末和节假日的休息。为了保证质量,不时地对一些重要问题进行学术研究、学术的争执和判定,往往到深夜。其中有关秦腔的历史问题,有关一些现代戏的剧本入围标准问题,有关早期的秦昆相杂剧本的入选问题,甚至有的传统剧目中某个主要人物姓名中

秦腔 编后语 BIANHOUYU

的用字问题等,时常反复探讨。对较重大的,必须查明出处;对较具体的,则进行细心考证,直到水落石出。由于整个编校工作沉浸在不间断的学术气氛中,使编辑的过程,争议的过程,同时也是很好的互相学习的过程。特别是在阅编早中期一批秦腔剧作家的作品时,大家不禁为老先生们深厚的学识、精美的辞章和高超的艺术而叹服,更加体会到手中工作的重要性,更加珍惜此次机遇,从而加深了编辑组同志之间的学术友谊,提升了整体工作的水准。他们高昂执着的工作热情、认真负责的工作态度、严谨科学的工作作风、主动忘我的工作干劲,令人十分感动。

为了支持这项工程,不少老艺术家捐赠、捐用了自己多年的秦腔珍藏本、稀缺本、手抄本。有的老艺术家、老剧作家的家属、后代闻讯后主动从家里搜寻出原创作、演出剧本,送到编辑组工作驻地。全体编务人员,为了及时、保质、保量地做好业务供应工作和全组人员的生活安排,积极配合跑资料、查档案、复印剧本,忙前忙后,不遗余力。当他们听到几年前三意社在改革并团时尚遗存有部分资料档案后,便及时赶到原五一剧团档案室,从蛛网尘埃中翻寻到了七八十部老三意社的手抄本和油印本。上世纪五六十年代西安四大社团演出过很多好戏,有些戏直到现在还在乡间和外地热演,但由于政治气候、人事变更、内外搬迁等原因,造成原剧本遗失。后经有关方面帮助支持,从西安市艺术研究所找到了一批久已告别西安城内秦腔舞台、面目似已陌生的优秀剧目铅印、油印本,使剧本的编辑工作更加充实和完善。

这里，有几个问题需要予以说明。一是这套大型剧本集以西安易俗社、三意社、尚友社、五一剧团四个社团演出剧目为基础收集本子；四个社团均演出的同一剧本，只收集演出较早的本子，其他演出单位仅在书中予以署名；有原创作本、传统本的，一般不收录改编本，但个别两者都有历史、文化与研究价值的，可同时收录；除个别名折戏和进京、出国演出剧目外，凡有本戏的，原则上不再收折戏。二是为了突出"西安秦腔"的主题特色，经反复研究，决定按易俗社、三意社、尚友社、五一剧团四大块进行编排；在四大块中，又按传统戏、新编历史戏、现代戏三大类的历史顺序编目。三是从历史上看，秦腔不少优秀剧目被兄弟剧种搬演，很受欢迎，并成为兄弟剧种的保留剧目；同时，西安的秦腔也改编移植了兄弟剧种的不少成功剧本，丰富了西安秦腔舞台的演出剧目，满足了观众的欣赏需求，有些也成为各社团的保留剧目，因此，经过选择也都收录进来了。四是诞生于"文革"中的剧本，是一个历史现实，根据相关规定，经专家仔细甄别，有选择地收录；对有严重政治问题的不予收录；对确有一定保留价值而有涉版权纠纷的作为内部资料收录。五是有些优秀剧目由于年代久远、社团分合等历史原因，已无法搜集到剧本，只能成为遗憾了，待以后有下落时再版增补。

对眼前这套凝聚着众多领导、专家、艺术家、工作人员、技术人员、服务人员心血和辛勤汗水的《西安秦腔剧本精编》，编委会满怀感激之情向大家表示深切致谢！向关心、支持此项工程的西北五省(区)、市文艺界相关单位、专家学者及戏迷朋友表示诚挚的谢意！这套秦腔剧本集的出版是值得引以自豪的，它可以无愧地面对三秦大地，面对古都西安的故人、今人和后人！让我们不断总结经验，继续探索，与时俱进，努力为西安秦腔的发展繁荣做出新的贡献！

《西安秦腔剧本精编》编辑委员会

2011 年 9 月 14 日